SAS

TU TUERAS TON PROCHAIN

GÉRARD DE VILLIERS

SAS

TU TUERAS TON PROCHAIN

EDITIONS
GERARD *de* VILLIERS

DU MÊME AUTEUR
AUX PRESSES DE LA CITÉ

N° 1 S.A.S. À ISTANBUL
N° 2 S.A.S. CONTRE C.I.A.
N° 3 S.A.S. OPÉRATION APOCALYPSE
N° 4 SAMBA POUR S.A.S.
N° 5 S.A.S. RENDEZ-VOUS À SAN FRANCISCO
N° 6 S.A.S. DOSSIER KENNEDY
N° 7 S.A.S. BROIE DU NOIR
N° 8 S.A.S. AUX CARAÏBES
N° 9 S.A.S. À L'OUEST DE JÉRUSALEM
N° 10 S.A.S. L'OR DE LA RIVIÈRE KWAÏ
N° 11 S.A.S. MAGIE NOIRE À NEW YORK
N° 12 S.A.S. LES TROIS VEUVES DE HONG-KONG
N° 13 S.A.S. L'ABOMINABLE SIRÈNE
N° 14 S.A.S. LES PENDUS DE BAGDAD
N° 15 S.A.S. LA PANTHÈRE D'HOLLYWOOD
N° 16 S.A.S. ESCALE À PAGO-PAGO
N° 17 S.A.S. AMOK À BALI
N° 18 S.A.S. QUE VIVA GUEVARA
N° 19 S.A.S. CYCLONE À L'ONU
N° 20 S.A.S. MISSION À SAÏGON
N° 21 S.A.S. LE BAL DE LA COMTESSE ADLER
N° 22 S.A.S. LES PARIAS DE CEYLAN
N° 23 S.A.S. MASSACRE À AMMAN
N° 24 S.A.S. REQUIEM POUR TONTONS MACOUTES
N° 25 S.A.S. L'HOMME DE KABUL
N° 26 S.A.S. MORT À BEYROUTH
N° 27 S.A.S. SAFARI À LA PAZ
N° 28 S.A.S. L'HÉROÏNE DE VIENTIANE
N° 29 S.A.S. BERLIN CHECK POINT CHARLIE
N° 30 S.A.S. MOURIR POUR ZANZIBAR
N° 31 S.A.S. L'ANGE DE MONTEVIDEO
N° 32 S.A.S. MURDER INC. LAS VEGAS
N° 33 S.A.S. RENDEZ-VOUS À BORIS GLEB
N° 34 S.A.S. KILL HENRY KISSINGER !
N° 35 S.A.S. ROULETTE CAMBODGIENNE
N° 36 S.A.S. FURIE À BELFAST
N° 37 S.A.S. GUÊPIER EN ANGOLA
N° 38 S.A.S. LES OTAGES DE TOKYO
N° 39 S.A.S. L'ORDRE RÈGNE À SANTIAGO
N° 40 S.A.S. LES SORCIERS DU TAGE
N° 41 S.A.S. EMBARGO
N° 42 S.A.S. LE DISPARU DE SINGAPOUR
N° 43 S.A.S. COMPTE À REBOURS EN RHODÉSIE
N° 44 S.A.S. MEURTRE À ATHÈNES
N° 45 S.A.S. LE TRÉSOR DU NÉGUS
N° 46 S.A.S. PROTECTION POUR TEDDY BEAR
N° 47 S.A.S. MISSION IMPOSSIBLE EN SOMALIE
N° 48 S.A.S. MARATHON À SPANISH HARLEM
N° 49 S.A.S. NAUFRAGE AUX SEYCHELLES
N° 50 S.A.S. LE PRINTEMPS DE VARSOVIE
N° 51 S.A.S. LE GARDIEN D'ISRAËL
N° 52 S.A.S. PANIQUE AU ZAÏRE
N° 53 S.A.S. CROISADE À MANAGUA
N° 54 S.A.S. VOIR MALTE ET MOURIR
N° 55 S.A.S. SHANGHAÏ EXPRESS
N° 56 S.A.S. OPÉRATION MATADOR
N° 57 S.A.S. DUEL À BARRANQUILLA
N° 58 S.A.S. PIÈGE À BUDAPEST
N° 59 S.A.S. CARNAGE À ABU DHABI
N° 60 S.A.S. TERREUR À SAN SALVADOR
N° 61 S.A.S. LE COMPLOT DU CAIRE
N° 62 S.A.S. VENGEANCE ROMAINE
N° 63 S.A.S. DES ARMES POUR KHARTOUM
N° 64 S.A.S. TORNADE SUR MANILLE
N° 65 S.A.S. LE FUGITIF DE HAMBOURG
N° 66 S.A.S. OBJECTIF REAGAN
N° 67 S.A.S. ROUGE GRENADE
N° 68 S.A.S. COMMANDO SUR TUNIS
N° 69 S.A.S. LE TUEUR DE MIAMI

N° 70 S.A.S. LA FILIÈRE BULGARE
N° 71 S.A.S. AVENTURE AU SURINAM
N° 72 S.A.S. EMBUSCADE À LA KHYBER PASS
N° 73 S.A.S. LE VOL 007 NE RÉPOND PLUS
N° 74 S.A.S. LES FOUS DE BAALBEK
N° 75 S.A.S. LES ENRAGÉS D'AMSTERDAM
N° 76 S.A.S. PUTSCH À OUAGADOUGOU
N° 77 S.A.S. LA BLONDE DE PRÉTORIA
N° 78 S.A.S. LA VEUVE DE L'AYATOLLAH
N° 79 S.A.S. CHASSE À L'HOMME AU PÉROU
N° 80 S.A.S. L'AFFAIRE KIRSANOV
N° 81 S.A.S. MORT À GANDHI
N° 82 S.A.S. DANSE MACABRE À BELGRADE
N° 83 S.A.S. COUP D'ÉTAT AU YEMEN
N° 84 S.A.S. LE PLAN NASSER
N° 85 S.A.S. EMBROUILLES À PANAMA
N° 86 S.A.S. LA MADONE DE STOCKHOLM
N° 87 S.A.S. L'OTAGE DE OMAN
N° 88 S.A.S. ESCALE À GIBRALTAR

L'IRRÉSISTIBLE ASCENSION DE MOHAMMAD REZA, SHAH D'IRAN
LA CHINE S'ÉVEILLE
LA CUISINE APHRODISIAQUE DE S.A.S.
PAPILLON ÉPINGLÉ
LES DOSSIERS SECRETS DE LA BRIGADE MONDAINE
LES DOSSIERS ROSES DE LA BRIGADE MONDAINE

AUX ÉDITIONS DU ROCHER

LA MORT AUX CHATS
LES SOUCIS DE SI-SIOU

AUX ÉDITIONS GÉRARD DE VILLIERS

N° 89 S.A.S. AVENTURE EN SIERRA LEONE
N° 90 S.A.S. LA TAUPE DE LANGLEY
N° 91 S.A.S. LES AMAZONES DE PYONGYANG
N° 92 S.A.S. LES TUEURS DE BRUXELLES
N° 93 S.A.S. VISA POUR CUBA
N° 94 S.A.S. ARNAQUE À BRUNEI
N° 95 S.A.S. LOI MARTIALE À KABOUL
N° 96 S.A.S. L'INCONNU DE LENINGRAD
N° 97 S.A.S. CAUCHEMAR EN COLOMBIE
N° 98 S.A.S. CROISADE EN BIRMANIE
N° 99 S.A.S. MISSION À MOSCOU
N° 100 S.A.S. LES CANONS DE BAGDAD
N° 101 S.A.S. LA PISTE DE BRAZZAVILLE
N° 102 S.A.S. LA SOLUTION ROUGE
N° 103 S.A.S. LA VENGEANCE DE SADDAM HUSSEIN
N° 104 S.A.S. MANIP À ZAGREB
N° 105 S.A.S. KGB CONTRE KGB
N° 106 S.A.S. LE DISPARU DES CANARIES
N° 107 S.A.S. ALERTE AU PLUTONIUM
N° 108 S.A.S. COUP D'ÉTAT À TRIPOLI
N° 109 S.A.S. MISSION SARAJEVO
N° 110 S.A.S. TUEZ RIGOBERTA MENCHU
N° 111 S.A.S. AU NOM D'ALLAH
N° 112 S.A.S. VENGEANCE À BEYROUTH
N° 113 S.A.S. LES TROMPETTES DE JERICHO
N° 114 S.A.S. L'OR DE MOSCOU
N° 115 S.A.S. LES CROISÉS DE L'APARTHEID
N° 116 S.A.S. LA TRAQUE CARLOS
N° 117 S.A.S. TUERIE À MARRAKECH
N° 118 S.A.S. L'OTAGE DU TRIANGLE D'OR
N° 119 S.A.S. LE CARTEL DE SÉBASTOPOL
N° 120 S.A.S. RAMENEZ-MOI LA TÊTE D'EL COYOTE
N° 121 S.A.S. LA RÉSOLUTION 687
N° 122 S.A.S. OPÉRATION LUCIFER
N° 123 S.A.S. VENGEANCE TCHÉTCHÈNE

LE GUIDE S.A.S. 1989

Photo de la couverture : Michael MOORE
Arme fournie par : armurerie COURTY ET FILS, à Paris
Maquillage : Georges DEMICHELIS

ISBN : 2-7386-5780-X

ISSN : 0295-7604

CHAPITRE PREMIER

Malko gara sa Polo de location rouge pompier à l'ombre, le long du trottoir de la rue Pariska, juste avant l'ambassade de France, et s'éloigna à pied vers Knez Mihajlova, la grande artère piétonne de Stari Grad, le vieux quartier de Belgrade. Juste en face, près des rails du tram longeant le parc Kalemegdan, une voiture-grue de la Milicija était en train d'enlever avec une célérité étonnante une voiture mal garée. C'était l'industrie qui marchait le mieux à Belgrade, économiquement exsangue après des mois de sanctions internationales interdisant toute importation. Le prix de l'essence importée clandestinement était monté à dix dinars (1) le litre ! Dans un pays où le salaire moyen était de cinq cents dinars ! Après avoir sciemment lancé les Serbes bosniaques dans leur sinistre programme d'épuration ethnique et de massacres délibérés, le président de la République fédérale de Yougoslavie, Slobodan Milosevic, vieux dinosaure hérité du communisme, avait enfilé sur ses oripeaux d'artisan du génocide une défroque de colombe de la paix et s'efforçait de convaincre les Occidentaux de sa bonne foi. Résignés, les Serbes et les Monténégrins essayaient de survivre, se désintéressant de leurs « frères » bosniaques à la réputation légèrement écornée pour cause d'atrocités diverses...

(1) Environ dix francs.

Même sur le côté ombragé de Knez Mihajlova, il faisait une température de sauna, humide et poisseuse sous un ciel gris. Belgrade subissait une vague de chaleur comme on n'en n'avait pas vu depuis trente ans ! Près de 40 degrés, jour et nuit. Ce qui remplissait les innombrables terrasses de cafés, accentuant le côté méditerranéen de cette ville bruyante, et déshabillait les femmes, déjà naturellement portées à la provocation muette avec leur poitrine orgueilleuse et leurs jambes interminables. Dans Knez Mihajlova, Malko en croisa une – cheveux aile de corbeau et silhouette junonesque – qui lui décocha une œillade d'enfer. A lui faire oublier le but de sa « promenade »...

Ce dont il n'était pas question.

Durant son trajet en voiture depuis l'hôtel *Hyatt*, perle de la cité-dortoir de Novi Beograd située de l'autre côté de la Sava, il avait tenté de s'assurer qu'il n'était pas suivi. Mais c'était une tâche quasiment impossible. Aussi exécutait-il scrupuleusement le programme de rupture de filature suggéré par le chef de station de la CIA à Belgrade, Larry Oldcastle. Les agents de la SDB (1), aguerris par un demi-siècle de communisme, étaient de redoutables professionnels. Comme toujours, Knez Mihajlova grouillait de monde... Malko s'arrêta quelques instants à un stand de jus de fruits, donna quelques pièces à un invalide amputé des deux jambes, un bonnet de laine enfoncé jusqu'aux oreilles malgré l'effroyable chaleur, et s'enfonça dans un étroit passage. Après avoir flâné un peu devant la boutique Davidoff qui exposait dans sa vitrine la dernière gamme des briquets Zippo, siglés Harley Davidson.

Il traversa rapidement le passage désert, débouchant dans une rue parallèle à Knez Mihajlova, Cara Lazara. Puis s'arrêta encore quelques instants devant la vitrine

(1) Sluzba Drzavne Bezbednosti (Services de renseignements serbes).

d'un antiquaire, surveillant du coin de l'œil les gens qui arrivaient de Knež Mihajlova. Après les avoir mémorisés, il traversa et fila par une ruelle en pente le long d'un des seuls parkings à étages de Belgrade. Elle aboutissait plus bas dans la rue Brankova, qui se prolongeait par le Brastvo Most, un des trois ponts enjambant la Sava.

Malko se retourna brièvement. Personne.

Il contourna un kiosque à journaux et s'engouffra dans le passage souterrain sous la rue Brankova. A peine au bas des marches, il ôta sa veste et la fourra dans le sac en Nylon qu'il tenait à la main. Cela s'appelait un « désilhouettage ». Ses éventuels suiveurs avaient dans l'œil un homme en costume, pas en chemise... Il émergea de l'autre côté dans la cohue bruyante du « marché turc » en plein air, et plongea dans la foule. Vieux truc : alterner endroits déserts et lieux encombrés...

Il longea le marché aux poissons, puis celui aux légumes, zigzaguant entre les étals. Un muret délimitait le marché, en surplomb d'une rue à sens unique. Un escalier de pierre permettait de rejoindre celle-ci. Malko le descendit et fila en direction de l'« Autobus Kolovoz » (1).

Lorsqu'il héla un taxi, cent mètres plus bas, il était à peu près sûr de ne pas avoir été suivi.

– Hôtel *Métropole*, dit-il au chauffeur.

L'homme avec qui il avait rendez-vous avait en sa possession de la dynamite. Si cela s'ébruitait, il risquait de ne pas rester longtemps en vie.

Le restaurant *Madera* était enclavé dans le grand parc Tasmajdan, en bordure du boulevard de la Révolution envahi par une nuée de promeneurs fuyant la température caniculaire. Malko s'engagea dans la petite impasse longeant le restaurant, qui s'enfonçait dans le parc comme un doigt.

Il avisa un banc vide, juste en face de la terrasse du *Madera*, et s'y installa. Il était venu à pied de l'hôtel

(1) Gare des bus.

Métropole, distant d'une centaine de mètres. Il regarda sa Breitling « navitimer ». Nenad Kurco, l'homme qu'il devait rencontrer, était en retard d'une bonne demi-heure. Ce qui avec un Yougo n'avait rien d'étonnant : leurs rapports avec l'exactitude étant des plus flous. Malko se força à la patience, regardant passer les vieux trams verts bruyants et grinçants, lieu de prédilection des dragueurs qui profitaient de la foule pour peloter éhontément les filles.

Sous les arbres du parc, la température était à peu près supportable.

Il continua à guetter les passants, se référant mentalement à la photo montrée par Larry Oldcastle. Un long jeune homme d'aspect famélique, aux cheveux noirs plaqués, avec une grande bouche mince. Nenad Kurco, photographe « free-lance », avait en 1991 accompagné dans son expédition en Croatie le chef d'un groupe paramilitaire, Zlatko Sombor, dit « commandant » Dragan. Ancien criminel de droit commun, le « commandant » Dragan, de 1991 à 1993, avait joyeusement massacré, au nom de la purification ethnique... Laissant quelques centaines de cadavres derrière lui.

La « guerre » terminée, ce citoyen de la Fédération serbo-monténégrine, bien que né en Slavonie en 1952, coulait des jours paisibles à Belgrade. Jamais la CIA n'aurait entendu parler de Nenad Kurco, obscur photographe, s'il n'était pas devenu l'amant d'une journaliste serbe, également *stringer* pour la CIA. Celle-ci avait récemment transmis un message alléchant à la station de Belgrade : désireux d'aller s'établir à l'étranger, Nenad Kurco était prêt à vendre à la CIA, pour cinquante mille dollars, une centaine de clichés représentant le « commandant » Dragan et ses hommes en train d'exécuter les Croates du village de Sodolovci. A genoux, d'une balle dans la tête, comme au bon vieux temps des communistes.

Les massacres avaient été monnaie courante durant la purification ethnique en Croatie et en Bosnie, et par milliers, des hommes, des femmes et des enfants étaient morts de façon atroce. Rien que dans l'enclave de Srebrenica en juillet 1995, les hommes du général Ratko Mladic avaient abattu plus de huit mille musulmans... Les quelques dizaines de morts de Sodolovci semblaient bien modestes à côté de cela. A cette différence près : à Sodolovci, il y avait eu un photographe pour immortaliser la scène, si on peut dire. Avec ces photographies, le mandat d'arrêt délivré, le 1er octobre 1992, par les autorités croates contre le « commandant » Dragan pour génocide prenait une consistance nouvelle.

Un fait nouveau qui, dans cette période de bras de fer entre Slobodan Milosevic, président de la Fédération yougoslave, et le gouvernement américain, prenait une importance cruciale. Réclamé dare-dare par la CIA, Malko avait dû s'arracher une fois de plus aux délices du château de Liezen et aux étreintes de sa fiancée, la pulpeuse comtesse Alexandra.

L'entretien d'un château de quarante pièces était un gouffre dans lequel s'engloutissaient sans retour les dollars gagnés par Malko au risque de sa vie... Des années de missions impossibles ne lui avaient pas permis de s'assurer une retraite décente à ses yeux, aussi continuait-il à jouer au chat et à la souris avec la mort...

Furieuse de ce nouvel abandon, Alexandra avait sauté dans le premier Airbus d'Air France pour Paris, avec la ferme intention de dépenser d'avance ce que Malko allait gagner. Les soldes des grands couturiers et les dernières créations du décorateur d'intérieur Claude Dalle suffiraient.

Sa dernière aventure à Moscou lui avait laissé un goût amer (1). A cause d'une série de quiproquos, il avait été en partie responsable de la mort d'une femme qu'il n'avait que peu connue, mais qui laisserait dans sa mémoire un sillage profond : Louisa, la Tchétchène.

(1) Voir SAS n° 123, *Vengeance tchétchène*.

Cette mission à Belgrade paraissait plus facile. Larry Oldcastle ne voulait pas mêler directement la station à la récupération de documents brûlants, qui risquaient de déclencher une opération tortueuse. Alors, on avait fait appel au chef de mission spécialiste des coups tordus et des missions désespérées : Son Altesse Sérénissime le prince Malko Linge, chevalier de l'ordre des Séraphins, margrave de Basse-Lusace, chevalier d'honneur et de dévotion de l'ordre souverain de Malte, chevalier de droit de l'Aigle Noir, sans parler de titres plus banals dont un seul demeurait dans le secret des dieux : barbouze hors cadre à la *Central Intelligence Agency.*

Rescapé de la guerre froide, et de quelques épisodes plus chauds dans le tiers-monde, Malko savait qu'à trop tirer sur la ficelle, elle se casse. Cependant un mélange de fatalisme et de goût pour la vie à grandes guides l'empêchait de raccrocher. Et aussi, quelque part, la petite idée saugrenue qu'il luttait pour la bonne cause... Un monde avec un peu moins d'horreurs, où les innocents ne perdraient pas à tous coups...

Il se leva de son banc, soudain vigilant. Un jeune homme en polo rouge venait de sauter d'un tram et se dirigeait vers lui. Il lui fallut quelques secondes pour distinguer un nez en pied de marmite et des cheveux clairsemés. Ce n'était pas Nenad Kurco. L'homme passa devant lui sans tourner la tête, descendant le boulevard de la Révolution, une des rares artères dont le nom avait survécu à la purge des années 80. Même l'avenue Marsala Tito – le héros de la Yougoslavie – avait disparu. La place Marx et Engels était devenue place Nikole Pasica. Seul le sinistre appareil de la répression était toujours là, blotti dans un grand immeuble noirâtre au bout de la rue Knez Mihajlova, juste avant le pont enjambant l'autoroute de Zagreb. Lors de l'éclatement de la Yougoslavie, on avait purgé les éléments non serbes et la machine de la SDB continuait à tourner, bien huilée, attentive à supprimer tout danger menaçant le gouvernement de Slobodan Milosevic, multipliant les écoutes sauvages, les intimidations et, quand il le fallait, les meurtres.

Seul le Second Directorate, chargé de la liquidation des adversaires du Titisme hors de l'ancienne Yougoslavie, s'était mis en sommeil : la Yougoslavie n'existait plus et Tito n'était plus une idole. Mais la SDB restait une mécanique efficace et féroce, au service de ce qui restait de l'ancienne Yougoslavie, la Fédération qui réunissait la Serbie, le Monténégro et le Kosovo, sous la houlette du vieil apparatchik malin comme un singe, Slobodan Milosevic.

L'homme qui avait réussi la plus belle renversée de l'histoire : après avoir lancé les hordes sauvages des Serbes bosniaques à l'assaut de la Croatie, puis de la Bosnie, il avait réussi à s'imposer, depuis, comme un « peacemaker », un faiseur de paix. Un peu comme si Hitler, après avoir ravagé l'Europe avec ses SS, se faisait passer pour un agneau, en prétendant qu'il n'y était pour rien. Et les Grands de ce monde y croyaient, ou plutôt, faisaient semblant d'y croire. Car Milosevic était devenu « incontournable », comme on dit. Ou, en tout cas, bien utile, et presque fréquentable. Mais c'était comme au cirque. Le dompteur – c'est-à-dire les USA – ne le lâchait pas des yeux, prêt à l'abattre s'il devenait à nouveau dangereux...

Voilà pourquoi Malko se trouvait à Belgrade, par plus de 40 degrés de chaleur.

*
**

Une heure et quart d'attente... Inondé de sueur, sa chemise de voile collée au corps par la transpiration, Malko se leva. Nenad Kurco, pour une raison inconnue, lui avait posé un lapin. Il gagna la terrasse du *Madera* et demanda au garçon où téléphoner. Comme il ne devait pas y avoir à Belgrade plus de trois taxiphones en état de marche, la requête était courante. On lui désigna un appareil antédiluvien posé sur une table. Malko y glissa une pièce de un dinar et composa le numéro de la ligne directe de Larry Oldcastle. Très probablement écoutée par la SDB.

L'Américain décrocha aussitôt.

– C'est moi, annonça Malko sans donner son nom. Il n'est pas venu.

Le chef de station de la CIA demeura silencieux quelques instants, puis laissa tomber :

– Allez chez lui. Il a peut-être eu un problème.

Il avait déjà raccroché. Même si la SDB avait écouté la conversation, il n'en sortirait rien... Malko s'essuya le front et consulta son plan de Belgrade. Le jeune photographe habitait au sud de la ville, dans le quartier résidentiel de Dedinjé. Malko héla un taxi et donna l'adresse. Maintenant, il était certain de ne pas être suivi.

Dix minutes plus tard, le chauffeur de la Zastava 128 s'engagea dans une petite rue en pente partant du boulevard Vojvoba Putmika qui longeait un des innombrables parcs de la capitale. Les Serbes n'avaient pas d'argent, mais ils avaient des arbres. Après quelques zigzags, le taxi s'arrêta presque en bas de la rue Selva Nauma, une petite rue en pente dans un quartier boisé, et le chauffeur redémarra dès qu'il eut empoché ses dix dinars. Malko examina l'immeuble en face de lui, le numéro 5. Trois étages de brique rouge avec des balcons blancs, et derrière, un autre corps de bâtiment. Le trottoir était défoncé, les villas voisines en triste état. Deux voitures ressemblant à des épaves étaient garées sur le trottoir. Seuls les oiseaux troublaient le silence. On se serait cru à la campagne.

Malko traversa, consulta le tableau de l'interphone. Nenad Kurco habitait bien là. Il appuya sur le bouton. Aucune réponse. A la troisième tentative, il conclut que le photographe n'était pas chez lui... Ce rendez-vous manqué lui avait déjà pris près de trois heures : il pouvait bien attendre encore un peu. Il traversa et s'appuya contre un mur, à l'ombre. Il n'y avait pratiquement pas de circulation dans ce quartier tranquille. A peine quelques piétons. La chaleur semblait tout écraser.

La trotteuse de sa Breitling égrenait les secondes avec une lenteur exaspérante. Malko allait finir par s'éloigner lorsqu'il vit une femme remonter la rue, un cabas à la main, et se diriger vers l'entrée de l'immeuble. Il sauta sur l'occasion et se décolla du mur, puis la rejoignit au moment où elle ouvrait la porte. Pressant aussitôt le bouton de l'interphone, il lança :

– Nenad ! *That's me.*

La femme l'entendit et lui tint la porte... Malko se glissa à l'intérieur comme si on lui avait répondu. Heureusement, sa bienfaitrice s'arrêta au rez-de-chaussée. Il monta à pied, faute d'ascenseur. La cage d'escalier était un peu moins sale que dans les immeubles du centre. Il s'arrêta sur le palier du second. Deux portes. Celle de gauche montrait, épinglée sur le battant, une carte de visite : Nenad Kurco. Malko, à tout hasard, appuya sur la sonnette. La sonnerie stridente lui vrilla les oreilles, sans résultat.

Que faire ? Il s'assit sur une marche, guettant les bruits du rez-de-chaussée. En une demi-heure, trois personnes entrèrent, mais aucune ne dépassa le premier. Il régnait une chaleur poisseuse dans l'escalier. N'y tenant plus, il examina la porte, un simple panneau de bois muni d'une seule serrure. En se penchant sur cette dernière, il réalisa aussitôt que la clef était dedans.

Machinalement, il tourna la poignée ronde et le pêne joua librement. Il n'eut qu'à pousser le battant qui s'ouvrit.

La porte n'était même pas fermée à clef !

Etrange...

*
**

Il regarda autour de lui le palier désert. Le pouls considérablement accéléré, il ouvrit complètement, pénétra à l'intérieur et referma aussitôt derrière lui. Son regard embrassa d'abord, en face de lui, une mini-cuisine avec une tablette sur laquelle se trouvaient divers ustensiles et une bouteille de scotch whisky Defender « Cinq ans » à moitié pleine. Il tourna la tête vers la gauche et un flot d'adrénaline faillit faire exploser ses artères. Un corps nu se balançait au milieu de la pièce, les pieds à quelques centimètres du sol.

Un homme jeune entièrement nu, le corps barbouillé de traînées de peinture verte et rouge, le cou serré par une cordelette dont l'autre extrémité avait été fixée à un crochet du plafond. La mort ne devait pas remonter à très longtemps, car aucune odeur ne flottait dans la pièce. Une chaise renversée expliquait comment il avait mis fin à ses jours. Malko identifia les cheveux noirs, les traits émaciés.

Nenad Kurco avait une bonne excuse pour ne pas être venu au rendez-vous.

L'immobilité du corps, ce visage lisse dont la peau était déjà cireuse, tranchaient tragiquement avec le pépiement des oiseaux nichés dans les arbres alentour.

Malko allait repartir, bouleversé, quand il remarqua une porte ouverte donnant dans la pièce voisine. Contournant le mort, il voulut aller y jeter un coup d'œil, et franchit le seuil d'une chambre, plus petite, aux murs décorés de dessins d'enfant. Il s'arrêta, horrifié. Une petite fille blonde vêtue d'une robe de coton à fleurs semblait épinglée le long d'un des murs. Elle était pendue, elle aussi ! A un crochet enfoncé dans le mur. Elle avait dû se débattre violemment avant de mourir, car des fragments de plâtre s'étaient détachés du mur sous ses coups de pied... Malko se détourna, encore plus bouleversé, et revint dans l'autre pièce.

Aucun désordre dans l'appartement. Aucune trace de lutte. Le cadavre maigre semblait presque irréel. Il regarda autour de lui. Une inscription était tracée au feutre noir sur l'un des murs : SLOBODA (1), juste au-dessus d'un climatiseur au fil arraché.

Malko regarda autour de lui, intrigué. Après le choc de la découverte de ce qui semblait être un suicide précédé

(1) Liberté.

d'un meurtre – celui de la petite fille blonde qui ne s'était sûrement pas pendue elle-même – il reprenait ses réflexes professionnels. Ce n'était, hélas, pas la première fois qu'il se trouvait en face d'un cadavre. Même si le spectacle de cette fillette pendue était particulièrement atroce. Apparemment, Nenad Kurco, dans une crise de démence, s'était suicidé après avoir tué sa fille. Le corps dénudé, les barbouillages, l'inscription sur le mur, tout cela évoquait le trouble mental.

Mais le photographe dont le corps pendait maintenant au milieu de la pièce devait être en possession de photos explosives. Elles étaient peut-être là.

Malko alla donner un tour de clef à la porte et regarda autour de lui. Un téléphone rouge à touches était posé par terre, plusieurs *Post-it* jaunes collés sur son socle. Quatre, exactement. Malko nota les numéros inscrits. Le quatrième *Post-it* portait un nom griffonné sous le numéro 332768. Carla Bettega, hôtel *Bristol*, chambre 24.

Une fois les numéros notés, Malko procéda à une fouille rapide mais approfondie des deux pièces et de la salle de bains, examinant les papiers qui traînaient. Rien d'intéressant. Et surtout pas de photos. Après avoir soulevé les matelas, inspecté toutes les cachettes possibles, il décida de ne pas s'éterniser.

Il entrebâilla prudemment la porte pour s'assurer que le palier était vide, et s'éclipsa, en proie à des sentiments contradictoires. La tristesse devant la mort, mais aussi la sensation que ce suicide était trop évident. Cela laissait une sensation de malaise. Pourquoi Nenad Kurco aurait-il voulu mourir, entraînant sa fille avec lui, au moment de toucher cinquante mille dollars, une somme considérable pour lui ?

CHAPITRE II

Larry Oldcastle était effondré. Il montra à Malko le numéro de *Nasa Borba* (1) sorti quelques heures plus tôt. Deux photos occupaient la une de papier gris du journal. Une de Nenad Kurco allongé chez lui, la tête dépassant d'un drap, l'autre d'une splendide fille brune qui, malgré la mauvaise qualité du papier, arrivait encore à être éclatante.

– Ce con s'est suicidé ! Après avoir tué sa fille, soupira le chef de station de la CIA. Il paraît que c'était un type fragile, émotif.

– Qui est la fille brune ?

– Sa fiancée, Dragona Milosin. C'est elle qui a découvert le corps.

L'Américain se laissa tomber sur un des fauteuils entourant la table basse. Avec sa moustache en brosse très noire, sa cravate sur sa chemisette blanche à manches courtes, il ressemblait vaguement à un militaire. Grand, plutôt élégant, athlétique, il souriait tout le temps. Son bureau était tout en longueur et ses fenêtres donnaient sur une cour intérieure, ce qui donnait une impression de claustrophobie. L'ambassade américaine de Belgrade occupait tout un bloc, sur Knez Mihajlova, à quelques encablures de la SDB, située un peu plus loin sur le même

(1) *Notre lutte*. Quotidien belgradois.

trottoir. Elle comportait un club, des logements et des tas de bureaux vides. Depuis la fin de la guerre froide, les affaires s'étaient ralenties. Seule la Bosnie avait relancé l'activité.

Larry Oldcastle alluma une nouvelle Gauloise blonde avec un Zippo aux armes des *Buffalo Bills*, l'équipe de football américain de l'Etat de New York. Derrière lui, une grande photo le représentait très martial, en train de brandir une batte de base-ball.

– Vous n'avez rien trouvé dans l'appartement ? demanda-t-il.

Malko but un peu de son café turc, rebaptisé serbe.

– Non, dit-il. De toute façon, je ne pense pas qu'il ait laissé traîner ces photos. Elles devaient être dans une banque, ou planquées en lieu sûr.

Un coup léger fut frappé à la porte et la secrétaire de Larry Oldcastle entra, portant des papiers. Malko reçut un petit choc agréable à l'épigastre. C'était une métisse aux traits fins, ravissante, dont les vêtements amples et la jupe longue jusqu'aux chevilles n'arrivaient pas à dissimuler complètement des seins pointus et une croupe callipyge comme seules les Blacks en possèdent. Avant de ressortir, elle glissa à Malko une œillade brûlante comme un laser. Visiblement, elle ne détestait pas les blonds...

– Priscilla, je vous présente le prince Malko, l'un de nos meilleurs chefs de mission, dit l'Américain. Malko, c'est Priscilla Clearwater, la meilleure secrétaire que j'aie jamais eue !

Larry Oldcastle attendit quand même qu'elle soit ressortie pour reprendre la conversation.

– Il faut retrouver ces photos ! martela-t-il. Coûte que coûte.

Malko lui jeta un regard un peu surpris. En quoi les preuves d'un tout petit massacre survenu cinq ans plus tôt dans un village perdu de Croatie allaient-elles changer la face du monde ? Il y avait eu tellement d'horreurs en ex-Yougoslavie...

– C'est vraiment important ?

Larry Oldcastle lui adressa un regard plein d'agacement.

– C'est *vital* ! trancha-t-il. Et je vais vous expliquer pourquoi. Vous savez que nous avons prévu des élections en Bosnie, courant septembre. Dans tous les territoires sous contrôle de l'IFOR (1).

– J'ai lu cela, reconnut Malko. Et alors ?

L'Américain alluma une autre Gauloise blonde.

– Ces élections ne peuvent être *crédibles* que si les criminels de guerre les plus choquants, c'est-à-dire le général Mladic et le président des Serbes bosniaques, Radovan Karadzic, sont, au pire, hors circuit, au mieux traduits devant le Tribunal pénal international de La Haye. Sinon, les musulmans nous disent déjà que c'est une parodie à laquelle ils ne participeront pas.

– Cela paraît logique, reconnut Malko, mais vous avez soixante mille hommes lourdement armés en Bosnie. Ils devraient pouvoir mettre la main sur Karadzic, non ?

– Ils devraient, reconnut sombrement l'Américain, mais ils ne le feront pas. Les responsables militaires de l'IFOR se refusent à arrêter les criminels recherchés par le TPI sous prétexte que cela pourrait déclencher des troubles sanglants.

– De mon temps, objecta Malko mi-figue mi-raisin, les militaires obéissaient aux ordres. Apparemment, cela a changé...

– *Hold it !* protesta Larry Oldcastle. Ils obéiraient, mais on ne leur donne pas d'ordres... Vous oubliez que Bill Clinton se représente à la présidence des Etats-Unis en novembre prochain. Imaginez qu'à la suite de l'interpellation de Mladic ou de Karadzic, des excités serbes bosniaques s'amusent à allumer nos GI's et en mettent une vingtaine au tapis... J'entends déjà les hurlements de Bob Dole, le candidat républicain... C'est Bill Clinton *lui-*

(1) Force multinationale de l'OTAN en Bosnie.

même qui s'oppose à ce que les troupes de l'IFOR arrêtent Karadzic.

– Alors, quelle est la solution ?

– Slobodan Milosevic ! Président de ce qui reste de la Yougoslavie et notre nouvel ami d'enfance. Lui a compris que les carottes étaient cuites pour les Serbes bosniaques. Après les avoir lancés à l'assaut pour dépecer la Bosnie, il a pris ses distances et leur a tordu le bras pour qu'ils acceptent les accords de Dayton, qu'il a signés en leur nom.

– Beau retournement, apprécia Malko avec un cynisme froid.

– Ce type est un *vrai* communiste, souligna avec une nuance d'admiration Larry Oldcastle… Il s'adapte admirablement à la loi du plus fort. Il n'a aucune éthique, aucune conviction. Son unique but est de conserver le pouvoir. A n'importe quel prix...

– Alors, qu'attendez-vous pour lui demander de vous amener les jumeaux du crime – Mladic et Karadzic – dans une cage ?

Le chef de station de la CIA abandonna son ton léger pour répliquer :

– Pour ça, il traîne les pieds. Parce que, politiquement, ce n'est pas vraiment facile pour lui. La trahison des « frères » serbes passera mal dans son opinion. Qu'aux yeux de ses concitoyens il aille jusqu'à faire le travail des Américains, c'est beaucoup espérer de lui. Sachant cela, Mladic et Karadzic se moquent ouvertement de nous en venant souvent à Belgrade, au vu et au su de tous. Alors, nous avons décidé de faire quelque chose. Il ne nous reste pas beaucoup de temps. Pas tout à fait quatre mois. On fait une croix sur Mladic qui se fait tout petit, mais on veut Karadzic. L'homme de la purification ethnique.

– Comment ?

– Nous exigeons que Milosevic le fasse arrêter à son prochain passage à Belgrade. Et l'expédie illico au Tribunal de La Haye.

Malko fit la moue.

– Ça va être dur...

– Très dur, reconnut l'Américain. C'est pourquoi nous avons décidé d'aider un peu Milosevic. C'est assez tortueux, mais cela devrait fonctionner.

– Je vous écoute, dit Malko.

Pour que la CIA annonce une manip tortueuse, il fallait vraiment qu'elle soit pleine de vice... Larry Oldcastle se cala dans son fauteuil, face à la clim, et demanda :

– Vous avez entendu parler d'un « commandant » Dragan ?

– Vaguement. C'est un criminel de guerre, non ?

– Pas encore officiellement, soupira Larry Oldcastle, mais il a toutes les qualifications pour cela. Dragan, c'est un surnom, qu'il a piqué dans un vieux film de guerre de chez nous, *Airborn command*. Son vrai nom est Zlatko Sombor. C'est un Monténégrin né en Slavonie le 17 avril 1952. Son père était officier de l'armée de l'air yougoslave. Le fils a préféré devenir un voyou, vivant du jeu, de vols et de différentes activités criminelles. Ce qui l'a mené droit en prison vers 1982, après avoir massacré un joueur qui avait eu le mauvais goût de gagner beaucoup d'argent contre lui... Grâce à son père, cela ne s'est pas trop mal terminé. Il est intervenu auprès de ses amis militaires, et « Dragan » a été récupéré par la DB, les services yougoslaves.

« A l'époque, Tito était obsédé par l'élimination des ennemis du régime vivant à l'extérieur de la Yougoslavie. L'homme chargé de leur élimination s'appelait Stane Dolanc, le ministre de l'Intérieur, un ami proche de Tito. Ses services ont donné à « Dragan » un faux passeport, un peu d'argent et une liste d'opposants à éliminer. Il a sévi en Suède, en Belgique, en Suisse et en Allemagne. Quand il n'assassinait pas pour le compte de la DB, il poursuivait des activités de voyou, casses de banque, hold-up, cambriolages, vols de voitures et j'en passe...

« Après une évasion spectaculaire en Allemagne, suite

à l'attaque d'une banque, il jugea plus prudent de retourner en Yougoslavie, où il fut accueilli avec les honneurs qui lui étaient dus. C'est-à-dire qu'il s'acheta une discothèque et continua à magouiller, avec la bénédiction de la DB qui l'avait mis en sommeil. Cela aurait continué longtemps si la Yougoslavie n'avait pas éclaté en 1989.

Larry Oldcastle s'interrompit, le temps d'allumer une nouvelle cigarette, puis reprit son récit :

– Un homme joua alors un rôle crucial dans la redistribution des cartes : un certain Rade Bogdanovic, ami intime de Milosevic. Bogdanovic se mit à écrémer tous les « bons » éléments qui avaient travaillé pour la DB fédérale. Cette dernière ayant explosé pour cause d'éclatement du pays en plusieurs entités, il s'agissait de récupérer pour la DB serbe, agissant à partir de Belgrade, tous ceux qui pouvaient encore servir. C'est ainsi que le dossier de Dragan disparut des archives centrales de la DB pour être transféré à celles des nouveaux services serbes tout dévoués à Milosevic. Après épuration des éléments slovènes, bosniaques, musulmans et surtout croates.

« Rade Bogdanovic trouva très vite du travail à Dragan. C'était le début de l'épuration ethnique en Croatie, plus précisément en Slovénie orientale, dans la région de Vukovar et Vinkovci. Bien sûr, l'ex-armée fédérale avait livré beaucoup d'armes aux Serbes de Krajna pour qu'ils puissent liquider les Croates. Mais, officiellement, il était délicat pour Milosevic d'engager des unités de la nouvelle Fédération serbo-monténégrine. La parade était facile. Il suffisait de trouver des « volontaires » et un chef, pour créer une unité paramilitaire serbe qui volerait au secours des « frères » serbes de Croatie. Un peu à la manière des Brigades internationales durant la guerre d'Espagne, formées théoriquement de volontaires, en réalité truffées d'agents du Kominform manipulés par Moscou...

« Le chef était tout trouvé : Dragan. La DB le « tenait » d'une part, et d'autre part, Zlatko Sombor entrevit immédiatement le bénéfice potentiel d'une telle opération.

D'abord, des liens renforcés avec la DB, ensuite les pillages et les trafics inhérents à ce genre de conflit. Voilà comment naquit l'unité des Anges Blancs du « commandant » Dragan, conclut l'Américain. Grâce à une utilisation judicieuse de la presse aux ordres, toute la Serbie sut très vite qu'un nouveau héros pan-serbe était né : Dragan, qui effaçait l'image fâcheuse du voyou Zlatko Sombor.

– Il avait beaucoup de gens avec lui ? demanda Malko.

Larry Oldcastle fit la moue.

– Une cinquantaine environ. Pour la plupart des voyous de Belgrade ou des supporters du club de football de l'Etoile Rouge, dont Dragan était le patron. Mais ils subirent tous un entraînement intensif en Serbie et quelques semaines plus tard, ils prêtaient main-forte aux Serbes de Croatie. Pendant plusieurs mois, ils se déchaînèrent en Slavonie, à Vukovar et dans les villages alentour, se battant avec courage, mais aussi massacrant tous les Croates qui leur tombaient sous la main. Je ne parle même pas des pillages. Or, comme il adore la publicité, Dragan avait emmené avec lui un photographe, pour immortaliser ses exploits.

– Nenad Kurco ?

– Exactement. A l'époque, on était en pleine euphorie et les Serbes pensaient qu'ils avaient le monde à leurs pieds. Dragan a trouvé tout naturel qu'on filme des exécutions... Ensuite, tout le monde a oublié ces photos...

– Ce sont les seuls crimes qu'il a commis ? s'étonna Malko.

Larry Oldcastle sourit dans sa moustache, et tira sur sa Gauloise blonde.

– Non, bien sûr. Après avoir écumé la Slovénie orientale, il s'est replié en Serbie et a de nouveau sévi, l'année suivante, lors du nettoyage ethnique en Bosnie. Lui et ses hommes ont participé à la prise de Zvornik et de Bijeljina, deux importantes localités musulmanes. Là aussi, les Anges Blancs de Dragan ont joyeusement massacré les musulmans, hommes, femmes et enfants. Nous avons eu des *remontées* par des sources au sein de la DB. Les exactions sauvages de Dragan correspondaient à une tactique mûrement réfléchie des dirigeants serbes de Belgrade et de Pale. Il s'agissait de terroriser les musulmans pour les pousser à fuir plus vite. Dragan ne laissait JAMAIS de survivants derrière lui.

– Pas de témoins...

– Exact, confirma l'Américain. Mais parfois, les Croates ou les musulmans reprenaient un village. Comme on ne trouvait que des fosses communes, cela incitait à la prudence. Tenez, je vais vous montrer quelque chose.

Il se leva et alla prendre dans son bureau plusieurs photos qu'il tendit à Malko.

Des documents noir et blanc. Il lui fallut quelques instants pour discerner qu'il s'agissait de quatre cadavres, atrocement mutilés. Egorgés puis décapités, les entrailles béantes.

– Quatre bonnes sœurs croates du village de Erstonivo, commenta Larry Oldcastle. Dans ce village croate, quatre hommes du « commandant » Dragan avaient été surpris par les Croates et massacrés. Il y avait un monastère où ces sœurs avaient tenu à rester. Fou de rage, Dragan s'est vengé sur elles. On dit qu'il les a égorgées de ses propres mains.

– C'est vrai ?

L'Américain haussa les épaules.

– Lui et ses hommes sont capables de démembrer des enfants en plaisantant... Alors...

Malko but la dernière gorgée de son café froid.

– Je suppose qu'il y a eu plusieurs Dragan dans ce conflit, remarqua-t-il.

– Bien sûr, approuva Larry Oldcastle. Il y a eu aussi le général « Mauser ». Et d'autres chez les Croates. Mais le seul à être devenu un héros national, c'est le « commandant » Dragan, chez les Serbes.

– Pourquoi ?

Sans répondre, l'Américain lui tendit une photo.

Celle-là était en couleurs. Elle représentait un couple de mariés. La femme était en tenue traditionnelle serbe, avec un bouquet de roses. L'homme était accoutré d'un uniforme d'opérette ; le képi à la serbe, creusé au milieu, une tenue violine avec de hautes bottes et un col rouge, une énorme croix orthodoxe autour du cou et une cape de même couleur aux revers rouges. Dans sa main droite, il tenait un long sabre. Il avait un visage énergique, le nez busqué et le regard assuré.

– Voilà le « commandant » Dragan à son mariage, commenta Larry Oldcastle. C'était l'année dernière. Il a épousé Imala, une chanteuse très connue de « turbo-folk », une sorte de Madonna locale. C'est une photo de la cérémonie, qui a eu lieu à l'*Intercontinental*. Ils ont tout cassé et tiré dans les plafonds. Mais Dragan en est sorti encore plus populaire, surtout auprès des jeunes. Le « turbo-folk », c'est leur folie.

– Ça ressemble à quoi ?

– C'est une horreur qui donne des boutons aux Serbes traditionalistes. Mais ce mariage a encore accru le prestige du « commandant » Dragan. Il est devenu l'incarnation du renouveau serbe et ne cache pas son admiration pour les Serbes de Bosnie. A ses yeux, l'épuration ethnique n'est que la revanche prise contre les Oustachis qui massacrèrent les Serbes entre 1940 et 1945 et contre les Turcs, qui, jadis, conquirent la Serbie.

Malko contemplait la photo. Ce clown déguisé ne ressemblait pas à un tueur. Et pourtant...

Comme s'il avait lu dans ses pensées, Larry Oldcastle précisa d'une voix égale :

– Ne vous fiez pas à ce cirque. Dragan EST un tueur. Un type intelligent, malin, assez souple pour ne pas se brouiller avec ses « sponsors », mais pour qui la vie humaine n'a aucune valeur. Un jour, un haut dirigeant de la DB, après avoir un peu bu, m'a dit : « Vous ne trouverez jamais de témoin contre Dragan. C'est un professionnel.

Il n'a jamais laissé de trace. Ni après ses meurtres ni après les massacres ethniques. »

– Sauf ce photographe...

– C'est vrai. Mais il le savait et pensait que l'autre n'oserait jamais le trahir.

L'Américain se leva pour aller répondre au téléphone sur sa ligne directe et, lorsqu'il revint, Malko demanda :

– Maintenant que je cerne mieux le personnage de Dragan, expliquez-moi ce que vous attendez de lui.

Larry Oldcastle alluma une énième Gauloise blonde, souffla lentement la fumée et dit :

– Très honnêtement, je me moque de Dragan. C'est un assassin et une crapule, mais ce pays n'en manque pas. Seulement, les autres sont plus discrets ou en fuite, ou réfugiés en Republika Srpska (1), de l'autre côté de la Drina. Dragan est connu mondialement. Tous les médias ont relaté ses exploits. Malheureusement, sans en apporter la preuve. Comme la plupart du temps dans ce genre d'histoire.

« N'oubliez pas qu'aujourd'hui encore, plus d'un demi-siècle après l'Holocauste, on n'a pas trouvé un seul document *écrit* ordonnant de façon claire l'extermination des Juifs. Qui, pourtant, ne fait aucun doute. Plus près de nous, il a fallu des photos satellites révélant l'existence de fosses communes dans les environs de Srebrenica pour qu'on trouve des preuves des massacres de musulmans commis sous les ordres du général Mladic. Dans le cas de Dragan, c'est pareil. Il n'y a à ce jour aucune preuve contre lui. Sauf ces photos.

– Si elles existent...

– Elles existent, trancha l'Américain. Je vous dirai pourquoi j'en suis sûr. Quelqu'un les a vues.

– Si je comprends bien, continua Malko, vous voulez faire inculper le « commandant » Dragan comme criminel

(1) « République serbe » de Bosnie.

de guerre par le Tribunal international de La Haye, grâce à ces documents.

– Tout à fait exact, reconnut l'Américain. Même s'il n'a pas tiré lui-même, il donnait les ordres. Cela suffit.

– OK, qu'est-ce que cela vous apportera, à part une satisfaction morale ?

– Une *immense* satisfaction morale, corrigea l'Américain d'une voix douce. Ce type est une répugnante ordure. Mais ce n'est que le premier étage de la fusée. Supposons que je détienne les preuves permettant d'inculper Dragan. Le Tribunal international de La Haye lancera aussitôt un mandat d'arrêt international, n'est-ce pas ?

– Je suppose, avança Malko.

L'Américain buvait visiblement du petit-lait.

– Parfait. Dragan ne se trouve pas en Bosnie, mais à Belgrade. Tout le monde connaît son adresse. C'est notre chargé d'affaires qui portera en personne le mandat d'arrêt à Slobodan Milosevic. Avec une demande pressante d'arrestation immédiate et d'extradition à destination de la Hollande. En même temps, nous alerterons les médias internationaux. De façon à ce que CNN campe jour et nuit devant le « château » de Dragan, à côté du stade de l'Etoile Rouge.

– Milosevic va vous envoyer promener, objecta Malko.

Larry Oldcastle secoua lentement la tête.

– Ça m'étonnerait. Nous le tenons par les couilles. N'oubliez pas qu'il suffit que le Tribunal de La Haye demande au Conseil de sécurité des Nations unies le rétablissement des sanctions économiques pour que ce dernier s'exécute. Alors, *exit* la Serbie. Plus de liaisons aériennes, plus d'importations. La mort lente. Ils savent ce que c'est, ils y ont déjà goûté pendant trois ans... On ne trouvait plus rien et dans les hôpitaux, on opérait sans anesthésie. Non, la carrière politique de Milosevic ne survivrait pas à de nouvelles sanctions imposées par les Nations unies.

– Donc, conclut Malko, convaincu, Milosevic va livrer Dragan. Cela ne sera pas la première fois qu'on se débarrasse des gens gênants, même s'ils ont rendu de grands services.

Larry Oldcastle opina énergiquement.

– Absolument. Mais il y a un petit « hic »...

– Lequel ?

– Dragan sait beaucoup de choses. Et c'est un malin prudent. Il détient de nombreuses preuves de l'implication directe de Milosevic dans le nettoyage ethnique. C'est l'armée régulière yougoslave qui l'a équipé entièrement. Il a été témoin de la présence d'officiers de la JNA (1) à Vukovar et des atrocités qu'ils y ont perpétrées. Autant dire que s'il se mettait à table devant le Tribunal, Slobodan Milosevic serait très mal...

– Quelle est la conclusion ?

L'Américain eut un sourire rusé sous sa moustache.

– Mon but est de réunir contre Dragan un dossier en béton, expliqua-t-il. Quelque chose qui force Milosevic à réagir. Ensuite, ce dernier aura le choix : laisser extrader Dragan avec les risques que cela comporte, ou accepter de faire ce que nous lui demandons : neutraliser Radovan Karadzic.

Un lourd silence tomba sur le bureau, tandis que Malko évaluait mentalement la manip de la CIA. Comme toujours, à première vue, cela semblait parfait, bien carré, sûr de réussir. Mais, à l'essai, il devait y avoir des loups. Un surtout était évident.

– C'est une excellente idée, reconnut-il, mais qui me paraît mort-née, puisque votre principal témoin à charge est mort. Et que nous ignorons où se trouvent les documents qu'il voulait vous vendre.

Larry Oldcastle attira à lui le journal, pour poser le doigt sur la photo de la ravissante fiancée du photographe.

– Deux objections, dit-il. D'abord je suis presque sûr que c'est elle qui a les photos.

– Comment le savez-vous ?

(1) Jugoslovenska Narodna Armija.

– Tamara Savic, notre *stringer*, m'a dit que Nenad avait toute confiance en elle. Si elle ne les a pas, elle sait où elles sont.

– Et elle, où se trouve-t-elle ?

– Tamara va vous mettre en rapport avec elle. Ensuite, avec les photos, Nenad Kurco avait proposé de nous vendre une information, « explosive » elle aussi, concernant Dragan. Je pense la connaître et cette Dragona doit l'avoir en sa possession.

Malko réalisa de nouveau la principale étrangeté de toute l'affaire.

– Le suicide de Nenad ne vous semble pas suspect ? interrogea-t-il.

Larry Oldcastle mit quelques secondes à répondre :

– Si, avoua-t-il, c'est étrange, mais la police a conclu au suicide dans une crise de dépression. C'était un garçon instable qui connaissait de très grosses difficultés.

– Et la petite fille, c'était sa fille ?

– Oui. Mais il paraît que dans les cas de suicide, les gens veulent emmener avec eux ceux qu'ils aiment. De toute façon, allez voir Tamara. Elle travaille pour CNN. Vous la trouverez à l'*Intercontinental*, chambre 602. Vous venez de ma part.

La ligne directe sonna de nouveau. L'Américain alla répondre et resta ensuite debout, jouant machinalement avec son paquet de Gauloises blondes. Nerveux.

– Il me faut ces photos, répéta-t-il. Langley me met l'épée dans les reins. Ce suicide est une catastrophe.

– Pour Nenad aussi, remarqua perfidement Malko. A moi, il me semble de plus en plus bizarre.

Larry Oldcastle ne répondit pas. Il reconduisit Malko jusqu'à la porte puis fonça sur le téléphone. Malko se trouva nez à nez avec la splendide métisse qui lui barrait pratiquement le passage.

– *Hi !* fit-elle. Mr Oldcastle m'a demandé de noter le numéro de votre chambre au *Hyatt*. Souhaitez-vous qu'on vous donne un téléphone portable ?

Déhanchée, elle semblait lui proposer autre chose. Ses seins pointaient sous sa blouse et son regard détaillait Malko avec gourmandise.

– Non merci, dit-il.

– OK, je vous raccompagne.

Elle descendit avec lui les trois étages à pied et s'arrêta en face de la cage vitrée du Marine de garde, avec un grand sourire.

– Je m'emmerde dans cette ville de merde ! fit-elle. Si vous avez une minute, appelez-moi. Voilà ma ligne directe.

Au moins, c'était franc. Malko empocha la carte et plongea dans la fournaise. Le temps de regagner sa voiture garée dans la rue en pente, le long de l'ambassade, il était en nage. Plutôt qu'un téléphone portable, un pistolet eût été plus indiqué, se dit-il en démarrant.

CHAPITRE III

L'hôtel *Intercontinental* n'avait pas changé depuis le dernier passage de Malko à Belgrade, onze ans plus tôt (1). Il ressemblait toujours à un grand vaisseau verdâtre échoué à Novi Beograd, entre la Sava et le Danube, dans un *no man's land* brûlant. A la sortie du pont Gazela, juste après un feu où de petits tziganes nu-pieds assaillaient les automobilistes pour leur laver leur pare-brise, Malko se gara dans le grand parking en face de l'hôtel et eut l'impression de traverser le Sahara en gagnant l'entrée. Le hall était délicieusement frais. Il monta directement au sixième. Une voix féminine lui cria d'entrer quand il frappa à la porte du 602.

Il s'arrêta sur le pas de la porte, stupéfait. Une ravissante blonde en maillot une pièce bien rempli, un petit tas de lingerie à ses pieds, juchée sur un tabouret de bois qui lui cambrait les reins, se partageait entre deux téléphones, menant de front deux conversations d'une voix speedée, tantôt en anglais tantôt en serbo-croate... Elle fit signe à Malko d'avancer au moment où une autre blonde surgissait de la pièce voisine, vêtue, elle, d'un tee-shirt et d'un jean, les mêmes cheveux blonds relevés en chignon.

– Vous cherchez qui ? demanda-t-elle en anglais.

Il resta silencieux quelques secondes. Les deux filles

(1) Voir SAS n° 82 : *Danse macabre à Belgrade*.

étaient rigoureusement identiques, à la tenue près. Des jumelles.

– Tamara Savic, dit-il.

Avec un sourire espiègle, elle désigna la fille pendue aux téléphones.

– Tamara, c'est elle. Moi, c'est Ivana. Salut !

Elle traversa la pièce et disparut dans le couloir. Sa sœur vint à bout de ses deux téléphones quelques instants plus tard. Elle alluma aussitôt une Gauloise blonde avec son Zippo décoré d'un T en émeraudes.

– Qui êtes-vous ? demanda-t-elle.

– Je m'appelle Malko, et je viens de la part de Larry.

Les yeux légèrement plissés, Tamara contemplait Malko avec l'air d'une gourmande devant la vitrine d'un pâtissier, se demandant si elle va choisir le baba ou la religieuse. Elle sembla s'éveiller d'un rêve et dit d'une voix absente :

– Larry, ah oui... Qu'est-ce qu'il devient ?

En même temps, son index montrait le plafond. Malko comprit immédiatement : les micros ! Tamara Savic enchaînait déjà du même ton speedé :

– Vous avez un maillot ?

– Non, pourquoi ? répondit Malko, un peu étonné.

– Je vais vous en prêter un.

Elle sourit.

– Aujourd'hui, c'est relax ! On a fait les soldes chez La Perla, en bas, et je me préparais à aller à la piscine.

Elle farfouilla dans une armoire, et lui tendit un maillot noir.

– Changez-vous dans la salle de bains.

Quand il en ressortit, Tamara jouait à faire claquer le capot de son Zippo ; nerveuse, mais apparemment, c'était son état normal. Ils gagnèrent la piscine, tout au fond du hall. Elle était vide, en plein nettoyage !

Tamara Savic explosa, furieuse.

– Les cons ! Allons sur le Danube, à Zemun.

Retour à la chambre. Ils gardèrent tous les deux leur

maillot et gagnèrent le parking. Tamara Savic s'arrêta devant une Range Rover blanche avec une plaque de l'IFOR.

– C'est à vous ? demanda Malko, de plus en plus surpris.

En principe, même les journalistes de CNN n'avaient pas de véhicules militaires.

– Non, à un copain, expliqua la jeune femme en montant dans la Range. Il fait tout le temps la navette entre ici et Pale. Alors il me la laisse, montez !

Elle laissa la moitié des pneus sur le parking, rata de très peu une Zastava en train de se garer, et fonça sur l'avenue Gagarine, remontant vers le nord. Le Danube et la Sava baignaient Belgrade et Novi Beograd à la façon d'un T, la barre verticale étant le Danube qui léchait le nord de Belgrade et Zemun, vieux quartier plein de charme à l'ouest de la Sava. Tamara passa à tombeau ouvert devant le vieil hôtel *Yougoslavia*, la radio à fond, brûlant un feu rouge apparemment inutile...

– Vous conduisez vite, remarqua Malko.

Elle éclata de rire.

– Ça fait une moyenne avec ma sœur ! Elle ne sait pas conduire !

Cinq minutes plus tard, elle dévalait un chemin étroit longeant le Danube, bordé de restaurants et de vieilles maisons. Le fleuve était large, sillonné de quelques péniches, des bois s'étendaient en face. Tamara gara la Range blanche n'importe comment et continua à pied, le sentier étant trop étroit pour un tel monstre.

– On va laisser nos fringues là, annonça-t-elle en montrant un petit restaurant, le *Reka*, désert à cette heure.

Sur sa terrasse, elle embrassa une serveuse, se dépouilla de sa robe, regarda Malko se mettre en maillot tout en gardant sa grosse Breitling, le prit par la main et l'entraîna au bord du fleuve, jusqu'à un vieux ponton de bois occupé par un pêcheur à la ligne. Vu la couleur de l'eau, il devait pêcher des cadavres... Tamara défia Malko du regard.

– On y va ?

– Vous y allez ! fit-il en souriant.

Elle haussa les épaules en marmonnant quelque chose de peu aimable, et, sans hésiter, plongea pour reparaître quelques mètres plus loin, ses longs cheveux blonds flottant autour d'elle comme une nappe d'or.

– C'est froid et c'est dégueu ! hurla-t-elle, revenant à toute vitesse.

Elle courut jusqu'au *Reka* et s'enroula aussitôt dans une serviette. La serveuse apparut immédiatement, avec une bouteille de cognac Gaston de Lagrange XO, vraisemblablement passé en contrebande. Tamara en but un verre, puis s'en fit servir un second et soupira :

– Ça fait du bien !

Elle reprenait des couleurs, mais sa peau était couverte d'une pellicule huileuse du plus gracieux effet... Malko ouvrait la bouche pour entrer dans le vif du sujet lorsqu'elle se leva.

– On rentre. J'ai besoin de prendre une douche.

Sans même se rhabiller, elle courut jusqu'à la Range. En y arrivant, elle était déjà sèche. De nouveau, ce fut un mélange de course Formule 1 et de concert rock... Pas question de placer un mot. Au lieu de retourner à l'*Intercontinental*, elle emprunta à tombeau ouvert le pont Bratsvo i Jedinsvo, gagnant le centre de Belgrade jusqu'au boulevard de la Révolution, non loin de l'endroit où Malko avait attendu en vain Nenad Kurco. Tamara se gara sur le trottoir, s'écrasant presque contre un arbre, et entraîna Malko vers un immeuble aux murs noirâtres. L'intérieur était d'une saleté repoussante, l'ascenseur bloqué par des toiles d'araignée...

– On va chez moi ! expliqua Tamara. L'*Inter*, c'est le bureau.

Ils pénétrèrent dans un appartement ancien qui semblait avoir été pillé par des Huns. Des affaires partout, des tiroirs ouverts. Le bordel total.

Tamara lança à Malko :

– Je prends une douche, attendez-moi là.

« Là », c'était un fauteuil de cuir pelé comme le cul d'un babouin... Tamara réapparut cinq minutes plus tard, ses longs cheveux tressés en natte, vêtue d'un ravissant soutien-gorge blanc et d'un minuscule triangle de Nylon blanc, encore trempée de la douche. Elle tendit une serviette à Malko.

– Séchez-moi un peu, j'ai peur de prendre froid.

Risque marginal : il faisait 35 degrés dans l'appartement... La CIA utilisait de bizarres *stringers*...

Malko avait à peine déplié la serviette que Tamara, lui tournant le dos, ôta son soutien-gorge, libérant deux seins lourds. Consciencieux, Malko se mit à lui frotter le dos, lui arrachant très vite une sorte de ronronnement. Elle lui échappa soudain pour enclencher un lecteur de cassettes. Du rock'n roll.

Lorsqu'elle fut revenue ; tout en lui frottant le dos, Malko put enfin dire :

– Larry Oldcastle m'a dit que vous connaissiez bien l'amie de Nenad Kurco, le photographe qui s'est suicidé.

– *Da !* répliqua Tamara.

Juste avant de se retourner, les seins en avant. Son regard croisa celui de Malko, parfaitement explicite. Elle se dressa sur la pointe des pieds, se colla à lui et approcha sa bouche de la sienne.

– Vous faites ça très bien ! dit-elle gaiement.

Sa langue s'insinua dans la bouche de Malko, à petits coups. Son bassin se mit à onduler, les pointes de ses seins tendus jouaient la même partition. En un rien de temps, Malko eut oublié la CIA. Pour le plus grand plaisir de Tamara qui se frottait contre lui avec l'entrain d'une chatte en chaleur. Elle ne s'interrompit que pour soupirer :

– On aurait dû venir directement ici...

Ses mains s'activaient sur Malko, le déshabillant progressivement. Quand elle s'empara de sa virilité, elle commença par la tâter avec précaution comme pour en mesurer l'importance, puis elle resserra ses doigts autour de lui, entraînant Malko vers une chambre plongée dans le même désordre que le reste de l'appartement. Au passage, d'un coup de pied précis, elle enclencha le climatiseur. A peine Malko sur le lit, elle réunit ses longs cheveux blonds en une natte improvisée qu'elle enroula autour du sexe bandé... Le frôlement soyeux était incroyablement érotique. Avec un sourire espiègle, Tamara continua à faire monter la pression, se servant de ses cheveux comme d'un fourreau, comme si elle avait peur du contact de Malko. Lorsqu'elle le jugea à point, elle l'enjamba, le reprit en main, et avec une grimace gourmande, s'empala sur lui. Sans aucun mal.

Elle était onctueuse comme du miel... Une fois bien emmanchée, elle commença à se frotter d'avant en arrière. Furieux d'être traité comme une poupée gonflable, Malko la fit basculer sur le côté et la plaqua sous lui. D'une seule traite, il l'embrocha aussi loin qu'il le pouvait, relevant ses jambes afin de pouvoir la pénétrer encore mieux. Pas contrariante, Tamara se répandit comme une flaque sur le lit, les jambes bien écartées, le regard vitreux.

– *Fuck me hard !* gémit-elle. *Real hard.*

Le reste de sa supplication fut perdu pour Malko ! C'était du serbo-croate. Mais il se mit en devoir de satisfaire Tamara, la pilonnant de toute sa vigueur. Tamara s'agitait sous lui comme une succube, lui griffait la nuque. Quand il se répandit en elle, Malko eut l'impression que le sexe de la jeune femme se resserrait pour le retenir. Puis, elle se détendit avec un soupir de satisfaction.

– C'est bon de se faire baiser quand on en a très envie...

A peine ses paroles définitives prononcées, elle étendit la main vers un paquet de Gauloises blondes et en alluma une. Malko la fixa, amusé.

– Vous êtes toujours aussi rapide ?

Tamara se souleva sur un coude, furieuse.

– Quand un mec drague une bonne femme et la saute dix minutes après, on trouve ça très bien... Ma sœur et moi, nous vivons comme des mecs. On va au front, on risque notre vie, on la gagne, d'abord, et quand on voit passer un beau type, on essaie de se le taper. Ça vous choque ?

– Pas vraiment ! reconnut Malko.

Tamara tira sur sa cigarette, encore boudeuse.

– Ça vaut mieux ! Sinon, vous vous tirez.

– Je n'étais pas venu que pour ça, se permit de préciser Malko. Mais c'était effectivement délicieux. On pourrait même dîner ce soir pour...

– J'ai pas le temps, coupa Tamara. Je pars à Pale voir cette salope de Sonia Karadzic. Celle-là, si un jour je pouvais la faire violer par quelques Tchétniks bien membrés qui lui déchireraient le cul, je prendrais mon pied. Alors, pourquoi vouliez-vous me rencontrer ?

– On peut parler, ici ?

– Oui !

– Vous étiez une amie de Nenad Kurco, n'est-ce pas ?

Le regard de Tamara s'assombrit.

– Oui, dit-elle d'une voix lasse. Je vois pourquoi vous êtes venu me voir, mais je ne sais rien.

– Vous n'avez pas soupçonné qu'il puisse mettre fin à ses jours ?

De nouveau, le regard de Tamara flamboya.

– Ça ne va pas, non ? C'était un type extra, doux, gentil, et viril en même temps. On a été ensemble un moment et je peux vous dire que ce n'est pas le plus mauvais coup que j'aie eu. Si j'avais pu deviner qu'il était mal, je lui aurais tenu la main toute la nuit.

– Pourquoi s'est-il suicidé ?

Elle tira sur sa cigarette, nerveuse.

– Je ne sais pas. Il voulait aller ailleurs, quitter ce pays de merde avec sa fille Anica. C'est pour ça qu'il a eu l'idée de vendre les photos du « commandant » Dragan. Avec cinquante mille dollars, il pouvait démarrer une nouvelle vie, en Grèce...

– Il était divorcé ?

– Sa salope de femme l'avait quitté pour un footballeur

de l'Etoile Rouge qui la défonçait comme un marteau-piqueur. Elle lui a laissé Anica pour pouvoir se faire baiser en paix. Nenad s'occupait de sa fille comme une nounou. Il lui faisait à manger, l'emmenait en reportage, ne sortait plus pour ne pas la laisser seule.

– C'est bizarre, remarqua Malko. Pourquoi se serait-il suicidé alors qu'il allait démarrer une nouvelle vie ?

Tamara jeta sa cigarette à moitié fumée et en ralluma une avec son Zippo en argent massif orné du T en émeraudes.

– Je ne sais pas, fit-elle d'une voix soudain pleine de lassitude. Je crois que sa fille ne voulait pas aller en Grèce, pour ne pas s'éloigner de sa salope de mère.

Sa voix manquait de conviction. Leurs regards se croisèrent.

– Vous êtes sûre qu'il s'est bien suicidé ? demanda Malko.

Tamara baissa les yeux.

– La police l'a affirmé ; vous voulez savoir autre chose ?

– Avec les photos, Nenad Kurco voulait vendre une information. Vous ne savez pas ce que c'était ?

– Non.

La réponse avait claqué comme un coup de feu.

Malko n'eut pas le temps de continuer. La porte d'entrée claqua et, aussitôt, Tamara cria :

– Ivana, je suis là !

La sœur jumelle surgit dans la chambre, adressa un sourire à Malko, comme si elle le connaissait depuis toujours, et lança à sa sœur :

– Dépêche-toi ! On est à la bourre. Tu sais qu'on doit aller à l'aéroport. Le vol d'Air France n'est jamais en retard.

– Oh, *shit !* s'exclama Tamara en sautant du lit, uniquement vêtue de ses longs cheveux blonds qui tombaient jusqu'à la naissance de ses fesses rondes.

Elle s'habilla à toute vitesse, ramassant au hasard ce qui traînait par terre.

– Vous connaissez Dragona Milosin ? demanda Malko en s'habillant aussi.

– Mouais...

Aussi enthousiaste que si on lui avait demandé de baiser avec un séropositif.

– Larry pense qu'elle a peut-être les photos que Nenad voulait vendre...

– Possible... fit Tamara en boutonnant à la hâte un chemisier.

– Comment puis-je la joindre ? Vous pouvez m'aider ?

Elle glissa le chemisier dans son jean.

– Franchement, je ne sais pas si c'est une bonne idée. On ne s'aime pas tellement. Je vais vous donner son numéro et celui de son agence. Elle n'est pas souvent chez elle.

– Qu'est-ce qu'elle fait ?

– Elle bosse comme hôtesse pour des salons, des manifestations. Elle se défend un peu, aussi.

Autrement dit, elle faisait la pute à ses moments perdus.

– Donnez-lui quand même un coup de fil, insista Malko. Pour lui dire que je suis un de vos amis...

Trop pressée pour répondre, Tamara attrapa un téléphone, martela les touches comme une malade et coinça le récepteur contre son oreille pour enfiler ses chaussures. Avec une exclamation agacée, elle coupa et refit aussitôt un autre numéro. Cette fois, il y eut une brève conversation.

– Dragona travaille toute la journée au Club Diplomatique, annonça Tamara après avoir raccroché. C'est l'hôtesse d'une expo de peinture qui se tient là-bas. OK, tchao !

Elle lui effleura les lèvres et fonça vers la porte. Malko la suivit dans l'escalier. Il posa une dernière question :

– Carla Bettega, ça vous dit quelque chose ?

Tamara mit un demi-étage à retrouver la mémoire.

– C'est une journaliste italienne, lança-t-elle, elle m'a demandé les coordonnées de Nenad. Salut !

Flirtant avec un tramway comme un toréador esquive un taureau, elle fonça de l'autre côté du boulevard de la Révolution, où sa sœur l'attendait en trépignant devant la Range blanche.

*
**

En pénétrant dans le hall du Club Diplomatique, boulevard Jugoslovenska Narodna Armija, Malko repéra instantanément Dragona Milosin. Une brune aux cheveux noirs comme du jais, avec de grands yeux noirs, un nez retroussé et une bouche immense. Sa robe rouge pompier collante comme un gant qui aurait rétréci au lavage ne laissait rien ignorer de ses formes. Elle marcha sur Malko, arborant un sourire à la fois timide et prometteur, les yeux levés vers lui, les prunelles brillantes. On avait envie de la coller contre un mur et de la violer séance tenante.

– Vous intéressez-vous à la peinture ? demanda-t-elle en anglais.

Sa voix avait de telles intonations que n'importe quel mâle comprenait : « Avez-vous envie de me baiser ? »

Malko lui rendit son sourire et s'imposa de regarder les croûtes exposées derrière elle.

Il était le seul client. Après un délai de réflexion décent, il pointa le doigt vers la moins moche des croûtes.

– Je prendrais bien celle-ci, dit-il.

– Elle coûte mille cinq cents dinars, annonça Dragona.

– Bien, il y a juste une condition...

– Vous ne voulez pas payer tout de suite ? suggéra Dragona, déjà résignée.

– Non, non, la détrompa Malko. Je ne l'achète que si je dîne avec vous ce soir.

Dragona Milosin mit quelques secondes à réaliser, puis elle battit des cils, regardant Malko par en dessous, ce qui la rendait encore plus excitante avec son air de salope perverse.

– Je ne sais pas si je peux accepter, fit-elle. Je ne vous connais pas.

Visiblement, elle fondait. Comme pour s'assurer de la pureté des intentions de Malko, elle tira sa robe qui ne couvrait que le premier tiers de ses longues cuisses.

– Je m'appelle Malko Linge, dit-il. Nous ferons connaissance. Vous êtes véritablement ravissante. Comment vous appelez-vous ?

– Dragona Milosin.

Sa vulgarité épanouie lui donnait un charme de plus.

– Je travaille jusqu'à sept heures ici, précisa-t-elle.

– OK ! fit-il. Où pouvons-nous nous retrouver ? Je suis au *Hyatt*.

– C'est loin, fit-elle. Je n'ai pas de voiture. On pourrait se retrouver à 8 h 30 à la terrasse de l'hôtel *Moskva*. Vous connaissez ?

– Je connais.

Il tira une liasse de dinars de sa poche et compta le prix du tableau, arrêtant Dragona comme elle s'apprêtait à décrocher celui-ci du mur.

– Non. Vous me l'apporterez. A tout à l'heure.

Sans lui laisser le temps de répliquer, il gagna la porte et sa Polo transformée en fournaise. Avec un peu de chance, il allait retrouver la piste des photos recherchées par la CIA et peut-être même goûter à la pulpeuse Dragona.

*
**

Les parasols violets de la terrasse du *Moskva* avaient un petit air désuet plein de charme qui contrastait avec l'enseigne du McDonald's installé de l'autre côté de l'avenue Terazijé. Le vieil hôtel construit en 1906, avec ses briques jaunes et ses clochetons verts, était toujours le centre du Belgrade traditionnel. Toutes les tables étaient occupées. A cette heure, même lorsque la chaleur était moins forte, tous les Belgradois se ruaient aux terrasses des innombrables cafés. Ceux qui n'avaient pas d'argent économisaient sur les repas pour pouvoir s'offrir un moment de détente. On se serait cru en Italie. Il y avait même quelques discrets homosexuels qui occupaient leur coin de terrasse.

Un trolley arriva dans un nuage d'étincelles et stoppa un peu plus loin. Malko guetta les voyageurs qui en sortaient. Pas de Dragona. Il était neuf heures moins le quart. Evidemment, l'exactitude n'était pas la qualité première des Yougoslaves, mais Dragona n'allait quand même pas lui poser un lapin ! Elle ignorait évidemment qu'il possédait son téléphone... Il continua à scruter la foule. Une Pontiac rouge Firebird décapotable remonta l'ex-avenue Marsala Tito dans un vrombissement sauvage, doublant dédaigneusement une Trabant à bout de souffle. Cela du moins avait changé...

Neuf heures. Malko se leva. Au moins savoir si elle était encore chez elle. Le téléphone se trouvait sur le comptoir du bar, à l'intérieur. Il composa le numéro fourni par Tamara.

On ne répondait pas. Il laissa sonner huit fois et allait raccrocher quand il entendit une voix presque imperceptible :

– *Dobrovece* (1).

C'était la voix de Dragona.

– C'est votre acheteur ! annonça gaiement Malko.

– Quel acheteur ?

– Celui du tableau...

Il y eut un court silence, puis la communication fut coupée. Bizarrement, Malko eut l'impression que ce n'était pas la jeune femme qui avait raccroché.

(1) Bonsoir.

CHAPITRE IV

Dragona suait littéralement de peur. Sa robe rouge était collée à ses seins et à sa croupe par la transpiration, comme si elle venait de prendre une douche avec. Ses yeux déjà immenses lui mangeaient le visage. Les pupilles agrandies par l'effroi avaient doublé de volume. Son buste se soulevait rapidement et elle avait l'impression que son cœur allait sauter hors de sa poitrine. Son regard balaya lentement les trois hommes qui lui faisaient face, debout, les bras ballants, le regard froid.

Quatre cents kilos de muscles et de méchanceté.

Elle s'était heurtée à eux en sortant de son petit deux-pièces pour aller rejoindre l'acheteur de son tableau. Sans comprendre comment ils avaient pu arriver jusque-là : il y avait un interphone pour chaque appartement.

Celui qui se trouvait face à elle, à droite, avait surgi de l'ombre et l'avait repoussée du plat de la main, si violemment qu'elle était allée se casser les reins contre sa commode. Elle se força à poser les yeux sur lui. C'était le plus imposant. Le crâne rasé, des traits brutaux et empâtés, avec d'étonnants yeux bleus ; un kilo d'or autour du cou, d'énormes chaînes et une grosse croix orthodoxe qui pendait sur un torse impressionnant. Des bras énormes gonflés aux amphétamines... Une épaisse ceinture retenait son ventre avec peine, et il était bizarrement vêtu d'une chemise hawaïenne et d'un short rouge trop long.

Son voisin semblait sortir d'un film de Frankenstein, avec ses arcades sourcilières grossièrement recousues, comme à la machine. Un nez droit, une mâchoire prognathe, le torse puissant... Un portable était accroché à la ceinture de son jean.

Le troisième avait l'air d'un intellectuel, comparé aux deux autres, avec ses lunettes aux verres épais et à l'élégante monture dorée. Les bras croisés, il ne quittait pas Dragona des yeux, avec une expression qui donnait à la jeune femme l'envie de vomir.

Ils n'avaient pas dit un mot depuis leur entrée. Dragona ne les avait jamais vus, mais il en traînait comme ça des dizaines dans le centre de Belgrade. Des voyous chargés des basses besognes... Elle parvint à demander d'une voix étranglée :

– Qu'est-ce que vous voulez ? Qui vous a envoyés ? Je n'ai rien fait, je ne dois rien à personne.

L'homme au crâne rasé hocha légèrement la tête, se pencha et ramassa le tableau tombé par terre. Il le brandit devant la jeune femme.

– A qui tu portais ça ?

– A un type qui me l'a acheté cet après-midi, répondit Dragona. Il m'a donné rendez-vous...

– Il veut te baiser, ricana l'homme au crâne rasé. Il a raison, tu as un beau petit cul.

D'un autre homme, Dragona aurait apprécié le compliment, mais là, elle sentit une terreur glacée l'envahir. Ce trio était effrayant. Crâne Rasé fit un pas vers elle et lui saisit le poignet droit, le tordant légèrement.

– Tu sais qui est ce type ? demanda-t-il d'une voix caverneuse.

Dragona secoua la tête avec désespoir. Elle ne comprenait pas.

– Non, non, je l'ai vu seulement aujourd'hui.

Nouveau hochement de tête. Machinalement, il lui tordait le bras derrière le dos, le désarticulant complètement. Elle cria et il colla sa bouche et son menton mal rasé contre son cou.

– Ce ne serait pas un pote de ton copain Nenad ?

Brutalement, Dragona comprit la raison de la présence des trois hommes et ses jambes se dérobèrent sous elle. Crâne Rasé qui l'observait eut un mauvais sourire.

– Tiens ! Tiens ! fit-il. On dirait que c'est ça...

Il tordit encore un peu le bras et Dragona entendit un os craquer.

– Non, jura-t-elle, ce n'est pas...

Sa phrase se termina en un hurlement. D'un geste sec, il venait de lui casser le bras droit. La douleur lui monta aux lèvres, elle eut un hoquet, sentit sa peau se couvrir de sueur et vomit. Sur les chaussures de son bourreau. Ce dernier eut une grimace de dégoût.

– Nettoie ça ! lança-t-il. Vite. Avec ta langue.

Ses doigts se refermèrent sur sa nuque et elle crut qu'il allait lui briser les vertèbres cervicales. Elle tomba à genoux, déchirant ses bas sur le plancher poussiéreux. Surmontant son dégoût, secouée de hoquets, elle se mit à lécher son propre vomi sur les rangers de son bourreau, jusqu'à ce que le cuir soit propre. De nouveau, elle vomit, mais cette fois sur le plancher. Crâne Rasé la tira vers le haut. Le bras de Dragona pendait le long de son corps, et la douleur remontait jusque dans sa tête. Ses genoux s'entrechoquaient. Elle se dit qu'ils allaient la massacrer, lui briser tous les os. C'était leur habitude.

– Je vous en prie, balbutia-t-elle. Je n'ai rien fait. Je...

– On sait que tu n'as rien fait, répliqua Crâne Rasé. Mais justement, on ne veut pas que tu fasses. Mais on est gentils avec toi. Non ?

– Oui, oui, balbutia Dragona. Ne me faites pas mal.

Elle était dans un état second. Son univers avait basculé. Cela se passait ainsi dans les villages isolés de Bosnie. Cette cruauté froide et folle, sans limites, sadique. Pourtant, elle se trouvait au cœur d'une grande ville, à cent mètres d'un commissariat de la Milicija, en plein Belgrade. Le téléphone la narguait de son lit, inutile. Avant qu'elle le touche, les trois hommes auraient le temps de la massacrer...

– *Dobro ! Dobro !* (1) marmonna Crâne Rasé.

Il la lâcha pour ramasser le tableau. Elle crut que le plus dur était passé. Soudain, son cœur se recroquevilla entre ses côtes. D'un geste naturel, Crâne Rasé venait de sortir un énorme poignard d'un de ses rangers. Une lame de vingt-cinq centimètres. D'un côté, effilée comme un rasoir, de l'autre, dentelée à la façon d'une scie.

– *Molim vas !* (2) supplia Dragona, liquéfiée.

Tenant le tableau de la main gauche, Crâne Rasé planta d'un coup sec la pointe de son poignard dans la toile, près d'un des coins. Puis, avec une application presque comique, il coupa la toile sur toute sa longueur. Il recommença dix centimètres plus loin. Pendant un bon moment, on n'entendit dans la pièce que le souffle haletant de Dragona et le crissement exaspérant de la lame découpant la toile en bandelettes. Son travail achevé, Crâne Rasé jeta par terre ce qui restait du tableau. Dragona ne le quittait pas des yeux. Il n'avait pas rentré son poignard et ses yeux bleus brillaient d'une nouvelle lueur, encore plus inquiétante.

– Il va être déçu, ton copain ! dit-il.

– Ce n'est pas mon copain, protesta Dragona en claquant des dents.

– Ah bon...

Il s'était rapproché d'elle, la plaquant contre le mur. Quelques centimètres seulement séparaient leurs deux corps. Liquéfiée de terreur, Dragona vit la lame s'approcher de son ventre et se dit qu'il allait l'éventrer... Mais il se contenta de soulever sa robe avec le poignard. Soudain, elle poussa un hurlement. La pointe s'était posée sur

(1) Bien ! Bien !
(2) S'il vous plaît !

sa culotte et poussait vers le haut. De nouveau, ses jambes se mirent à trembler et elle faillit s'empaler elle-même sur l'arme.

– *Ne ! Ne !*

Le cri étranglé avait du mal à sortir de sa gorge.

Sans un mot, l'homme aux arcades sourcilières rapiécées se déplaça vers une étagère où se trouvaient un lecteur de cassettes et des cassettes. Il en choisit une et la poussa dans l'appareil. Aussitôt la musique syncopée d'un « turbo-folk » s'éleva dans la pièce, puis la voix éraillée de la chanteuse Ceca. L'homme monta un peu le volume, s'écarta et alluma une cigarette.

Crâne Rasé donna un petit coup de poignet et le poignard franchit la fragile barrière de Nylon. Dragona sentit l'acier froid au contact de la muqueuse. Crâne Rasé ricana, en secouant un peu la lame.

– Tu en as déjà vu des mieux montés ?... Ça va remonter loin dans ta petite chatte...

Dragona ferma les yeux. Elle en oubliait la douleur de son bras. Elle imaginait le poignard traverser son vagin, fendre son utérus et plonger plus loin encore. Une plaisanterie très pratiquée en Bosnie... Son regard chavira. A son oreille, Crâne Rasé murmura :

– Si tu es gentille avec moi, peut-être que je ne te crèverai pas. Ça serait dommage, un beau petit cul comme le tien.

Dragona, prenant bien garde de ne pas fléchir les jambes, posa ses deux mains sur le short rouge. Tout de suite, elle sentit sous ses doigts une énorme protubérance. Son tortionnaire bandait déjà. Il sursauta de plaisir au contact des doigts de Dragona.

– *Pusi me, kurvice !* (1) lança-t-il gaiement.

Dragona venait d'extraire du short un sexe aux proportions pharaoniques, presque aussi long que le poignard. Le gland semblait énorme, violet à force d'être rouge.

(1) Suce-moi, petite pute !

Dominant sa terreur, elle se pencha, écartant les lèvres au maximum, et enfonça dans sa bouche une partie de l'énorme membre. Aussitôt le poignard s'éloigna d'elle, mais des doigts d'acier emprisonnèrent sa nuque, enfonçant de force le membre jusqu'au fond de son gosier. C'était affreux, elle hoquetait, mais elle se dit qu'elle allait s'en tirer comme ça.

Espoir vite avorté. La tenant toujours par la nuque, il la poussa contre le dossier d'un petit canapé et la courba en avant. De la main droite, il arracha le slip en Nylon. Dragona entendit une voix éraillée qui encourageait son bourreau.

Elle eut à peine le temps de hurler. Le gland mafflu venait de buter entre ses fesses. D'un coup de reins puissant, Crâne Rasé se jeta en avant. Le tiers de son sexe força l'étroite ouverture et Dragona eut l'impression qu'elle éclatait, puis qu'on la découpait avec des lames de rasoir. Crâne Rasé souffla dans son cou :

– Il me serre bien, ton petit cul... Mais j'ai pas fini.

Les mains crochées dans ses hanches, il donna un deuxième coup de reins qui enfonça l'énorme mentule de quelques centimètres supplémentaires. Dragona hurlait, se tordait sous la douleur inhumaine. Crâne Rasé s'amusa un peu, sortant et rentrant lentement, puis, avec un grognement sauvage, inonda les reins violés. Il fit ensuite exprès de se retirer brutalement, afin de lui infliger une douleur supplémentaire...

Dragona demeura inerte, cassée en deux comme une poupée.

L'homme aux arcades sourcilières rapiécées s'approcha à son tour et la viola de façon identique. Son membre était moins important, mais Dragona était tellement blessée qu'elle eut l'impression d'être prise par un cheval...

L'homme aux grosses lunettes fit, lui, le tour du divan. A nouveau, il souleva la tête de Dragona par les cheveux et elle dut engloutir dans sa bouche un long sexe raide et brûlant. L'homme ne dit pas un mot, se servant de sa bouche comme d'un vagin...

Tout en suçant de toute son âme, Dragona priait. Ce genre de séance se terminait tantôt bien, tantôt par un égorgement, selon l'humeur des bourreaux. Elle s'appliqua de son mieux, s'efforçant de faire jouir le plus vite possible le troisième homme.

*
**

Malko arrêta sa Polo juste en bas de l'immeuble de Dragona, rue Stoja Novica. Il avait cherché en vain à joindre Larry Oldcastle et s'était décidé à venir voir ce qui se passait.

Il descendit de voiture. La rue était sombre, calme et déserte. Juste en face du 25, une Mitsubishi Pajero noire avec des glaces teintées était garée sur le trottoir. Il regarda la plaque. VU pour Vukovar, la ville de Slavonie orientale conquise par les Serbes pendant la guerre de Croatie, le centre de tous les trafics. On disait à Belgrade que *toutes* les voitures immatriculées à Vukovar étaient volées.

Il s'approcha de la porte et regarda les interphones. Le nom de Dragona Milosin s'y trouvait bien. Il pressa sur le bouton de son appartement. Pas de réponse. Une seconde fois, sans plus de succès.

C'est alors qu'il remarqua que la porte de l'immeuble n'était pas fermée, tout juste repoussée. Quelqu'un avait mal refermé. Intrigué, il pénétra dans le couloir. Avant qu'il ait parcouru un mètre, une main énorme se referma autour de son cou, tandis qu'une masse impressionnante le pressait contre le mur. Il suffoquait, avec la sensation de se trouver en face d'un grizzli... Un être deux fois comme lui. Il tenta en vain de se dégager. Les gros doigts cherchaient ses carotides. Ils les trouvèrent, juste au moment où la minuterie s'allumait. Malko eut le temps de voir deux yeux bleus, un crâne rasé, un visage épais et brutal. Puis, le sang cessa d'arriver à son cerveau et il perdit connaissance. Se demandant si c'était comme ça qu'on mourait...

Lorsqu'il ouvrit les yeux, quelques secondes plus tard, il entendit dans un brouillard le bruit d'une voiture qui démarrait. Il se remit péniblement debout, regarda dans la rue : elle était vide, la Pajero avait disparu... Il ralluma la minuterie et se mit à monter, la tête encore bourdonnante. Il n'eut pas à chercher Dragona bien loin. Au deuxième étage, la porte d'un appartement était grande ouverte. Il y pénétra et aperçut la jeune femme étendue par terre, sur le ventre, sa belle robe rouge remontée d'une façon obscène jusqu'à ses reins, découvrant des fesses rondes et cambrées. Le haut de ses cuisses était maculé de sang et il crut d'abord qu'elle était morte. Détail bizarre : sa culotte était accrochée à un petit perroquet de pacotille, posé sur une étagère.

Il s'accroupit et retourna la jeune femme. Sa bouche était barbouillée de sperme, et elle avait les yeux fermés. Pendant qu'il lui relevait la tête, elle les rouvrit. Un regard flou, perdu.

– Que s'est-il passé ? demanda-t-il. Je vais vous emmener à l'hôpital.

Tout à coup la main gauche de Dragona s'agrippa à lui, alors que son bras droit restait étrangement immobile le long de son corps. Malko pensa qu'elle voulait se redresser et l'y aida. Mais soudain, avec une force inattendue, elle le repoussa. Les coins de sa bouche s'abaissèrent, son regard s'anima et elle dit d'une voix faible :

– Partez ! Partez. Laissez-moi.

Elle parvint à se mettre debout, avec une grimace de douleur, le bras droit toujours inerte. Au lieu de s'asseoir, elle entreprit d'une seule main de repousser Malko vers la porte. Sans un mot, la bouche serrée. Il aperçut alors le tableau lacéré, par terre.

– Calmez-vous, dit-il, vous ne craignez plus rien.

– Partez ! répéta-t-elle. Je vous en supplie.

Ses prunelles noires dilatées étaient habitées d'une terreur animale.

– Que se passe-t-il ? demanda Malko. Qui vous a attaquée ?

– Partez, répéta Dragona Milosin. Foutez-moi la paix. Ne revenez jamais.

– Dragona, plaida Malko, je suis un ami. Je voulais vous rencontrer à cause de Nenad...

– Non ! hurla-t-elle, soudain hystérique. Je ne veux pas parler de Nenad.

– Vous savez où sont les photos qu'il voulait vendre ?

– Il n'y a pas de photos ! cria Dragona. Je ne sais rien. Foutez le camp ! *Dabogda crko !* (1)

Il avait l'impression qu'elle voulait que tout l'immeuble l'entende. Comme si des gens avaient écouté. Elle lui martelait la poitrine de son poing gauche, lui donnait des coups de pied et il dut la tenir à distance. Ce n'était plus le rêve impossible de l'homme marié, mais une femme aux traits déformés par la terreur, des traînées noires de maquillage sur le visage, les yeux pleins de larmes.

Peu à peu, elle le repoussa vers la porte.

Il céda : dans l'état où elle se trouvait, il n'y avait rien à faire. Le battant claqua sur lui et il entendit la clef tourner dans la serrure : elle s'enfermait. Puis, le bruit de sanglots déchirants, atroces. Il redescendit, perplexe.

L'air chaud de la nuit lui fit du bien. Au volant de sa Polo, il commença à réfléchir. L'attaque dont Dragona avait été victime avait de toute évidence un lien avec l'affaire des photos promises à la CIA. Le seul nom de Nenad avait terrifié Dragona. Donc, l'opération de la CIA n'était pas aussi « hermétique » que Larry Oldcastle le pensait. Les efforts de Malko pour ne pas être suivi lors de sa rencontre avortée avec le photographe n'avaient servi à rien.

Quelqu'un avait eu vent de l'affaire, bien avant. Et ce

(1) Que Dieu fasse que tu crèves !

ne pouvait être que le « commandant » Dragan. Du coup, le « suicide » du photographe devenait plus que suspect.

Malko s'engagea sur le pont menant à Novi Beograd, de plus en plus perplexe. Quelque chose ne collait pas. Si le « commandant » Dragan avait eu vent de l'histoire des photos, il lui était facile de les récupérer par la force. Si ce n'était pas déjà fait, il pouvait très bien liquider Dragona, au lieu de l'intimider.

Or, de toute évidence, on avait voulu faire taire Nenad et terrifier Dragona. Cette entreprise d'intimidation avait donc purement trait à l'information que Nenad Kurco voulait vendre avec ses photos. Information que Dragona devait connaître...

Mais, dans ce cas, pourquoi ne pas l'avoir tuée, pour la faire taire une bonne fois pour toutes ? De même que son agresseur aurait pu tuer Malko, au lieu de se contenter de l'étourdir. Pourtant, des gens comme Dragan ne se retenaient pas, d'habitude.

Il y avait un double mystère qu'il fallait élucider. Il eut brutalement le pressentiment que l'affaire des photos en cachait une autre, beaucoup plus importante.

CHAPITRE V

– Mesdemoiselles Tamara et Ivana sont parties dîner au *Reka*, annonça le réceptionniste de l'*Intercontinental*. C'est moi qui ai fait la réservation. C'est à Zemun, au bord du Danube, tout le monde connaît. Mais vous aurez du mal à avoir une table, ce soir.

– Merci, je sais où cela se trouve, répondit Malko.

Il regagna sa Polo. A presque dix heures du soir, il faisait encore 30 degrés !

Vingt minutes plus tard, il se garait dans une des rues étroites et empierrées de Zemun. Il gagna le sentier longeant le Danube, bordé de guinguettes et de péniches-restaurants amarrées le long de la berge dominant les eaux sombres du grand fleuve plongé dans l'obscurité. La voie royale pour tous les trafics venant de Roumanie. Durant l'embargo, des dizaines de bateaux remontaient tous feux éteints depuis la Roumanie, amenant du pétrole et des denrées diverses, faisant la fortune de tous les trafiquants.

Cent mètres avant d'arriver au *Reka*, il entendait déjà la musique ! Un jazz tonitruant s'échappait de toutes les ouvertures, assourdissant le voisinage. Malko crut qu'il ne pourrait jamais entrer ! Un groupe compact se pressait sur l'escalier menant à la minuscule terrasse que prolongeaient des tables installées sur le parking voisin. Les dîneurs étaient serrés à cinq sur une table de deux. Il arriva à se faufiler et jeta un coup d'œil à l'intérieur. C'était du délire ! Les gens dansaient sur les tables, claquant des mains, hurlant, reprenant en chœur les refrains. La chaleur rappelait l'enfer.

Il n'eut pas de mal à repérer Tamara ! Déchaînée, vêtue d'un pull jaune canari et d'un caleçon rose fluo, elle dansait sur une table avec un grand barbu à l'allure efféminée. A la table voisine, couverte de bouteilles variées, de vin, de cognac Gaston de Lagrange, de Defender « Very Classic Pale » et de sljivovica se trouvaient sa sœur et trois inconnus. Malko atteignit la table, juste comme l'orchestre soufflait. Il tendit la main vers Tamara et elle la saisit, sans même le reconnaître. Ce n'est qu'en sautant à terre qu'elle s'exclama, apparemment ravie :

– Super ! Comment tu m'as trouvée ?

Du coup, elle le tutoyait. Elle était complètement éméchée, les yeux brillants comme des lasers.

– L'hôtel, cria Malko pour se faire entendre.

L'orchestre venait de reprendre avec des forces nouvelles et les murs tremblaient.

– Viens t'asseoir avec nous, hurla Tamara.

– Non, dit Malko, en lui prenant le bras, il faut que je te parle.

– Pas maintenant !

Son sourire s'était évanoui, elle cherchait à se dégager. Malko resserra sa prise sur son poignet et l'entraîna vers la sortie. Tamara poussa un cri perçant, heureusement noyé dans le tumulte. Ses copains riaient, croyant à une blague. Elle se laissa traîner jusqu'à la terrasse. Malko ne la lâcha qu'une fois sur le sentier, le long du Danube. Elle fit quelques pas en se frottant le poignet, l'air furieux. Ils s'arrêtèrent un peu plus loin.

– Qu'est-ce qu'il y a ? demanda Tamara. Ça ne pouvait pas attendre demain ?

– Non, fit Malko.

*
**

Elle avait écouté son récit en fumant une Gauloise blonde, le visage fermé, comme si cela ne la concernait pas.

– Je pense que cette agression est liée à notre histoire, conclut Malko.

– Je ne sais pas, fit Tamara, butée.

Visiblement excédée, elle remit dans son étui de cuir accroché à la ceinture de son caleçon fluo son Zippo aux émeraudes.

– Moi, je veux savoir pourquoi on a terrorisé Dragona Milosin, martela Malko.

– Demande-lui ! laissa-t-elle tomber.

– Elle a refusé de me parler. Il faut que tu m'aides.

Elle ne répondit pas, regardant l'eau du fleuve en tirant sur sa cigarette.

– Nenad a probablement été assassiné, avança Malko.

– La police a dit qu'il s'était suicidé, répliqua Tamara.

Il eut l'impression qu'elle n'en croyait pas un mot, ce qui le glaça. Quel était le secret qui justifiait qu'on assassine un homme et une petite fille de huit ans ?

– Je veux que tu viennes avec moi voir Dragona, dit Malko. Maintenant. Il faut savoir ce qu'il y a.

– Maintenant, je m'amuse. On ira demain.

– Non, on ne sait pas ce qui peut arriver. Viens.

Il la prit par le bras et elle se laissa faire de mauvaise grâce.

*
**

La rue Stoja Novica était toujours aussi sombre et calme. Malko appuya sur l'interphone de Dragona Milosin. Au bout d'un moment, une voix demanda :

– *Sta ?* (1)

– Réponds, souffla Malko à Tamara.

(1) Qu'est-ce que c'est ?

– C'est Tamara Slavic, répondit la jeune femme.

Il y eut un moment de silence, puis quelques mots aussitôt traduits par Tamara.

– Elle a dit qu'elle descendait.

Bizarre. Quelques minutes plus tard, la porte de l'immeuble s'ouvrit sur Dragona. La jeune femme, un foulard sur la tête, avait le bras droit en écharpe et une petite valise dans la main gauche. Elle semblait à peine tenir sur ses jambes et de grands cernes soulignaient ses yeux. Quand elle aperçut Malko, elle fit un bond en arrière comme si c'était le diable, et jeta une longue phrase à Tamara. Puis elle s'enfuit en courant maladroitement. Les ongles de Tamara s'enfoncèrent dans le bras de Malko.

– Ne la suis pas !

– Où va-t-elle ?

– A la gare des bus. Elle retourne dans son village, au Monténégro. Pour longtemps. Elle ne veut pas te parler.

Pourquoi une fille ravissante comme Dragona Milosin allait-elle s'enterrer dans un trou au fond de la Yougoslavie ? Il fallait une sacrée pression morale pour l'y forcer. Elle avait disparu au coin de la rue. Découragé, Malko se tourna vers Tamara.

– De quoi a-t-elle peur ? Que s'est-il passé ?

La jeune femme se ferma encore plus.

– Elle a été torturée et menacée par trois hommes qui lui ont dit qu'ils reviendraient si elle ne quittait pas la ville.

« Ecoute, dit-elle, je vais te parler franchement. Je ne veux plus me mêler de cette histoire, moi non plus. C'est trop dangereux. Quand Nenad m'a parlé de ces photos et de ce qui allait avec, j'ai prévenu Larry directement, en précisant que je ne voulais pas m'en occuper. C'est pour ça que tu es venu à Belgrade. Maintenant, Nenad et sa fille sont morts, Dragona s'est enfuie. Moi, je ne veux pas me faire massacrer un soir en rentrant chez moi.

– Donc, Nenad et sa fille ont bien été assassinés ?

– Je n'en sais rien.

Butée, elle sortit son Zippo aux émeraudes de son étui et alluma une cigarette, fixant ensuite obstinément le sol en fumant. Malko comprit qu'il n'en tirerait plus rien.

– Ramène-moi, demanda-t-elle.

Elle ne desserra pas les lèvres pendant tout le trajet. Arrivé à la hauteur du restaurant *Sent Andreja*, là où il fallait continuer à pied, elle se tourna vers Malko.

– Ne m'en veux pas. Je n'ai pas peur pour moi, mais pour ma sœur. Ces salauds seraient capables de s'en prendre à elle, or je l'aime plus que tout. Un jour, j'étais à Belgrade, elle à Knin. Elle s'est trouvée prise dans un combat, elle a failli être tuée. Moi, j'étais sous la douche, comme paralysée. Cela a duré tout le temps qu'elle a mis à s'en sortir. Je ne veux plus jamais revivre ça.

– Quels salauds ? demanda Malko. Les hommes de Dragan ?

– Probablement.

Elle avait la main sur la portière. Au moment de sortir, elle dit très vite :

– Il y a un seul homme qui peut t'aider, s'il le veut. Il s'appelle Dusko Balasevic. C'est un détective privé.

– Un détective privé ? répéta Malko, suffoqué.

Tamara eut un sourire crispé.

– Oui, mais pas n'importe lequel. Allez, tchao.

Elle s'éloigna rapidement en direction du *Reka*.

*
**

Rade Bogdanovic s'arrêta pour souffler quelques secondes avant de pousser une porte en verre dépoli qui annonçait en lettres noires : GLAVNI INSPEKTOR ZA SPECIJALNA DJSTVA (1). Ses cent quarante kilos répartis sur un mètre cinquante-cinq lui causaient quelques problèmes de santé : il en était à son troisième infarctus. L'homme qui se trouvait derrière le bureau se leva vivement en le

(1) Inspecteur principal des Affaires réservées.

voyant. Bogdanovic était un des hommes les plus puissants de Belgrade.

– Ça va, Jovan ? demanda gentiment celui-ci.

– Très bien, *Gospodine.*

– Vous avez les documents ?

– *Da, da, Gospodine.*

Il lui tendit respectueusement une grosse enveloppe Kraft. Bogdanovic la prit et sortit du bureau après avoir recommandé :

– Continuez à me tenir au courant des développements de cette affaire.

Il se traîna jusqu'à l'ascenseur poussif qui le mena à son bureau du huitième étage, avec une vue superbe sur Novi Beograd. Le moindre déplacement lui était pénible. Une fois à son bureau, il examina le contenu de l'enveloppe. Des photos en noir et blanc, parfois jaunies. Des exécutions capitales. Des rangées de musulmans debout, puis les mêmes gisant à terre, morts.

Rade Bogdanovic les ramassa et se traîna jusqu'à un vieux coffre dont il était le seul à posséder la combinaison. Il en sortit un dossier qui portait au feutre la mention : ZLATKO SOMBOR. Après l'avoir ouvert, il y glissa le paquet de photos et referma le coffre.

Ensuite, revenu à son bureau, il composa le numéro d'un portable. La voix rêche du « commandant » Dragan fit *Da ?*

– C'est moi, répondit Rade Bogdanovic. Je te remercie pour les documents.

– Il aurait mieux valu les détruire, répliqua Zlatko Sombor d'une voix agacée.

– C'étaient les ordres, soupira Rade Bogdanovic.

Comme si ce n'était pas lui qui les donnait... Il avait eu du mal à avoir ces photos, mais le « commandant » Dragan, s'il était puissant, n'était pas tout-puissant.

– Et pour le reste ? interrogea Sombor.

– Rien encore. Mais tout s'arrangera, j'en suis sûr. J'ai donné des instructions précises. Je te tiens au courant.

C'est Rade Bogdanovic qui raccrocha. Depuis une certaine interception téléphonique, la SDB suivait de très près les problèmes du « commandant » Dragan.

*
**

– Dusko Balasevic ? Mais c'est un ancien de la DB... s'étonna Larry Oldcastle. Il a été viré en 1992, justement à cause de Dragan. Une obscure histoire de règlement de comptes politique. C'était son officier traitant, du temps où Dragan assassinait un peu pour le compte de la DB. C'est un dur : il dirigeait une équipe d'assassins. C'est vrai, on m'avait dit qu'il avait ouvert une agence de détective privé. Qui s'appelle SIA, en plus...

De mieux en mieux.

– On peut l'utiliser ? interrogea Malko. Ça ne me paraît pas très prudent...

L'Américain prit le temps d'allumer une Gauloise blonde avant de répondre.

– Je ne sais pas, avoua-t-il. Je crois qu'il déteste Dragan, mais je ne suis pas certain qu'il ose se frotter à lui. Par contre, il a de bonnes informations grâce aux amis qu'il a gardés dans la DB. Son père y était déjà.

– Qu'est-ce que je vais lui dire ?

Larry Oldcastle sourit.

– Ce que vous voulez. Il saura très vite qui vous êtes. Ou il collabore ou il refuse. Dans ce pays, tout est possible.

– Que pensez-vous de l'incident d'hier soir ? demanda Malko. Pourquoi ne m'a-t-on pas tué ?

– En ce moment, les Yougos ne peuvent pas se permettre d'assassiner un agent de la CIA, sauf cas de force majeure. Milosevic a trop besoin de nous pour se refaire une santé.

– Donc, la DB serait au courant de tout ?

– Ils savent beaucoup de choses. Ils écoutent tout. Ils ont des centaines d'informateurs.

Il hocha la tête et conclut :

– Allez voir Balasevic. Demandez-lui d'enquêter sur la mort de Nenad Kurco. Dites-lui qu'il nous avait contactés.

Ils se quittèrent là-dessus. Priscilla Clearwater, la pulpeuse métisse, guettait Malko sur le seuil de son bureau.

– Tout va comme vous voulez ? demanda-t-elle.

Les pointes de ses seins posaient la même question. Malko posa une main sur sa hanche en un geste hautement familier. Elle ne se déroba pas.

– Vous êtes très belle, Priscilla, dit-il, les yeux dans les siens.

– *Don't pull my leg !* (1) murmura-t-elle, troublée.

La main de Malko glissa et il effleura la courbe incroyable de ses reins, ce qui lui donna des picotements au bout des doigts. Celle-là était née pour être sodomisée. En souriant il lui demanda :

– Vous savez ce dont j'ai envie ?

Priscilla secoua la tête.

– Non.

Il le lui dit à l'oreille, et elle sursauta.

– *No ! You're a monster !*

– Pas du tout, répliqua Malko. Si vous vous ennuyez toujours, nous pouvons dîner ce soir. Retrouvez-moi au *Hyatt*. Chambre 432. On prendra d'abord une bouteille de Taittinger Comtes de Champagne au bar.

– *Splendid !* minauda Priscilla Clearwater, j'adore le champagne français.

Il s'éloigna, la laissant médusée. C'était sûrement la première fois de sa vie qu'un homme lui annonçait des intentions aussi précises... Dans certains Etats américains, on pendait encore les gens coupables de ce genre d'horreur. Avant de plonger dans le marécage mortel et nauséabond de Belgrade, un peu de fraîcheur ne faisait pas de mal... Et puis, si Priscilla venait à son rendez-vous, au

(1) Ne vous moquez pas de moi !

moins elle saurait à quoi s'en tenir. Cela éviterait les malentendus.

*
**

L'immeuble ne payait pas de mine, tout en bas de la rue Francuska. Quatre étages de ciment gris sur pilotis, déjà décatis, avec, à côté, un bar en plein air qui ressemblait à une cabane de chantier. Malko se dirigea vers la mezzanine où se trouvaient les bureaux de la compagnie SIA. Une porte vitrée au fond d'un couloir. Il sonna et une brune ravissante, portant une jupe noire si étroite qu'elle pouvait à peine marcher, lui ouvrit.

– M. Balasevic ? demanda Malko. J'ai téléphoné. Mon nom est Linge. Malko Linge.

– Par ici, dit-elle.

Elle le précéda, balançant sans ambages ses fesses cambrées. Une belle petite salope. Malko en aperçut une seconde, en train de téléphoner d'un petit bureau. Une blonde cette fois, qui lui adressa un sourire éblouissant. Sa guide frappa à une porte vitrée et s'effaça.

Dusko Balasevic n'était pas grand, mais très large d'épaules, trapu, les cheveux gris en brosse, les yeux malins, la mâchoire lourde. Il tendit une main énergique à Malko et le fit asseoir en face de lui, devant une table basse. Vêtu d'un polo et d'un pantalon de toile, sans cravate, il ne payait pas de mine.

– Qui vous a parlé de moi ? demanda-t-il.

– Une amie. Tamara Savic.

Il hocha la tête et alluma une cigarette.

– *Dobro*. Quel est votre problème ?

– Je travaille avec l'ambassade américaine, dit Malko. Nenad Kurco nous avait contactés pour une raison que je ne peux pas vous révéler. Nous avons été très surpris de sa mort et nous aimerions savoir ce qui s'est passé. Je voudrais savoir comment il est mort...

L'ex-policier de la SDB ne broncha pas.

– Il s'est suicidé, c'était dans tous les journaux ; après avoir pendu sa fille, ajouta-t-il. Il était un peu fou, je crois.

Malko lui adressa un sourire poli.

– Je voudrais être certain que cela s'est bien passé ainsi, dit-il. Pouvez-vous faire une enquête ?

Le détective alluma une cigarette puis jeta un regard étonné et soupçonneux à Malko.

– Une enquête ? Mais, à l'ambassade, vous disposez de moyens que je ne possède pas. Vous pouvez vous adresser à la Milicija... La police de Belgrade est excellente...

Il se foutait carrément de Malko, sans avoir l'air d'y toucher. Ce dernier ne se formalisa pas.

– Disons que nous aimerions avoir une opinion indépendante...

Dusko Balasevic hocha la tête.

– Je comprends, dit-il, mais ce n'est pas un travail pour moi. Je m'occupe surtout de maris trompés, de différends commerciaux, de recouvrements de créances... Je suis désolé.

Il se leva, signifiant la fin de l'entretien, mais raccompagna poliment Malko jusqu'au palier.

Celui-ci retrouva sa Polo rouge, déçu mais pas étonné. Larry Oldcastle avait rêvé. Il se hâta de regagner le *Hyatt* pour y trouver un peu de fraîcheur. Tandis qu'il se traînait, glaces ouvertes, dans les rues torrides du centre, il ne put s'empêcher de remarquer les innombrables filles à la tenue provocante qui semblaient toutes s'offrir. Le climat de Belgrade était électrique.

A l'entrée du *Hyatt*, une matrone promenait un détecteur de métaux portable sur tous les arrivants. Quelques semaines plus tôt, deux mafieux avaient réglé un menu contentieux au pistolet-mitrailleur Skorpio, en plein hall, ce qui nuisait à la réputation de l'hôtel...

C'est en arrivant dans sa chambre que Malko réalisa qu'il lui restait encore un fil à tirer : Carla Bettega, la journaliste italienne dont il avait trouvé le numéro scotché au téléphone du photographe pendu.

Il composa le numéro de l'hôtel *Bristol* et la demanda. Tout de suite, le réceptionniste répondit :

– Mme Bettega est sortie.

Malko laissa son téléphone et son nom, demandant de rappeler. Comme disent les Américains, c'était un *long, long, shot*... Mais au point où il en était... Au seul énoncé du nom de Nenad Kurco, on le fuyait comme la peste.

Il sortait de la douche quand on frappa à sa porte. Sûrement la femme de chambre. Il alla ouvrir, torse nu, enveloppé dans une serviette.

Priscilla Clearwater se tenait dans l'encadrement de la porte. Elle avait troqué sa tenue longue contre une robe en stretch décolletée jusqu'au nombril qui moulait ses seins pointus comme un gant.

*
**

La nourriture du *Pollini*, le restaurant italien du *Hyatt*, était carrément infecte. Les pâtes semblaient collées à la glu, le poulet était venu en courant du Monténégro et le cervelas ne devait compter que des produits de synthèse. Malko avait à peine touché à son assiette. Heureusement, ils avaient du Taittinger Comtes de Champagne blanc de blancs 1988, et Priscilla Clearwater ne s'y était pas trompée. Sa coupe ne restait pas longtemps pleine. Les garçons, qui n'avaient sans doute jamais vu de Noire, se disputaient l'honneur de la servir. Elle avait commencé par deux « Original Margarita », Cointreau, tequila, et lime, qu'elle avait bus comme de l'eau. Enchaînant ensuite sans effort sur le champagne. Durant le repas ils n'avaient parlé que de sujets légers. Priscilla Clearwater adorait voyager. Sur Air France de préférence, à cause de la nourriture et aussi du nouveau « hub » (1) de Roissy II où elle donnait rendez-vous à ses amis venant d'autres destinations, s'ils continuaient le voyage ensemble.

Le sujet « voyage » épuisé, Malko, après un espresso presque buvable, signa la note et ils se retrouvèrent devant les ascenseurs. Les yeux baissés, Priscilla Clearwater ne semblait pas deviner ce qui l'attendait. A peine dans la cabine, Malko, d'un geste léger, effleura des seins d'une dureté marmoréenne. La Noire leva sur lui un regard trouble et dit faiblement :

– *Please !*

Arrivée dans la chambre de Malko, elle resta debout, regardant le paysage plat par la baie vitrée comme si elle ignorait totalement ce qu'elle était venue faire là. Malko dissipa rapidement toute équivoque. S'approchant d'elle par-derrière, il saisit le zip de sa robe et le tira d'un coup jusqu'en bas. Priscilla frémit légèrement, sans dire un mot. Malko n'eut plus qu'à faire glisser sa robe de ses épaules pour l'en dépouiller totalement. Ne lui laissant qu'un slip de dentelle blanche tranchant agréablement sur la peau café au lait.

Il était temps de mettre les points sur les i. Il la fit pivoter avec douceur et chercha son regard. Trouble, lointain. Mais quand il écrasa sa bouche contre la sienne, les lèvres de Priscilla s'ouvrirent aussitôt et sa langue vint au-devant de la sienne. En explorant son corps, Malko constata rapidement que, sous le calme, il y avait la tempête. A peine eut-il effleuré le mont de Vénus de la jeune femme qu'elle se tordit comme un serpent en exhalant un soupir de bon aloi.

Cependant, elle restait étrangement passive alors qu'il sentait, lui, son ventre s'embraser.

Il se déshabilla rapidement, observé par le regard de Priscilla filtrant entre ses longs cils. Celle-ci ne pouvait

(1) Plate-forme de correspondance, permettant une correspondance plus rapide et plus facile entre deux vols.

plus ignorer l'état dans lequel sa présence l'avait mis. Mais, apparemment, elle n'aimait pas prendre les initiatives. Malko le fit pour elle...

Il la prit par la main, lui laissant son slip et ses escarpins et l'attira vers le lit où il s'allongea sur le dos. Leurs regards se croisèrent.

– *Take me in your mouth !* (1) demanda Malko.

D'un geste gracieux, sans la moindre réticence, Priscilla Clearwater le rejoignit, s'agenouillant d'abord à côté de lui. Sa tête s'abaissa et il eut l'impression de grimper au paradis lorsque la grande bouche se referma avec douceur sur son membre. Probablement pour être plus à l'aise, Priscilla changea de position, venant s'allonger sur le ventre entre les jambes de Malko, tout en le faisant aller et venir dans sa bouche avec douceur.

Dans cette position, il avait une vue imprenable sur la cambrure de son dos et la courbe de ses fesses.

Il en oublia le plaisir de la fellation ; il n'y avait que les Noires à posséder ce genre de fessier callipyge bombé, sans être lourd. Priscilla Clearwater continuait de s'activer sans un mot, comme une esclave docile. L'idée accrut encore l'excitation de Malko. C'est le moment que Priscilla choisit pour relever la tête et lui adresser un regard à la fois humble et chargé de satisfaction. Malko avait rarement vu un regard de salope aussi expressif et son ventre s'embrasa littéralement. Déjà, Priscilla reprenait son rythme, l'accélérait avec l'idée évidente de le faire jouir.

Il s'arracha à elle avant qu'il ne soit trop tard, la contourna et, des deux mains, fit glisser le slip le long des cuisses fuselées, découvrant ses fesses en entier.

Il s'agenouilla alors entre ses jambes qu'elle ouvrit avec docilité, le sang aux tempes.

La bienséance eût voulu qu'il lui rende d'abord hommage d'une façon classique. Mais c'était plus fort que lui :

(1) Prends-moi dans ta bouche !

ses fesses inouïes le faisaient fantasmer. Dès qu'il avait vu Priscilla Clearwater, il avait eu envie de la sodomiser. De plus, c'était la première fois qu'il allait faire subir les derniers outrages à la secrétaire d'un chef de station. Un moment solennel comme la remise de la Légion d'honneur à une fripouille.

Lorsqu'elle sentit se poser contre l'entrée de ses reins le membre prêt à la transpercer, Priscilla Clearwater releva la tête et dit d'une toute petite voix :

– *You swear ! You won't tell it to my boss !* (1)

Malko ne répondit même pas. Il pesa de tout son poids et regarda son sexe s'enfoncer de quelques millimètres dans la porte étroite, en distendant l'entrée. Priscilla poussa un petit cri, mais, peut-être involontairement, se cambra encore plus. Ce qui eut pour effet d'enfoncer le membre raidi. Jusqu'à mi-longueur...

Malko demeura ainsi quelques secondes, regardant cette croupe qu'il était en train de violer, jouissant de ce moment rare. C'était du sexe à l'état pur. Sous son apparence puritaine, Priscilla Clearwater était une merveilleuse salope. Il se devait bien un petit plaisir ; d'une ultime poussée, il s'enfonça entre les fesses rebondies, jusqu'à la garde. Ainsi forcée, Priscilla poussa un long gémissement.

– *Stop it ! Please.*

Autant demander à une rivière de remonter son cours ! Malko se mit à la travailler de toutes ses forces, se retirant lentement d'elle, puis, d'un puissant coup de reins, la clouant à nouveau contre lui. La jeune Black criait, gémissait, mordait l'oreiller. Malko glissa alors une main sous elle avec la louable intention de lui procurer un peu de plaisir. Il rencontra un sexe inondé. Priscilla jouissait comme une folle...

Tout en la sodomisant, Malko la caressa quand même un peu, et sentit monter sa semence. D'un ultime coup de reins, il se souda aux fesses cambrées, se déversant en

(1) Jurez-moi ! Vous ne le direz pas à mon patron !

elles. Puis il retomba, inondé de sueur. Quelle première ! Il sentait les parois les plus secrètes de Priscilla palpiter contre son membre comme pour l'exciter à nouveau. Ce qui lui donna une idée. Se retirant, il s'enfonça d'un coup dans son sexe.

Emmanchée à fond, Priscilla poussa un hurlement. Malko crut plonger dans de la lave en fusion. C'était si excitant que son érection revint instantanément et qu'il la besogna, arc-bouté sur son dos, tandis qu'elle hurlait comme une démente.

Cette fois, ce fut le bouquet final et ils demeurèrent immobiles, écoutant les battements de leurs cœurs.

– *You are a racist bastard !* murmura Priscilla.

Elle n'avait même pas la reconnaissance du ventre.

*
**

Depuis quarante-huit heures, l'intermède Priscilla avait été le seul moment agréable. Malko ne quittait guère le *Hyatt*, fuyant Belgrade assommé de chaleur. Avec comme seule distraction de flâner dans la luxueuse galerie marchande qui offrait les merveilles de l'Ouest à des prix inaccessibles aux Belgradois moyens. A côté des couturiers italiens, une galerie présentait les récents chronographes Breitling et toutes les dernières créations de l'architecte d'intérieur Claude Dalle, importées de Paris à prix d'or. Tamara avait disparu, en reportage du côté de Pale. Il était retourné chez Dragona Milosin, sans succès. Elle était bien partie.

En Republika Srpska, Radovan Karadzic venait d'annoncer qu'il se présenterait aux prochaines élections. Le calcul de Larry Oldcastle se révélait de plus en plus juste. Sauf que sa manip était au point mort. Malko avait rappelé Carlo Bettega, la journaliste italienne, sans parvenir à la joindre. Et elle ne l'avait pas rappelé.

Même Priscilla Clearwater était décevante. Lorsque Malko l'avait eue au téléphone, elle avait été anormalement froide, comme si rien ne s'était passé entre eux... Elle s'était probablement payé le fantasme de sa vie, et en aurait honte pour le restant de ses jours.

Malko ouvrit sa porte et vit une enveloppe par terre. Un message de la réception qu'il ouvrit. Son pouls s'accéléra quand il lut : *Please, call back M. Dusko Balasevic.*

Pourquoi le détective le relançait-il ?

Il se précipita sur le téléphone. Dusko Balasevic répondit en personne.

– Vous m'avez laissé un message, dit Malko.

– Tout à fait, confirma le détective. Je crois que j'ai changé d'avis. Pourrions-nous nous rencontrer ?

– Bien sûr. Où et quand ?

– Dans une heure, au salon de thé du *Hyatt*.

Malko raccrocha, excité et intrigué. Que signifiait cette volte-face ?

CHAPITRE VI

– Ils étaient trois : Momcilo Kovac, Drazen Ivanovic, Zika Razvogor. Kovac est entré le premier, il a serré les carotides de Nenad Kurco pour lui faire perdre connaissance. Une fois qu'il a été à terre, Kovac et Ivanovic l'ont étranglé. Ivanovic, avec une écharpe, Kovac entre ses mains. Kurco a repris connaissance et s'est débattu beaucoup, les a suppliés de l'épargner... Sa fille, Anica, dormait dans la pièce voisine. Le bruit l'a réveillée. Elle est venue voir. Zika Razvogor l'a ramenée dans sa chambre et l'a étouffée sous un oreiller. Ensuite, ils ont mis en scène le « suicide », ont récupéré les photos que Kurco gardait tout simplement sous son matelas et ils sont partis.

Dusko Balasevic, son abominable récit terminé, prit son verre de Defender « Very Classic Pale » et en but une gorgée, comme s'il venait de terminer un récit de vacances.

Malko était horrifié par ce rapport débité d'une voix neutre. Qui possédait pourtant le ton inimitable de la vérité. Il sentait encore les doigts énormes lui comprimer les carotides, dans le couloir de Dragona Milosin... Le détective l'avait rejoint cinq minutes plus tôt, au salon de thé du *Hyatt*. Posant près de lui une grosse sacoche noire d'officier, il avait commencé aussitôt ses révélations.

– Vous êtes certain de ce que vous avancez ? demanda quand même Malko.

Dusko Balasevic ouvrit sa sacoche et en sortit un document à l'en-tête du MUP (1), tapé à la machine.

– Voilà une photocopie du rapport officiel. J'ai encore des amis à la DB.

Un ange passa, encagoulé. Malko sentait qu'il glissait vers un univers glauque, plein de chausse-trapes, mais il n'avait guère le choix. Le récit de Balasevic relançait sa mission d'une façon inespérée. Il restait la question à mille francs.

– Qu'est-ce qui vous a fait changer d'avis ? demanda-t-il. Vous ne vouliez pas vous charger de cette affaire.

Les lèvres minces de Dusko Balasevic s'ouvrirent sur des dents en mauvais état.

– Je ne m'en suis pas chargé, corrigea-t-il. Je me suis renseigné. Et ce que j'ai découvert m'a donné envie de vous revoir. Je vais vous dire pourquoi.

A nouveau, il plongea dans sa sacoche, et sortit trois photos. Malko identifia immédiatement le premier visage. L'homme qui lui avait comprimé les carotides.

– Momcilo Kovac, annonça le détective. Six mois de prison pour avoir massacré à mains nues un supporter du club Dynamo de Zagreb. Surnommé « Sarac » (2) en raison des dimensions de son sexe et de sa force.

Il poussa vers Malko la deuxième photo. Une tête effrayante sortie d'un film de Frankenstein. Les arcades sourcilières protubérantes, déformées par le tissu cicatriciel, comme si elles avaient été bêchées. Des yeux très enfoncés, petits et sans expression, comme ceux d'un animal. Un long nez droit surmontant une mâchoire prognathe.

– Drazen Ivanovic, annonça le détective. Ancien boxeur. Il a tué un adversaire en s'acharnant sur lui. Les

(1) Ministère de l'Intérieur.
(2) Cheval.

amis de celui-ci se sont vengés sur son visage. Volontaire pour la Bosnie, il y a massacré des centaines de musulmans, dont il coupait les oreilles pour en faire des colliers. Arrêté à Belgrade pour avoir violé et étranglé ensuite une fille de quinze ans ; condamné pour un meurtre, il n'a fait que deux ans de prison. Libéré sur intervention de la DB. Il a exécuté au couteau deux « traîtres » serbes qui s'apprêtaient à partir en Croatie. Ensuite, pendant la guerre, la DB l'envoyait traîner au café *Plato*, là où se réunissent tous les étudiants. Il avait pour mission de repérer les Bosno-Serbes qui fuyaient la mobilisation et de les dénoncer.

Une petite gorgée de Defender et la troisième photo apparut. Celle d'un homme aux cheveux gris, avec d'épaisses lunettes de myope.

– Zika Razvogor, annonça Balasevic. Ceinture noire de full-contact. Tueur à gages, excellent tireur au pistolet. Tient le café *Trozubac*, juste en face de l'hôtel *Moskva*. Il dirige aussi le racket des commerçants du nouveau centre commercial et une agence de filles, mannequins et putes, dans la proportion du pâté d'alouette et du cheval.

Son énumération terminée, le détective rangea soigneusement les trois photos et adressa à Malko un regard moqueur.

– Vous savez quel est le lien entre ces trois hommes ?

– Non.

– Ils travaillent tous pour le « commandant » Dragan. Kovac est le responsable de sa garde rapprochée, Ivanovic conduit sa Pajero ou sa Daimler, Razvogor exécute les traîtres et gère le business à Belgrade. Le *Trozubac* appartient à Dragan.

Malko n'était que modérément surpris. Dans la mesure où le photographe avait été assassiné, ce ne pouvait être que sur l'ordre de Dragan. Mais une question lui brûlait les lèvres :

– Pourquoi me dites-vous tout cela ?

Dusko Balasevic prit le temps d'allumer une cigarette

et de terminer son Defender « Very Classic Pale », ne laissant que les glaçons.

– C'est une longue histoire, fit-il. Comme je vous l'ai dit, j'étais à la DB depuis 1975. Comme mon père l'avait été. J'avais un bon poste : Glavni Inspektor. Je gagnais bien ma vie. J'avais connu Dragan durant les années 80, quand il travaillait à l'extérieur de la Yougoslavie pour le Second Directorate, chargé de l'élimination des ennemis du maréchal Tito. En 1988, Dragan était revenu à Belgrade et poursuivait une belle carrière de voyou. Il jouait beaucoup aussi. Ce qui fut la cause d'une vilaine histoire. Il avait perdu au jeu une très grosse somme contre un joueur professionnel. Cela lui coûta une discothèque qu'il possédait dans le centre. Il paya, mais deux jours plus tard, il kidnappa son gagnant, puis l'attacha à un arbre, avant de l'arroser d'essence... Le malheureux mourut brûlé vif. Ce meurtre sauvage fit du bruit. C'est moi qui fus chargé de l'enquête, car la Milicija n'osait pas s'attaquer à Dragan.

« Je n'eus aucun mal à trouver des témoins à charge contre Dragan. A la suite de mon enquête, il fut arrêté. Quelques semaines plus tard, il me demanda de venir le voir dans sa cellule. J'y allai. Il me reprocha alors violemment de ne pas l'avoir couvert et me jura qu'il se vengerait. Sur le moment, je n'attachai pas d'importance à ses rodomontades. Dragan n'était plus qu'un voyou ordinaire et sa victime, le fils d'un vieil apparatchik titiste.

« D'ailleurs, Dragan fut condamné à huit ans de prison. Il faut croire qu'il avait encore de puissantes protections, car il sortit à peine un an plus tard. Je n'en entendis plus parler. Je n'avais pas peur, car j'appartenais toujours à la DB, et même Dragan ne pouvait se permettre d'abattre un de leurs agents.

« Et puis, la guerre contre la Croatie éclata en 1991. Dragan fut de nouveau utilisé par le gouvernement, cette fois dans le cadre de la « purification ethnique ». Il était redevenu puissant. Alors, en février 1992, je fus chassé de la DB sous un prétexte fabriqué. Un prétendu détournement de fonds secrets. Le lendemain même de mon licenciement, Dragan me téléphona pour me dire qu'il n'avait pas oublié, mais que pour compenser la sanction dont il était responsable, il m'offrait un poste de garde du corps, à mille Deutschemarks par mois...

« En plus de me briser, il voulait m'humilier. Je lui dis d'aller se faire foutre et je fondai mon agence de détective.

– Comment a-t-il pu vous faire exclure de la DB ? demanda Malko.

– Dragan a toujours été protégé par un homme très puissant : Rade Bogdanovic, un ami intime du président Milosevic. Mais j'ai gardé des amis à la DB. Tous n'appréciaient pas Dragan. Beaucoup pensent que des hommes comme lui déshonorent notre pays. Et puis cette guerre a tout bouleversé.

Il y avait beaucoup d'amertume dans sa voix. Malko était troublé. Le détective était incontestablement sincère. Deux élégantes jeunes femmes, maquillées, bijoutées, vinrent s'installer à la table voisine, portant des bas malgré la chaleur. Elles commandèrent avec moult détails des cocktails. Des « Cosmopolitan » : Cointreau, vodka, et cranberry juice. A côté de ce raffinement, Dusko Balasevic faisait bien rugueux, avec sa chemisette, son pantalon informe et son visage taillé à coups de serpe.

Seulement, il était beaucoup plus passionnant...

– Donc, conclut Malko, vous voulez vous venger de Dragan...

– Disons que je veux lui montrer que je ne suis pas fini, corrigea le détective.

– Les éléments que vous venez de me révéler peuvent être utilisés ?

Balasevic secoua lentement la tête.

– Non. Ce sont des documents internes à la DB.

– Alors ?

– Vous ne vous êtes pas demandé pourquoi Kurco et sa fille ont été assassinés ?

– Bien sûr que si, répliqua Malko. Pour récupérer les photos que Kurco voulait vendre.

Le détective eut un sourire ironique. Le garçon, voyant que son verre était vide, lui apporta d'autorité un nouveau Defender « Very Classic Pale » dans lequel il trempa aussitôt les lèvres.

– On n'avait pas besoin de le tuer pour cela, fit-il. L'autre aurait fait n'importe quoi pour qu'on ne touche pas à sa fille. Seulement, Kurco savait des choses. Et il fallait l'empêcher de parler. Définitivement.

Malko demeura impassible. Ce à quoi faisait allusion le détective recoupait l'information de départ. Nenad Kurco avait à vendre des photos *et* des informations.

Dusko Balasevic enfonça le clou.

– Les photos se trouvent en possession de la DB. Pourtant, la fiancée de Nenad Kurco a été forcée de quitter la ville. Juste parce qu'elle vous avait rencontré, sans savoir même qui vous étiez. Vous le savez : vous avez été, vous aussi, agressé.

– Alors, quelle est la vraie raison du meurtre de Nenad Kurco ? demanda Malko.

– Il se préparait à vendre un secret beaucoup plus dangereux que des photos. Un secret qu'il partageait avec sa « fiancée », Dragona Milosin.

– Si elle partage ce secret, pourquoi l'a-t-on laissée vivante ? objecta Malko.

Le détective sourit avec une mimique amusée.

– Quand Nenad Kurco a été tué, vous n'étiez pas là. On ignorait même que vous alliez intervenir. C'était une petite histoire intérieure où il n'y avait pas d'étrangers. Seulement vous avez contacté Dragona Milosin au Club Diplomatique. Ceux qui vous surveillaient l'ont su tout de suite. Ils ont prévenu Dragan tout en lui ordonnant de ne pas y aller trop fort.

– Pourquoi ?

– Rade Bogdanovic, l'officier traitant de Dragan, est un politique. Il prend ses ordres de Slobodan Milosevic, le Président. Vous travaillez pour les Américains. Donc, il faut vous ménager. Faire le minimum pour écarter le danger. Milosevic ne peut pas en ce moment affronter les Américains en face. On a effrayé Dragona suffisamment pour qu'elle ne parle pas. Vous ne la reverrez jamais.

Nouvelle pause. Dusko Balasevic savait décidément beaucoup de choses.

– Alors, quel est ce secret ?

– C'est une information qui vaut beaucoup d'argent, fit le détective.

On y était... Malko demeura impassible, observant les femmes élégantes en train de siroter leurs cocktails.

– Combien ? demanda-t-il.

Geste évasif de Dusko Balasevic.

– Beaucoup. Je dirais cinq cent mille Deutschemarks (1).

– C'est beaucoup d'argent...

Le détective approuva, sans se troubler.

– Bien sûr. Mais cela les vaut largement.

Malko chercha à rencontrer son regard sans cesse en mouvement.

– Je suppose que cela concerne directement Dragan. Vous n'avez pas peur de terminer comme Nenad Kurco ?

– Non.

C'était dit sans forfanterie, mais sans hésitation. Il ajouta aussitôt :

– J'ai déjà pris des risques dans ma vie et je sais me défendre.

Il entrouvrit sa sacoche et la tourna vers Malko. Ce dernier aperçut le museau épais d'un gros pistolet automatique.

– Zastava 9 mm, quinze coups, annonça-t-il. Il m'a coûté deux mille DM, mais c'est un bon investissement. Si vous le souhaitez, je peux vous en procurer un. Avec,

(1) Presque deux millions de francs.

pour cinq cents marks de plus, un permis de détention. Un authentique, signé par un des patrons de la DB.

– C'est la vengeance ou le désir de gagner cinq cent mille marks qui vous pousse à risquer votre vie ?

– Les deux, reconnut Balasevic en souriant. Il n'y a plus rien à faire dans ce pays, tant que Milosevic sera là. Je veux partir.

Il semblait absolument sincère. Malko chercha comment le pousser dans ses derniers retranchements.

Une question lui vint aux lèvres ; cruciale.

– Puisque vous savez tant de choses, dit-il, comment Dragan a-t-il appris que Nenad Kurco s'apprêtait à le trahir ?

– Ce n'est pas Dragan qui l'a su, corrigea Balasevic, c'est la Deuxième Section de la DB, celle du contre-espionnage, dirigée par Jovan Nanicic. Ils écoutent toutes les communications de l'ambassade américaine. C'est facile : son câble téléphonique passe juste à côté du leur, sous l'avenue Knez Mihajlova. Un jour, une correspondante des services américains, une journaliste yougoslave, a téléphoné, en clair, en racontant l'histoire... La DB a tout de suite vu le danger. Après conseil de Bogdanovic, on a prévenu Dragan pour qu'il fasse le ménage lui-même. Mais, dès que vous êtes arrivé à Belgrade, on vous a pris en filature. Vous les avez semés le jour où vous êtes allé chez Nenad Kurco, mais cela n'avait que peu d'importance.

Donc, c'était une imprudence de Tamara Savic qui avait provoqué la catastrophe ! La CIA utilisait vraiment des bras cassés. Malko consulta sa Breitling. Larry Oldcastle devait être encore à son bureau.

– Je dois soumettre votre proposition, dit-il. Je vous donnerai la réponse demain.

– Pas de problème, assura le détective.

Il se leva, imité par Malko. Les deux hommes sortirent ensemble du *Hyatt*. Dusko Balasevic monta dans une épave grisâtre : une Oltcit, Citroën construite en Roumanie, qui ne tenait plus que par la peinture... Malko regarda l'engin s'éloigner. Balasevic avait vraiment l'air minable avec son vieux pull, sa montre sans remontoir et sa poubelle roulante... Et pourtant il maniait de la dynamite.

*
**

Priscilla Clearwater baissa les yeux en voyant débarquer Malko. Elle avait repris sa tenue sage de sœur Teresa et ne répondit pas à son sourire engageant. Larry Oldcastle, lui, fut beaucoup plus chaleureux.

– Du nouveau ? demanda-t-il.

Malko s'assit.

– Oui. Dusko Balasevic m'a recontacté. Je l'ai vu. Il est prêt à travailler avec nous. Nenad Kurco a été assassiné par les hommes de Dragan.

Sous le choc, Larry Oldcastle alluma une Gauloise blonde avec un Zippo dont la flamme oscillait légèrement. Son briquet fétiche dont la gravure aux armes de la CIA faisait partie d'une série numérotée réservée aux gens du Sixième Etage (1).

Quand Malko eut terminé son récit, il demeura silencieux un long moment avant de dire :

– C'est terrible de penser que la mort de ce photographe aurait pu être évitée. C'est vrai, Tamara Savic a commis une faute grave en téléphonant. Elle aurait dû venir ici.

C'était un peu tard pour les regrets.

– La question est simple, dit Malko. Pouvons-nous faire confiance à un homme comme Balasevic ?

Un ange passa, avec deux paires d'ailes superposées. Larry Oldcastle tirait sur sa cigarette dans un silence pesant. Il finit par le rompre :

– D'après ce que je sais, il vous a dit la vérité sur son passé. Il faisait partie de l'équipe chargée d'éliminer les

(1) A Langley, QG de la CIA, l'étage des huiles.

opposants à Tito à l'étranger. J'ignorais pourquoi il avait été chassé de la DB. Sa version est vraisemblable. Je suis tenté de lui faire confiance, après ce qu'il vous a révélé. Il a quand même pris des risques.

– Pas tellement, fit Malko. Nous ne pouvons pas utiliser ses révélations. Ce qui m'intrigue, c'est la raison qui le pousse à se griller.

Larry Oldcastle frotta son pouce contre son index avec un sourire entendu.

– Il en a peut-être assez de courir après des maris infidèles pour cinq cents Deutschemarks... Et puis, nous n'avons pas tellement le choix. Nenad Kurco est mort, sa fiancée perdue dans la nature. Tamara prétend ne rien savoir. Washington est sur mon dos jour et nuit. Si nous trouvons un moyen de faire chanter Milosevic, cela vaut cinq cent mille DM. Mais je ne voudrais pas me faire escroquer. Même si ce n'est que l'argent des contribuables.

Malko ne releva pas, songeant à la pingrerie des comptables de la CIA en ce qui le concernait.

– Si vous êtes d'accord sur le principe, proposa-t-il, je vais lui proposer un deal. Cent mille Deutschemarks tout de suite et quatre cent mille si nous pouvons utiliser son information pour monter un dossier contre Dragan.

– Ça fait quand même cher...

Malko haussa les épaules.

– Si vous préférez, je regagne Liezen. Cet argent ne va pas dans ma poche.

Larry Oldcastle se calma instantanément.

– OK ! Je vais faire préparer l'argent demain matin.

*
**

Cette fois, Dusko Balasevic avait donné rendez-vous à Malko dans le bar jouxtant son immeuble. Il était déjà là quand Malko arriva. Celui-ci lui proposa le deal suggéré par Larry Oldcastle. Le détective l'écouta, aussi impassible qu'un joueur de poker. Il le laissa ensuite mariner plus d'une minute.

– Ça me semble correct, finit-il par dire. Je crois que vous ne regretterez pas votre argent... A propos, vous avez le premier versement ?

– Absolument.

– Alors, montons dans mon bureau.

Il y avait encore trois filles ravissantes. On se serait cru dans une agence de mannequins plutôt que chez un détective. Dusko Balasevic les salua joyeusement, commentant pour Malko :

– Les femmes sont beaucoup mieux que les hommes pour les filatures. Plus sérieuses, plus accrocheuses.

Une fois dans son bureau, Malko lui tendit l'enveloppe gonflée de billets de cent Deutschemarks. Le détective la jeta dans un tiroir sans même l'ouvrir. Toujours aussi impassible.

– Je vous écoute, dit Malko.

Dusko Balasevic frotta machinalement son avant-bras poilu, avec un sourire entendu.

– Je vois que la CIA n'est pas rancunière, fit-il. J'ai pourtant dans le temps travaillé à démanteler un de leurs réseaux... Mais c'était dans une autre vie. Vous voulez donc savoir pourquoi Nenad a été tué ?

– Oui.

– L'histoire des photos, ce n'était pas très grave. Sur aucune on ne voit Dragan tirer lui-même. Mais ce qui avait de la valeur, c'est autre chose. Au cours de ses contacts avec la bande de Dragan, Nenad Kurco avait connu un de ses plus vieux amis : un certain Milomir Stefanovic. Un supporter du club Etoile Rouge. Il était le *kum* de Dragan, lors de son premier mariage.

– Qu'est-ce que c'est ?

– Son garçon d'honneur. Ici, c'est très important, un peu comme un frère de lait. Aussi, quand Dragan a commencé sa carrière paramilitaire, Milomir Stefanovic a été le premier à s'engager et à le suivre partout. La guerre terminée, ils se sont retrouvés à Belgrade. Milomir, il y a deux ans, a rencontré une fille superbe qui arrivait de son village. Une déesse. Une certaine Imala. Il en est tombé follement amoureux et ils ont vécu ensemble. Elle commençait une carrière de chanteuse. Comme il en était très fier, il l'a présentée à son chef, le « commandant » Dragan. Ce dernier a aidé Imala à se faire une place au soleil, il l'a emmenée dans ses tournées électorales au Kosovo. Pendant ce temps, il demandait à Milomir de rester à Belgrade pour s'occuper du club.

« Puis un jour, un de ses copains a téléphoné à Milomir que Dragan et Imala étaient dans la même chambre au *Grand Hôtel* de Pristina, la capitale du Kosovo. Milomir a sauté dans une voiture. Lorsqu'il est arrivé là-bas, les gardes de Dragan ont ouvert le feu sur lui... Il a reçu trois balles et a été transporté à l'hôpital de Pristina. Les hommes de Dragan sont venus pour l'y achever. Il était armé et a pu se défendre... Une heure plus tard, il s'enfuyait de l'hôpital. Il n'a jamais revu Dragan, qui depuis vit avec Imala. On n'avait plus entendu parler de lui, quand, il y a peu de temps, Dragan a mis un contrat sur sa tête. Pour faire plaisir à Imala.

– Faire plaisir ?

– Enfin, rassurer, corrigea le détective. Milomir lui avait promis de lui couper les seins et de lui découper le sexe.

On était vraiment entre gentlemen...

– Et alors ?

Dusko Balasevic sourit.

– Alors, Milomir a décidé de se venger. Il était copain de Nenad et lui en a parlé. Nenad a tout de suite vu l'intérêt de la chose. Lui savait que les Américains étaient friands de criminels de guerre. Or, Milomir lui a raconté en long et en large comment il a vu Dragan donner l'ordre de liquider des Croates et des Bosniaques. Il dit avoir vu Dragan exécuter lui-même quatre religieuses croates à Erstonivo. Il l'a aussi vu abattre de sa main une centaine de prisonniers musulmans à Zvornick. Milomir Stefanovic se trouvait, lui, sur les photos prises par Nenad Kurco...

D'un coup, tout devenait clair. Larry Oldcastle allait faire des bonds de joie.

– Ce Milomir Stefanovic accepterait de témoigner contre le « commandant » Dragan ?

Le détective inclina la tête affirmativement.

– Bien sûr. A condition qu'il ne soit pas inquiété lui-même.

– Cela ne devrait pas poser trop de problèmes, reconnut Malko.

Comme beaucoup de tribunaux américains, le Tribunal pénal international de La Haye acceptait de ne pas poursuivre des accusés-témoins, si leur témoignage permettait d'impliquer un responsable. Pas forcément moral, mais en Yougoslavie, il y avait belle lurette que la morale était aux abonnés absents.

Dusko Balasevic regardait Malko avec un sourire de triomphe.

– Ça ne vaut pas cinq cent mille Deutschemarks ?

– Si, dut reconnaître Malko. Où se trouve Milomir Stefanovic ?

– Pour le moment, je n'en sais rien, avoua le détective. Mais nous avons intérêt à le retrouver vite, parce que Dragan le cherche aussi, pour le tuer.

CHAPITRE VII

L'excitation de Malko retomba d'un coup. Le projet mirifique de Dusko Balasevic ressemblait tout à coup à un mirage. Un homme comme Dragan devait avoir de multiples moyens pour retrouver son ancien copain.

– Nenad Kurco ne savait pas où il se trouvait ?

– Si. Il était retourné dans son village, au Monténégro, près des bouches de Kotor. Mais le « commandant » Dragan l'a appris et a envoyé un commando pour le tuer. Il a dû s'enfuir et revenir à Belgrade.

– Pourquoi à Belgrade ?

– Parce qu'il ne peut pas sortir du pays, sauf clandestinement. Il n'a pas d'argent, même pas de passeport.

– Si Dragan ne le retrouve pas, comment pourrions-nous y parvenir ? objecta Malko.

– Il fuit tout le monde. Mais il ne vous fuira pas, VOUS. Il sait bien que sa seule chance de demeurer vivant, c'est d'aller refaire sa vie ailleurs, en étant protégé.

– D'accord, reconnut Malko, encore faut-il le trouver.

– Je peux vous y aider.

– Comment ?

– Milomir Stefanovic n'est pas revenu à Belgrade par hasard. Il y a sa maîtresse, une très jolie fille, Nada Badanjak. Je suis certain qu'*elle* sait où il se trouve. A vous, elle le dira.

Malko le regarda, incrédule.

– Et *elle*, on sait où la trouver ?

Le détective eut un sourire ravi.

– Bien sûr. Tous les jours, de neuf heures à dix-huit heures, au centre commercial en face de l'Opéra. Elle tient un magasin d'exposition qui vend des voitures françaises. C'est une ravissante blonde.

Malko eut vraiment l'impression que Balasevic se moquait de lui.

– Vous voulez me faire croire, objecta-t-il, qu'un homme comme Dragan n'aurait pas déjà kidnappé cette fille pour lui arracher l'endroit où se cache Stefanovic !

Le détective émit une espèce de gloussement.

– Je ne me moque pas de vous. Bien sûr que Dragan la connaît et sait où la trouver. Seulement, voilà, il ne PEUT pas y toucher...

– Pourquoi ?

– Nada Badanjak est la fille unique d'un des hommes les plus riches et les plus puissants de Belgrade, Milos Badanjak. Lui et son frère Ivan ont amassé une fortune colossale. Ils contrôlent quatre-vingts pour cent de tous les trafics financiers. Si Dragan touchait un cheveu de sa fille, il ne passerait pas la journée...

– S'il est si puissant, pourquoi ne protège-t-il pas l'amant de sa fille ?

Dusko Balasevic expliqua :

– Parce qu'il est furieux qu'elle soit avec un voyou pareil. Il ne lèverait pas le petit doigt pour l'aider. Mais si on touchait à sa fille...

– Vous êtes certain qu'elle est toujours avec Stefanovic ?

– Elle est folle de lui, répliqua avec simplicité le détective. Milomir est un très beau garçon, brun, athlétique et viril. Il a toujours eu beaucoup de succès avec les femmes.

– S'il quitte la Yougoslavie, elle le perdra.

Balasevic haussa les épaules.

– Elle est capable de le suivre. Elle a beaucoup

d'argent. Son père lui a offert le magasin où elle travaille. Il faut que vous alliez la voir là-bas. Que vous lui disiez qui vous êtes. Je pense que cela marchera.

Visiblement content de lui, il ouvrit un tiroir, en sortit une bouteille de scotch whisky Defender Success, s'en servit une bonne rasade et leva son verre.

– A notre succès.

Malko n'en était pas encore à ce point d'optimisme. Se repassant mentalement le récit du détective, il ne voyait pas d'invraisemblance, mais tout n'était pas encore joué.

– La DB est au courant ? demanda-t-il.

Balasevic inclina la tête.

– Bien sûr, mais ils sont neutres. Ils ne surveillent pas Nada Badanjak.

– Et Dragan ?

– Lui la surveille sûrement. Il faudra faire très attention. Mais elle est prudente. Alors, est-ce que vous êtes satisfait ?

– Oui, dut avouer Malko. Je vais aller voir Nada Badanjak.

– Vous êtes armé ? demanda d'un ton égal le détective.

– Non.

– Il vous faut une arme. Dragan ne se laissera pas faire. Pour le moment, il pense avoir la situation en main. Mais il saura vite que vous continuez l'enquête. Et alors...

– Je croyais qu'on ne le laisserait pas toucher à un étranger.

Dusko Balasevic eut un sourire ironique.

– D'abord, il ne demande pas toujours la permission. Ensuite, il a peur, lui aussi. S'il ne trouve pas Milomir *avant* vous, il est mal. S'il était dénoncé publiquement à La Haye, le président Milosevic serait obligé de le lâcher. Alors, *personne* ne l'empêchera de se défendre... Venez, je vais vous emmener vous équiper.

Il termina son Defender Success, prit sa sacoche et se leva. Malko remarqua que le rabattant de celle-ci était ouvert et que la main droite du détective pendait négligemment à quelques centimètres de l'ouverture.

*
**

– C'est là, annonça Dusko Balasevic en désignant une modeste échoppe surmontée d'un écriteau annonçant SNSJPER (1) au fond de la cour au sol inégal.

Tout un programme. Ils se trouvaient dans le centre de Belgrade et avaient laissé la vieille Oltcit du détective un peu plus loin, pour parcourir presque un kilomètre à pied. Deux fois déjà, ils étaient entrés dans des cours semblables, pour ressortir par une voie différente. Le détective parlait sans arrêt, avec les mains, comme un Méridional, mais son regard sans cesse en mouvement surveillait tout.

Dusko Balasevic poussa la porte, découvrant une petite échoppe d'armurier. Un panneau offrait tout un stock de pistolets et de revolvers, avec des crosses fantaisie, des modèles ciselés, chromés, nickelés... Le patron de la boutique étreignit Balasevic et serra la main de Malko. Le détective se tourna vers ce dernier.

– C'est là que se fournissent tous les voyous de Belgrade ! Venez.

Il le suivit dans l'arrière-boutique. Là, le boutiquier enroula un tapis usé jusqu'à la corde, découvrant une trappe dans le plancher. Il la souleva, alluma et s'engagea dans un escalier de bois. Malko descendit derrière lui. C'était la grotte d'Ali Baba. Des armes partout, accrochées au mur, empilées sur une grande table. Des caisses de munitions et même des roquettes antichars RPG7. Il y avait même une mitrailleuse lourde russe Douchka avec sa boîte-chargeurs. Dusko Balasevic expliqua :

– Ici, c'est le département occasions. Ces armes viennent de Bosnie ou ont été prises aux Croates. Elles sont intraçables. Qu'est-ce que vous voulez ?

(1) Sniper.

Le patron sortit un Skorpio prolongé d'un silencieux, un pistolet-mitrailleur tchèque. Balasevic fit la moue, lança quelque chose en serbe et se tourna vers Malko.

– Ne prenez pas ça, c'est réservé aux petits voyous. C'est vulgaire. Tenez, celui-là est bien.

Il lui tendait une arme qui ressemblait à un browning quatorze coups. Lourde, épaisse, carrée. Malko regarda la marque : Zastava. Fabrication locale.

– C'est un peu gros, remarqua-t-il.

A côté de son pistolet extra-plat... Déçu, le patron lui en tendit un autre : CZ 89 Zastava également. 9 mm, le modèle normal à huit coups. Malko le soupesa et le glissa dans sa ceinture. Ça collait.

– C'est cinq cents Deutschemarks, annonça Balasevic, avec les munitions.

Le marchand lui donna trois chargeurs et deux boîtes de vingt-cinq cartouches. Dans la cour, Dusko Balasevic s'arrêta soudain et jeta un regard aigu à Malko.

– Pour l'instant, vous n'avez plus besoin de moi. Je vais continuer à recueillir des tuyaux. Méfiez-vous du téléphone. Si vous voulez, je viens au *Hyatt* demain soir et vous me tenez au courant. *Dobro ?*

– *Dobro !* fit Malko.

– J'espère que je peux avoir confiance en vous ! lança le détective avant de s'éloigner. J'en ai assez de vivoter avec des adultères à cinq cents Deutschemarks !

Malko regagna sa voiture sous le soleil brûlant, en proie à un sentiment étrange.

Tout se passait trop facilement, s'enchaînait avec une logique trop claire. C'était rare dans ces affaires-là. Et pourtant, il ne voyait pas de loup.

Larry Oldcastle allait sauter de joie. A cette heure-ci, il devait disputer un match de tennis au Club Diplomatique.

*
**

Même trempé de sueur, Larry Oldcastle gardait un air vaguement aristocratique, grâce à sa moustache et à son allure élancée. Il avait perdu un tournoi et faisait la gueule. Après s'être laissé tomber dans un siège de rotin, à côté d'une Cubaine incandescente qui alluma Malko d'une seule œillade, il demanda :

– Vous avez revu cette crapule de Balasevic ? Il a parlé ?

– Je croyais que c'était un ami ?

– Tous les types de la DB sont des crapules, laissa tomber l'Américain. Mais parfois, ce sont *nos* crapules. *So what ?*

– Je crois qu'on est à la portée du jackpot, annonça Malko.

Larry Oldcastle l'écouta sans l'interrompre, puis alluma son éternelle Gauloise blonde, perplexe.

– Je crois que toute cette histoire est vraie, dit-il. Tamara elle-même devait être au courant, mais elle a eu peur de s'en mêler. C'est pour ça qu'elle vous a envoyé à Balasevic.

– Il ne m'inspire pas entièrement confiance, avoua Malko.

Larry Oldcastle sourit.

– A moi non plus, mais ses motivations sont saines : la vengeance et le pognon. C'est dur. Il mesure ses risques. Et surtout s'arrange pour rester en retrait. Dès que Dragan va savoir que vous entrez en contact avec cette Nada Badanjak, il va se déchaîner. Contre VOUS.

Malko eut l'impression soudain que le Zastava glissé dans sa ceinture était bien léger.

– L'histoire de son père, c'est vrai ?

Larry Oldcastle prit le temps de commander au garçon un « Original Margarita », Cointreau, tequila, et citron vert, avant de répondre.

– Tout à fait. Lui et son frère tiennent Belgrade. Il doit être fou de rage que sa fille soit avec un type comme Stefanovic.

– Supposons que j'aie le contact avec Milomir Stefanovic, dit Malko, quel est le pas suivant ?

– Nous organiserons son exfiltration, répondit Larry Oldcastle. Dare-dare.

– Comment ?

L'Américain suivit des yeux la Cubaine qui s'éloignait en ondulant.

– Il y a plusieurs moyens. Soit par la Hongrie, soit par la côte, mais c'est plus difficile. Le plus dur sera de le faire sortir de Belgrade.

– On ne peut pas faire venir un avion ?

– Non. L'espace aérien est bien surveillé. A l'ouest, c'est la Republika Srpska. Impossible. Le Kosovo, ça craint aussi. On pourrait tenter par la Macédoine. Je vais demander une évaluation à la Division des Opérations. C'est leur boulot.

– Ils sont à Washington, remarqua Malko.

– Oui, mais ils ont l'habitude de ce genre de truc et disposent de gens dans le coin.

– Bon, dit Malko, je pars à l'assaut.

– *Take care*, fit l'Américain. Je croise les doigts. Si seulement ça pouvait marcher...

*
**

De nouveau, Malko avait procédé à une sinueuse rupture de filature, depuis le Club Diplomatique, redescendant en ville, coupant son parcours d'une marche dans le quartier piétonnier de Skadarlija, prenant ensuite un taxi pour Novi Beograd pour se faire déposer en face de l'Opéra.

Un peu en contrebas de la place de la Révolution, se trouvait un centre commercial flambant neuf n'offrant que des produits de l'Ouest. Malko commença à flâner devant les vitrines. Valentino et Versace côtoyaient une galerie d'exposition offrant aux nouveaux milliardaires en dinars les créations les plus originales de l'architecte d'intérieur parisien Claude Dalle. Un couple était en train d'admirer un luxueux bar en plexi et en glace. Il passa à la vitrine suivante, le magasin décrit par Dusko Balasevic. Une Peugeot 306 verte l'occupait presque entièrement.

En s'approchant, il vit une blonde assise derrière un bureau, en train de lire un magazine. Elle leva les yeux lorsqu'il entra, arborant aussitôt un sourire commercial. On aurait dit une poupée Barbie, avec des yeux très bleus, des cheveux blonds bouclés, une grosse bouche rouge. La poitrine avantageuse comme la plupart des Serbes, elle portait une mini orange à la limite de l'indécence.

– Vous désirez un renseignement ? demanda-t-elle d'une voix flûtée, en mauvais anglais, repérant immédiatement qu'il s'agissait d'un étranger.

Malko lui rendit son sourire.

– Oui. Mais pas concernant une voiture.

Une lueur étonnée passa dans les yeux bleus.

– Vous... êtes perdu ?

– Non. Vous êtes Nada Badanjak ?

Il vit une lueur de surprise traverser son regard.

– Oui, mais...

– Je cherche à entrer en contact avec Milomir Stefanovic, dit Malko sans cesser de sourire.

Les traits de Nada Badanjak se figèrent. Elle resta muette quelques secondes avant de dire, d'une voix mal assurée :

– Milomir ? Oh ! il y a très longtemps que je n'ai pas eu de ses nouvelles. Je crois qu'il est à l'étranger, en Allemagne.

Elle mentait si visiblement que c'en était pitoyable. Malko ne prolongea pas son supplice. Il sortit une de ses cartes, nota dessus le numéro du *Hyatt* et celui de sa chambre.

– Si jamais vous aviez de ses nouvelles, fit-il, prévenez-moi. Surtout pas par téléphone. Je travaille avec l'ambassade américaine et je crois pouvoir lui rendre un

GRAND service... au sujet du projet dont il avait parlé à Nenad Kurco...

Malko sortit du magasin d'exposition sans lui laisser le temps de répondre. Sauf si Nada Badanjak était surveillée en permanence, personne n'était au courant de ce contact.

*
**

Le « commandant » Dragan descendit de sa Pajero aux glaces teintées devant l'immeuble lui appartenant, juste en face du stade de l'Etoile Rouge. Il monta d'un pas vif les quelques mètres de la rue en pente bordée par la façade recouverte de marbre, comme une salle de bains, de son immeuble. Une étrange construction, que l'empilement successif d'éléments rajoutés les uns aux autres rendait assez hideuse. Son aspect étrange était renforcé par les vitres verdâtres à l'épreuve des balles qui reflétaient le soleil comme des ouvertures aveugles.

Le trottoir était barré un peu plus loin par une terrasse en bois qui prolongeait un bar-salon de thé. Quelques tables, des bancs bizarrement peints en mauve. Momcilo Kovac se leva en voyant son chef et marcha à sa rencontre, faisant cliqueter ses chaînes en or.

– Il vous attend à l'intérieur, dit-il à voix basse.

En plein soleil, la terrasse était intenable. Dragan pénétra dans le bar et gagna un petit box où l'attendait son visiteur. Au passage, il s'admira dans la glace du bar. Sa chemise Versace rouge moulait avantageusement son torse de culturiste, ses deux portables étaient accrochés à sa ceinture, dans des étuis également de Versace. Il avait le ventre plat et la démarche alerte. Les cheveux châtains rejetés en arrière, le visage lisse, le sourire éclatant, il inspirait confiance. Seuls son nez cassé de boxeur et son regard froid sans expression évoquaient la violence. Il se glissa dans le box, serra la main de son visiteur et commanda une glace à la framboise à la serveuse. Il ne fumait pas, ne buvait pas d'alcool et suivait un régime strict.

– Alors ? demanda-t-il, il y a du nouveau ?

L'autre secoua la tête.

– Pas encore, mais les choses sont en bonne voie.

Il donna quelques informations à Dragan qui ne parut pas les apprécier à leur juste valeur. Comme les fauves, il était toujours sur ses gardes.

– Milomir a dû repartir au Monténégro, avança-t-il. D'après nos informations...

Dragan secoua la tête.

– IL EST à Belgrade. Quelqu'un l'a vu, il y a trois jours. Ce salaud était dans une pizzeria, près de l'église Saint-Nicolas. Nous sommes arrivés trop tard.

– Ce devait être une ressemblance...

Un coup de klaxon les interrompit. Dragan tourna la tête et aperçut une Jeep Cherokee arrêtée en face de la terrasse. Une superbe brune agitait la main dans sa direction. Son visage s'illumina.

– Imala, lança-t-il. Viens !

C'était sa femme, la chanteuse de « turbo-folk ». Elle descendit de voiture avec des gestes félins, volontairement sexy dans une robe de fausse panthère fendue jusqu'en haut des cuisses et qui semblait moulée sur elle pour mettre en valeur ses seins et sa croupe. Ignorant le visiteur, elle vint s'asseoir à côté de son amant, lui glissa ostensiblement sa langue dans la bouche afin de bien montrer son attachement.

La serveuse s'approcha et elle lui commanda un « Balaïka », un cocktail de vodka, Cointreau et citron. Dès qu'elle se fut éloignée, elle demanda :

– Tu as des nouvelles de ce salaud de Milomir ?

Elle voulait à tout prix se dédouaner. Juste au cas où...

Dragan lui décocha un sourire rassurant.

– Pas encore, ma chérie, mais on va en avoir bientôt.

– Préviens-moi, fit-elle, je veux lui arracher les couilles moi-même, à ce fils de pute.

Elle en avait pourtant profité, de ses couilles... mais tenait à le faire oublier. Son « Balalaïka » servi, elle prit le temps de le boire lentement, jusqu'à la dernière goutte, avant un nouveau baiser passionné. Puis elle regagna la Cherokee toujours immobilisée au milieu de la chaussée et libéra la vingtaine de voitures qui s'étaient accumulées derrière. Sans un seul coup de klaxon. Dans le quartier, tout le monde connaissait la voiture d'Imala et personne ne se serait risqué à l'importuner... De même que ses cassettes étaient les seules de Belgrade à ne pas être piratées. Un petit revendeur avait essayé et avait été massacré à coups de barre de fer. Il y avait des choses qu'il fallait respecter.

Dragan prit un peu de sa glace à la framboise. Son vis-à-vis dit d'une voix douce :

– Prends patience et ne fais pas de bêtises.

– C'est-à-dire ?

L'autre posa une main affectueuse sur son bras.

– Ne touche pas aux Américains, conseilla-t-il. Cela mettrait tes amis dans une situation difficile.

Dragan lui adressa un sourire rassurant.

– Tu peux être tranquille.

Son visiteur se leva et Dragan lui broya les phalanges dans une poignée de main chaleureuse. Dès qu'il fut seul, il appela Momcilo Kovac. L'homme aux chaînes d'or vint s'asseoir en face de lui, l'énorme croix orthodoxe pendue à son cou traînant sur la table. A lui, on pouvait tout dire. Les deux hommes partageaient les pires secrets. Sans Dragan, Kovac aurait été en prison depuis longtemps. Lui aussi prenait soin de son corps, ne buvait que du lait et faisait sa culture physique tous les matins.

– J'ai l'impression qu'on me raconte des histoires, dit Dragan sans préambule.

Kovac se pencha en avant, attentif.

– Oui ? Qu'est-ce qu'il faut faire ?

– Le type que tu as vu chez cette salope de Dragona, tu sais où il est ?

– Oui, au *Hyatt*.

– Tu peux t'en occuper ?

– Bien sûr. Quand ?

– Le plus vite possible. Tu n'as même pas besoin d'être discret. Au contraire.

– *Ejokaracho* (1).

Momcilo Kovac souleva ses cent dix kilos de muscles et sortit du bar. Resté seul, Dragan dégusta sa glace à la framboise. Comme il disait, un esprit sain dans un corps sain... Son seul vice, c'étaient les femmes. Quand il avait rencontré Imala, il avait craqué, fasciné par ce splendide animal transpirant le sexe. La première fois qu'ils avaient fait l'amour, au Kosovo, il n'avait pas fermé l'œil de la nuit... Imala était revenue à la charge jusqu'à l'aube. Elle aussi était fière de se faire baiser par Dragan, le héros national...

Hélas, à cause de cette passion, il était en danger.

Il se rassura en se disant qu'il pouvait facilement retourner la situation. Il ne se fiait pas à ses amis, n'ignorant pas, en bon voyou, que la trahison vient toujours de ceux qu'on a servis. Il ne voulait pas se laisser mettre devant le fait accompli. Sans illusion, il n'ignorait pas que le régime s'était toujours servi de lui, sans l'estimer vraiment.

Si le président Slobodan Milosevic avait lâché les Serbes de Bosnie, après les avoir envoyés au massacre, il n'hésiterait guère à se défaire d'un homme de main pour redorer son blason. Et la SDB, qui n'était faite que de fonctionnaires, obéirait au doigt et à l'œil. Ce qu'il avait ordonné était un avertissement aux Américains, mais aussi à ses amis. Le message était simple : le « commandant » Dragan n'était pas disposé à servir de bouc émissaire.

(1) C'est bon.

CHAPITRE VIII

Le pouls de Malko s'accéléra quand il vit l'enveloppe blanche glissée sous sa porte. Il la ramassa. Elle était fermée par une bande de Scotch transparent, de façon qu'on ne puisse l'ouvrir et la refermer ensuite. Il déchira l'enveloppe. A l'intérieur, il n'y avait qu'un bristol blanc avec quelques mots : « J'ai porté cette lettre moi-même. J'espère que vous la trouverez à temps. Venez ce soir, vers 21 h 40, Gospodar Jevremova. Appuyez sur l'interphone à Caplina. N. B. »

Nada Badanjak. Apparemment, le tuyau de Dusko Balasevic n'était pas crevé. La visite de Malko à la jeune femme remontait à la veille. Il était six heures et il avait largement le temps. Il localisa sur son plan l'emplacement du rendez-vous. En plein centre de Belgrade, non loin de l'Opéra, dans le quartier des universités. Impatient d'en savoir plus, il ressortit et repassa la Sava. La rue Gospodar Jevremova était ombragée de vieux marronniers, bordée d'immeubles cossus jadis réservés aux apparatchiks. Il fit le tour du bloc. Il n'y avait qu'une entrée. Peu probable donc qu'il rencontre ce soir Milomir Stefanovic. Il remonta jusqu'à l'Opéra pour prendre un verre place de la Révolution.

Il avait encore rappelé sans plus de succès la journaliste italienne, Carla Bettega, et laissé de nouveau un message.

En regardant la foule dense autour de lui, il se demanda s'il était suivi... Le Zastava CZ 89 pesait à sa ceinture, rassurant. Dans la foule, il se sentait relativement en sécurité. D'ailleurs, pour l'instant, personne n'avait intérêt à s'attaquer à lui : il était presque au point mort.

Les choses changeraient peut-être trois heures plus tard, mais il n'aimait pas vendre la peau de l'ours avant de l'avoir tué.

*
**

Momcilo Kovac arrêta sa Pajero noire juste en face de l'Opéra, à l'entrée de la rue Vaso Karapica, et baissa la glace électrique. D'où il se trouvait il avait une vue parfaite sur la terrasse du grand glacier, de l'autre côté de la place. Il repéra immédiatement l'homme qu'il était chargé de tuer. Il se trouvait à une soixantaine de mètres, de trois quarts.

– Alors ? demanda Zika Razvogor, assis à côté de lui.

Pour les exécutions, c'était toujours lui qui montait en première ligne. Malgré sa myopie, c'était un excellent tireur. D'un sang-froid absolu.

– Je crois que tu vas pouvoir y aller, annonça Kovac.

S'ils avaient eu un fusil, ils auraient pu tirer de la voiture. Avec le Skorpio équipé d'un silencieux de Razvogor, c'était trop loin. Il fallait aller au contact. Ce qui n'effrayait pas Zika Razvogor. Il était facile de s'approcher dans la foule, le silencieux étoufferait les détonations et ils seraient loin en quelques minutes.

Un camion-citerne arrosait les trottoirs pour apporter un peu de fraîcheur, faisant fuir les gens, et il valait mieux attendre un peu. Zika Razvogor continua à surveiller sa « cible » et tout à coup marmonna un juron entre ses dents. Il venait d'apercevoir, à trois tables de la « cible », un agent de la SDB ! Un jeune barbu ressemblant à s'y méprendre à un étudiant, avec sa longue chemise pardessus son pantalon. Il risquait d'intervenir et, au mieux, cela poserait un problème avec la SDB. De plus, il était certainement armé. Ce serait trop bête de se faire tuer par des amis...

– On reviendra plus tard, lança Kovac.

Il démarra, prenant la voie réservée aux bus. Deux miliciens postés plus loin pour intercepter les automobilistes en infraction détournèrent pudiquement la tête. Aucun policier, à Belgrade, ne se hasardait à stopper un véhicule immatriculé à Vukovar.

Seuls les mafieux en possédaient.

*
**

Malko avait garé sa Polo dans la rue Dobracina et remontait à pied Gospodar Jevremova. Il arriva à la hauteur du numéro 40 et appuya sur l'interphone au nom de *Caplina*. Presque aussitôt, une voix de femme fit :

– *Da ?*

– Malko Linge, annonça-t-il.

La porte s'ouvrit aussitôt et il pénétra dans un hall crasseux. La peinture des murs n'avait plus aucune couleur et s'en allait par plaques. La cage d'escalier ne valait pas mieux, le revêtement du plafond pendait par endroits et l'ascenseur n'avait pas dû fonctionner depuis le grand bombardement de Belgrade, en 1941. Malko gagna le second. Nada Badanjak l'attendait devant une porte ouverte. Elle s'avança sur le palier pour dire à voix basse :

– C'est une soirée avec quelques amis. J'ai dit que je vous connaissais parce que vous alliez m'acheter plusieurs voitures. Que vous étiez un diplomate allemand.

– Bien, fit Malko. Et...

Elle mit un doigt devant sa bouche.

– Chut ! Nous parlerons quand ils seront partis.

Il la suivit à l'intérieur. L'appartement était mieux que l'immeuble. Vieillot, mais meublé bourgeoisement, avec un curieux salon tendu de rouge, y compris les meubles. On se serait cru dans un bordel 1900. Une douzaine d'hommes et de femmes buvaient et grignotaient un maigre buffet en écoutant du jazz. Personne ne prêta beaucoup d'attention à Malko, vaguement présenté par Nada Badanjak. Au bout de quelques minutes, tout le monde semblait avoir oublié sa présence.

Nada l'emmena au buffet où il se servit une vodka tandis qu'elle se confectionnait un « Balalaïka » avec du Cointreau, de la vodka et du citron. Ensuite, ils regagnèrent le salon, et se joignirent à un groupe discutant du dernier film sorti à Belgrade, *Lepa Sela, Lepo Gore*. Un « underground » local. Plusieurs hommes en disaient le plus grand bien, contrés par un tout petit homosexuel à la voix de fausset. Une grande brune aux cheveux courts et à la poitrine imposante mit tout le monde d'accord en se plaignant de sa solitude.

Son mari, pilote civil, partait trois mois en Afrique... Pour se consoler, elle attrapa sur le buffet une bouteille de Gaston de Lagrange XO et se servit une solide rasade de cognac.

Malko dut répondre à quelques questions sur la politique allemande en Yougoslavie... Puis, peu à peu, les invités commencèrent à s'éclipser. Apparemment, Nada était chez elle. La grande brune, ayant terminé son cognac, commença à tourner autour de Malko, l'air gourmand après lui avoir dit son nom : Biljana. Ses yeux dorés semblaient la fasciner. Elle aussi voulait se renseigner sur l'Allemagne. Ils furent rejoints par le petit homosexuel qui attaqua la brune à propos de sa solitude.

– Je me demande avec qui tu vas pouvoir tromper ton mari ! lança-t-il. Avec ta coiffure, tu as l'air d'un mec !

Furieuse, elle souleva le bas de sa longue robe noire descendant jusqu'aux chevilles et révéla de superbes jambes gainées de bas gris tenus par des jarretières rouges !

– Et ça ? répliqua-t-elle, c'est un mec ?

Vexé, l'homosexuel battit en retraite. Malko se dit qu'il fallait avoir l'érotisme dans la peau pour s'habiller ainsi par cette chaleur ! Malgré les fenêtres ouvertes, il faisait 30 degrés dans l'appartement.

Quelqu'un cria :

– On va au *Ipanema* ! Vous venez ?

Précipitamment, la grande brune se resservit un verre de Gaston de Lagrange XO, le but d'un trait et s'esquiva.

Quelques instants plus tard, Malko se retrouva seul avec Nada Badanjak. La jeune femme semblait nerveuse. Elle s'approcha du buffet et fit un second cocktail avec du Cointreau, de la vodka et du citron vert. En y ajoutant cette fois, du cranberry juice, ce qui lui donnait une curieuse couleur rouge.

– C'est quoi ? demanda Malko.

– Un « Cosmopolitan ».

– C'est chez vous, ici ?

– Non, c'est un appartement inoccupé qui appartient à mon père. Moi, j'habite à Dedinjé.

Le quartier chic, dans le sud de la ville, là où Slobodan Milosevic avait sa résidence privée.

– Et votre ami ? demanda Malko.

Il réalisa soudain que Nada regardait par-dessus son épaule ! Il se retourna et se trouva nez à nez avec un gaillard de un mètre quatre-vingt-dix, au physique de star. D'abondants cheveux noirs bouclés lui mangeaient le front. Ses sourcils, si noirs qu'ils en paraissaient teints, se rejoignaient presque. Un nez droit de pâtre grec, une bouche épaisse et bien dessinée... Un tee-shirt bleu moulait son torse de gladiateur et la crosse d'un pistolet se dessinait sous le tee-shirt, à la hauteur de la ceinture.

Il tendit à Malko une main deux fois comme la sienne, et dit d'une voix basse :

– *Dobrovece*. Je suis Milomir Stefanovic.

Curieusement, en dépit de son apparence impressionnante, son regard était affolé.

*
**

Stupéfait, Malko prit la main tendue, et retira rapidement la sienne pour ne pas avoir les phalanges broyées. D'où sortait le « fiancé » de Nada ? La porte de l'appartement ne s'était pas ouverte.

Il se retourna. Nada regardait Milomir Stefanovic comme une apparition de la Vierge Marie. Transie d'amour, le regard humide, les lèvres entrouvertes, elle semblait l'appeler de toutes ses cellules. Visiblement, c'était son Dieu.

– Milomir est entré par la fenêtre, expliqua-t-elle. On peut rejoindre la rue Simina en passant par les terrasses et les cours.

Effectivement, Malko s'en assura d'un coup d'œil à l'extérieur, l'appartement donnait sur une cour intérieure bordée par des terrasses, un peu comme dans la casbah d'Alger. Avec une bonne musculature, il suffisait d'escalader quelques murets, de passer par des toits presque plats pour retrouver la rue parallèle à Gospodar Jevremova. Malko enveloppa d'un long regard l'homme qui pouvait faire basculer le destin de Radovan Karadzic. Comment imaginer que ce culturiste au visage de play-boy soit un abominable assassin ?

Nada Badanjak les emmena dans le salon rouge, les y installa, puis mit une cassette de musique tonitruante. Un orchestre de « mariachis » serbes, avec des trompettes et des percussions. Elle s'excusa d'un sourire.

– C'est plus prudent, on ne sait jamais, la DB a peut-être « sonorisé » l'appartement...

Les vieux réflexes avaient la vie dure... Elle prépara avec amour pour son fiancé un *long drink* avec du Gaston de Lagrange VSOP et du Perrier, y ajouta des glaçons et le lui apporta, s'installant sur le bras de son fauteuil, une main dans ses cheveux. Touchant tableau de famille...

Milomir Stefanovic tenait à peine dans son fauteuil. Avec une grimace, il ôta le pistolet coincé dans sa ceinture et le posa sur un guéridon. Un Zastava nickelé à quinze coups, comme celui de Dusko Balasevic. Le fugitif se pencha en avant, anxieux.

– Nada m'a dit que vous pouviez m'aider ?

Sa voix grave contrastait avec sa peur, palpable. Malko eut un sourire distant.

– Je pense, mais avant, je dois savoir ce que vous désirez *vraiment*.

– Quitter le pays, lança Stefanovic.

– Nous sommes prêts à vous exfiltrer, promit Malko. Mais en échange de votre témoignage.

– C'est-à-dire ?

– Votre confession. La relation des massacres auxquels vous avez participé avec le « commandant » Dragan.

Milomir Stefanovic inclina affirmativement la tête. A part la peur qui l'habitait, il semblait très bien dans sa peau.

Malko enfonça le clou.

– Je ne vous ferai sortir de Yougoslavie que si vous vous engagez à témoigner devant le Tribunal pénal international de La Haye ; à raconter ce que vous avez fait, en Croatie et en Bosnie. J'ai même besoin, avant toute chose, d'une confession *écrite* et signée de votre part, afin que vous ne puissiez pas revenir sur vos dires, une fois sorti du pays...

Visiblement, ces subtilités passaient au-dessus de la tête de Milomir Stefanovic, qui semblait soudain habité par un gros souci.

– Puisque Nenad est mort, dit-il, *qui* vous a parlé de moi ?

Malko faillit citer Dusko Balasevic, mais se ravisa.

– Tamara Savic. Nenad s'était confié à elle.

La crainte visible de la *stringer* de la CIA s'expliquait mieux maintenant. Il ne s'agissait pas seulement d'un lot de vieilles photos de massacres, mais d'un témoignage bien vivant, aux conséquences énormes. Apparemment rassuré, Milomir Stefanovic frotta ses grosses mains l'une contre l'autre.

– *Dobro, dobro !* fit-il, un œil sur une énorme montre d'acier. Que voulez-vous savoir ?

– Racontez-moi par exemple ce qui s'est passé au village de Sodolovci en 1991, lorsque vous l'avez pris avec le « commandant » Dragan.

Les traits de Milomir Stefanovic s'éclaircirent. Il réfléchit quelques instants, puis se mit à parler rapidement d'une voix monocorde, sans la moindre trace d'émotion. Comme si c'était hier.

– C'était le 11 juillet 1991, dit-il, je m'en souviens parce que c'est la première opération que j'ai menée. Nous avons repoussé la Brigade internationale croate et pris le village. Nous étions cinquante, tous les hommes que le « commandant » Dragan avait pu réunir. Une partie est allée mettre le feu aux maisons, et faire sauter la mosquée à l'explosif. Le « commandant » nous a demandé de rassembler tous les survivants en face de la mairie. Il y en avait une trentaine, hommes, femmes et enfants. Dragan leur a dit de se tourner vers le mur, qu'ils allaient être fouillés ; puis il s'est approché de moi et m'a dit à l'oreille : "Prends Brano et tue-les tous. Maintenant."

« Je n'avais jamais tué personne, mais je ne me suis pas posé de question. On s'est regardés, avec Brano, on a mis nos Kalach sur la position « tir en rafale » et on a commencé. Lui par la gauche, moi par la droite. On tirait trop vite, alors les chargeurs ont été tout de suite vides. Il restait une femme avec deux enfants et deux hommes. Ils ont commencé à s'enfuir dans les rues du village. Le « commandant » Dragan a crié : "Imbéciles ! Finissez !" J'ai pu remettre un chargeur le premier et je les ai rafalés. Pour le dernier homme, j'ai dû courir jusqu'à la sortie du village. Le salaud, il avait presque réussi à sortir ! J'étais furieux, j'avais peur de me faire renvoyer à Belgrade. On nous avait promis trois mille Deutschemarks par mois, plus tout ce qu'on pouvait récupérer dans les villages qu'on envahissait. Ce salaud de « Turcs », je l'ai achevé à coups de crosse. De nouveau, mon chargeur était vide...

Quand je suis revenu devant la mairie, le « commandant » Dragan était en train de tirer une balle dans la tête des gens qui gisaient par terre. C'était plus prudent, souvent ils faisaient le mort et s'enfuyaient quand on était partis.

Milomir Stefanovic se tut, sortit un paquet de cigarettes de sa poche et en alluma une. Nada, blottie contre lui, continuait à lui caresser les cheveux. Sa jupe était tellement remontée qu'on apercevait le triangle blanc de son slip, mais elle s'en moquait, visiblement.

Malko, effaré par cette litanie d'horreurs débitées sans la moindre émotion, relança le récit :

– Et après ?

– Le « commandant » Dragan avait gardé quatre « Turcs » vivants. Ils ont pris un bulldozer et creusé une grande fosse derrière une ferme. Ils ont mis les corps dedans et on les a rafalés ensuite. Après, c'est mon copain Brano qui a poussé un gros tas de fumier sur la fosse, avec le bulldozer.

– Qu'est devenu Brano ?

– Il a été tué à Zvornik. Un salaud de *sniper*.

– Pourquoi cette fosse ?

– Le « commandant » a dit qu'il ne fallait jamais laisser de trace, que c'était mieux comme ça.

Visiblement, ce raffinement le dépassait. Malko le regardait. Comment un bon sportif, un homme en principe sain dans sa tête, avait-il pu se transformer en tueur monstrueux ? Il s'ébroua mentalement.

– Et à Zvornik ? demanda-t-il. Vous en avez tué beaucoup ?

Stefanovic fronça ses épais sourcils.

– Beaucoup ? Euh, je ne sais pas. Voilà comment ça s'est passé. La ville avait été prise par l'armée régulière et notre groupe. Eux sont partis, nous laissant le nettoyage. Le « commandant » Dragan a tout organisé très bien. Il y avait des « Turcs » un peu partout qui se cachaient. Nous avons été divisés en deux groupes. Le plus important a fouillé la ville pour débusquer les survivants avec des haut-parleurs, en leur promettant qu'ils auraient la vie sauve. Moi, je suis resté avec Brano et deux autres, je ne me souviens plus de leurs noms. Le « commandant » Dragan nous a amenés devant une ferme d'Etat abandonnée. Elle se trouvait un peu à l'écart, au bout d'un chemin de terre de huit cents mètres environ, à la sortie est.

« Il a pris dans sa voiture de commandement un Poulimiot, un fusil-mitrailleur russe, et a demandé à Brano de l'installer dans le bâtiment principal de la ferme, un hangar vide et sombre. Ensuite on a amené les boîtes-chargeurs. "Quand vous n'aurez plus de munitions, a ordonné le « commandant » Dragan, vous continuerez avec les Kalach, mais je vous ferai porter ce qu'il faut... Les premiers prisonniers vont arriver dans une demi-heure."

« Effectivement, nous avons vu arriver une colonne de "Turcs" escortés par des gens de chez nous. Ils avaient les mains sur la tête, ils semblaient avoir peur. Quand ils sont arrivés devant le bâtiment, Brano leur a crié qu'ils allaient être enfermés dans le hangar en attendant d'être transférés dans un camp. Ils étaient contents et se sont précipités à l'intérieur. Moi, je me trouvais à l'autre bout du hangar. J'ai attendu qu'ils soient tous entrés. Ils s'interpellaient, mais ils n'avaient pas vraiment peur, car ils ne m'avaient pas vu, à cause de la pénombre. Ensuite, les copains ont refermé la porte sur eux. C'était le signal du tir. Je me suis mis à tirer de courtes rafales, à hauteur du ventre. Ils ne se défendaient même pas, ils criaient, ils suppliaient, promettaient de me donner de l'argent.

– Ça ne vous a pas tenté ? demanda Malko, horrifié.

– Non, on savait qu'on le prendrait de toute façon, quand ils seraient morts. Et puis, tous ces « Turcs » sont des menteurs. Ils n'avaient rien, on les a fouillés. Les copains s'étaient déjà servis.

– Continuez, ordonna Malko d'une voix blanche.

Milomir Stefanovic arbora un sourire un peu bête.

– Bon, y a rien eu de plus. En cinq minutes, c'était

terminé. J'avais bouffé deux boîtes-chargeurs. Brano avait tiré un peu avec sa Kalach, sur des gens qui venaient vers nous. Ça puait et il faisait chaud, on était en juillet...

– Combien en avez-vous tué ?

Milomir Stefanovic réfléchit quelques secondes.

– Cette fois-là, ils étaient environ soixante. Mais il y en a eu d'autres. En tout, trois cents environ.

– Des hommes seulement ?

– Non, dit-il après une brève hésitation, il y avait des femmes aussi. Des vieilles. Les jeunes, on les gardait un peu...

Malko croisa le regard de Nada. Ses yeux bleus ne reflétaient absolument rien. Sa main continuait à jouer machinalement avec les cheveux de son amant : à croire qu'elle ne comprenait pas le sens des paroles de Milomir. « Garder un peu », cela signifiait qu'on violait d'abord et qu'on tuait ensuite.

Malko se reprit, bercé par l'étrange musique, tantôt tonitruante, tantôt sirupeuse, qui rythmait l'abominable confession. Milomir Stefanovic en était à sa troisième cigarette...

– Continuez...

Le jeune criminel de guerre regarda le tapis élimé.

– Après le premier groupe, ça a été plus difficile. Dès qu'ils voyaient les corps étendus, les autres tentaient de s'enfuir et il fallait les tirer à la volée, comme du gibier. Les copains dehors nous aidaient. Ça a duré jusqu'à quatre heures. Le « commandant » Dragan est revenu deux fois pour nous encourager et nous apporter une bouteille de sljivovica et des sandwiches. Après, il nous a aidés à achever les blessés. Le Poulimiot c'est bien seulement en apparence, la plupart du temps, ça blesse sans tuer. Alors, avec le « commandant » Dragan et Brano, nous nous sommes promenés parmi les corps et on a achevé tous ceux qui bougeaient encore ; c'était dégueulasse, ça puait... On était bien contents quand ça a été terminé. Nous sommes partis avec Brano terminer la bouteille de sljivovica dans l'herbe. On était inquiets, on n'avait plus de munitions. S'il y avait eu une contre-attaque des « Turcs », on se serait fait massacrer...

– Vous avez creusé des fosses ?

– Ah non ! s'écria Stefanovic, outré. On a dit au « commandant » Dragan qu'on avait assez travaillé. C'est un autre groupe qui s'en est occupé. Ils ont été enterrés dans un petit bois.

– Combien en tout ?

Milomir Stefanovic hésita.

– Je n'ai pas compté. Avec le Poulimiot, j'avais tiré sept cents cartouches, mais les autres ont tiré aussi. Il devait y avoir cinq ou six cents « Turcs » morts.

– Vous pourriez reconnaître l'endroit où les corps ont été enterrés ?

– Oui, je pense, mais je ne suis pas sûr qu'ils y soient encore ; le « commandant » Dragan, par la suite, a fait vider toutes les fosses et brûler les corps.

Il se tut, laissant la musique joyeuse emplir la pièce. Nada Badanjak adressa un regard implorant à Malko, comme pour mesurer sa satisfaction. Les « mariachis » continuaient... On était en pleine horreur grand-guignolesque. Malko planta ses yeux dorés dans ceux de Milomir Stefanovic.

– Vous réalisez aujourd'hui ce que vous avez fait ?

Le Serbe sembla d'abord ne pas comprendre. Puis, il secoua la tête.

– C'était la guerre. Les Oustachis avaient massacré des milliers de gens de chez nous. Ils ouvraient les femmes en deux, ils brisaient le crâne des bébés contre les murs. Ils émasculaient les hommes...

Nada Badanjak approuva énergiquement de la tête, comme si elle avait été elle-même victime de ces exactions... La musique s'arrêta et personne ne songea à la remettre.

– Vous êtes prêt à témoigner devant le Tribunal de tout

ce que vous avez fait ? insista Malko. Je suppose qu'il y a eu d'autres massacres ?

– Oui, marmonna Stefanovic. A Bijeljina. A Kaprivna, à Paul Dvor.

Brutalement, il semblait prendre conscience de l'horreur de son récit. Malko en profita.

– Vous êtes donc prêt à témoigner contre le « commandant » Dragan, à expliquer les ordres qu'il donnait, la participation qu'il a prise aux massacres ? C'est bien lui qui a ordonné ces tueries ?

– Oui, admit Stefanovic dans un souffle.

Le seul nom de Dragan semblait encore le terroriser. Il releva la tête.

– Quand est-ce que je peux sortir du pays ?

Il n'y avait que cela qui l'intéressait.

– Pourquoi êtes-vous si pressé ? demanda Malko, écœuré. Vous savez qu'à la seconde où vous serez dehors, on vous arrêtera et on vous transférera à La Haye pour que vous puissiez témoigner devant le Tribunal. Vous serez en prison.

Milomir Stefanovic acheva d'un trait son *long drink.*

– Si je reste ici, il me tuera, dit-il. Vous ne connaissez pas Dragan. Il a promis cent mille marks à qui me retrouverait. Vivant. Il veut me tuer lui-même. D'une manière exemplaire : en m'arrachant les yeux, en me coupant les couilles. Pour me punir...

– Vous n'avez encore rien fait... remarqua Malko.

Stefanovic secoua la tête.

– A ses yeux, si. Personne parmi ses hommes n'a jamais pensé à le trahir. Certains l'ont volé, d'autres l'ont quitté, mais il y a une loi non écrite, non dite. On ne trahit pas... Sinon...

– Et vous, pourquoi l'avez-vous fait ?

– C'est sa faute ; quand j'ai découvert qu'Imala me trompait avec lui, j'étais fou de rage. Après tout, j'avais été son *kum.* Nous nous devions respect et assistance mutuelle. J'ai décidé de le tuer. D'homme à homme.

C'était idiot, parce que ses gardes ne m'auraient jamais laissé arriver jusqu'à lui. Et puis, il a envoyé ce salaud de Kovac. Comme si j'étais un Turc ou un Croate. A l'hôpital même, pour m'achever ! Alors, j'ai compris qui il était. Un salaud, un enfant de pute ! Qui me poursuivrait tant que je serais en Serbie. Et qui arriverait à me tuer. Moi, je n'ai pas de hautes protections. J'ai toujours fait ce qu'on m'a dit. C'est tout. Lui a les politiques derrière lui, Milosevic lui-même, il paraît. Il prétendait que personne ne pouvait rien contre lui. Que la DB le protégeait, que le Président le prenait au téléphone. C'est un héros. Regardez comment il vit... Quand il s'est marié, ses hommes se sont cotisés pour lui offrir un lit à baldaquin tout blanc qu'ils ont commandé à Paris, chez le célèbre décorateur Claude Dalle. Cent mille dinars !

– Vous pourrez témoigner de cela ?

– Bien sûr.

– Vous auriez pu vous enfuir ?

Milomir Stefanovic adressa à Malko un regard désespéré.

– Comment ? Je ne connais personne à l'étranger. Je n'ai pas d'argent, alors que lui a des millions. Il m'aurait retrouvé et m'aurait fait tuer. N'importe où. N'oubliez pas qu'il a des amis dans tous les pays. Il a tué pour la DB pendant dix ans.

« Je crois que la vraie raison pour laquelle il veut me tuer, c'est Imala. Il ne peut pas supporter de voir un homme qui l'a connue avant lui. Elle était vierge, quand je l'ai rencontrée. Elle arrivait de son village. Il n'y a eu que lui, et moi...

Le regard de Nada Badanjak s'était durci. Visiblement, elle n'appréciait pas les allusions à la vie amoureuse passée de son amant. Ce dernier dut le sentir car il ajouta vivement, en posant une large main sur la cuisse découverte :

– Sans Nada, je serais déjà mort.

Un ange passa, et s'enfuit, horrifié.

Les voies de la CIA étaient décidément impénétrables. Si l'abominable Radovan Karadzic se retrouvait un jour devant un tribunal, ce serait à cause d'un accès de sentimentalisme sexuel d'un tueur patenté, d'un monstre de la purification ethnique.

Malko éprouvait un dégoût froid pour l'homme qui se trouvait en face de lui. Comme devant un animal cruel avec qui on ne peut raisonner. Inutile de lui parler morale ou droits de l'homme. Il ressemblait aux SS qui tuaient les Juifs, méthodiquement, sans réfléchir, comme on extermine des cafards, parce que c'était l'ordre du Führer.

Là, il s'agissait d'un tout petit Führer minable, mais la nature du crime était la même. On avait massacré des gens pour ce qu'ils étaient, non pour ce qu'ils faisaient.

Milomir Stefanovic leva les yeux vers Malko.

– Vous voulez savoir autre chose ?

– Pour que je puisse mettre en place votre exfiltration, il me faut du concret, fit Malko. Votre confession, au moins partielle, de votre main. Afin que vous ne puissiez pas revenir sur ce que vous avez dit, une fois sorti de Serbie.

Nada Badanjak intervint :

– Mais qu'est-ce qui va lui arriver, après ? Nenad avait promis qu'on ne lui ferait rien, s'il chargeait le « commandant » Dragan.

– C'est vrai, dut reconnaître Malko. En échange de votre témoignage permettant d'impliquer le « commandant » Dragan, le Tribunal pénal international vous considérera comme un simple témoin, et vous serez remis en liberté à la fin du procès.

Le visage de Nada s'illumina.

– Tu vois, je te l'avais dit...

– Et le « commandant » Dragan ? demanda anxieusement Stefanovic.

Malko eut un sourire froid.

– Lui, je doute qu'on le remette en liberté avant la fin du XXIe siècle. Maintenant, avant que nous nous quittions, il faut que vous écriviez tout ce que vous venez de me dire et que vous me donniez cette confession. C'est la condition *sine qua non.* Sinon, je ne peux rien faire.

Nada et son amant échangèrent quelques mots rapidement. Puis Stefanovic demanda :

– Ce sera long, après ?

– J'espère que non, répondit Malko. Comme vous le savez, Dragan est puissant et nous devons être très prudents. Dans votre intérêt.

La jeune femme était sortie de la pièce. Elle revint avec un stylo à bille et des feuilles de papier blanc.

– Il faut le laisser écrire, dit-elle à Malko. Il n'est pas habitué, cela va prendre un peu de temps. Allons dans la cuisine.

Sans un mot, Milomir Stefanovic se mit à écrire, avant même qu'ils aient quitté la pièce. Lentement, avec application, la tête penchée sur le côté. Un écolier bien sage... Visiblement, il peinait, ce n'était pas son truc.

A peine dans la cuisine, Nada se jeta sur le bar et se confectionna un troisième « Balalaïka », avec du Cointreau, de la vodka et du jus de citron. Elle le but d'un trait puis sortit une cigarette d'un paquet. Malko la lui alluma avec son Zippo à ses armes. La réplique exacte qu'il avait fait refaire aux Etats-Unis après avoir donné le sien à Louisa la Tchétchène, à Moscou, quatre mois plus tôt. Nada se tourna vers Malko, un peu moins nerveuse.

– Il va s'en sortir ? demanda-t-elle anxieusement.

– Je l'espère, fit Malko.

Il aurait souhaité de tout son cœur voir Milomir Stefanovic se balancer au bout d'une corde. Les impératifs de son étrange métier amenaient parfois à faire des choses épouvantables. Comme de protéger un criminel de guerre. Il se consola en se disant que cela pouvait en faire condamner un autre, encore plus monstrueux...

Il n'avait pas non plus précisé à Milomir Stefanovic que sa confession ne servirait pas en réalité à confondre le « commandant » Dragan, mais à faire chanter le président Milosevic. Dragan, bien vivant et en liberté, ferait peut-être payer ses crimes à Milomir Stefanovic... L'avenir de ce dernier n'était pas vraiment radieux, même si on parvenait à l'exfiltrer, ce qui n'était pas gagné.

– Je vais voir où il en est ! dit soudain Nada.

Elle sortit de la cuisine et gagna le salon. Malko se demanda si elle n'avait pas tout simplement envie d'une petite pause sexuelle avec son abominable play-boy.

CHAPITRE IX

– Cela vous convient ?

Milomir Stefanovic regardait anxieusement Malko en train de déchiffrer les quinze feuillets de sa confession, écrite d'une écriture grosse et malhabile. C'était du serbo-croate, Malko était loin de tout comprendre, mais grâce à sa connaissance du russe, certains mots clefs lui sautaient aux yeux. Il plia les feuilles et les mit dans sa poche intérieure.

– Je vais faire parvenir ceci à qui de droit, promit-il. Comment puis-je vous joindre ?

– Par Nada, fit Stefanovic, mais ne la voyez pas trop, ils surveillent tout. Vous n'avez parlé à personne, n'est-ce pas ?

– A personne, mentit Malko. Combien de temps se passera-t-il entre le moment où je préviendrai Nada et celui où vous serez prêt à partir ?

Les deux amants échangèrent un regard rapide.

– Quelques heures, trancha la jeune femme.

Donc, Milomir Stefanovic se cachait à Belgrade. Nada Badanjak, après un autre regard pour son amant, dit à Malko :

– Nous restons ici un moment. Venez, je vous raccompagne.

Stefanovic lui serra la main cérémonieusement et se

rassit dans son fauteuil. Sur le palier, la jeune femme dit à voix basse :

– Il ne faut pas penser du mal de Milomir. Ils étaient tous ainsi, pendant la guerre. On aurait dit qu'ils étaient devenus fous. Quand il jouait au foot, c'était pareil, il ne se possédait plus. Il tapait dans le ballon comme si c'était son ennemi personnel.

– Oui, mais en Croatie et en Bosnie, c'étaient des êtres vivants, fit remarquer Malko.

Le regard de Nada Badanjak s'assombrit.

– Vous ne le trahirez pas ? Il ne va pas passer le reste de sa vie en prison ?

– Non.

Ils se quittèrent sur une froide poignée de main et Nada referma aussitôt la porte derrière lui. Il n'avait pas descendu un étage qu'il entendit une sorte de cri de bête venant de l'appartement qu'il avait quitté. Nada et son amant ne perdaient pas de temps.

Dehors, la température n'avait pas baissé d'un degré. Il remontait vers la rue où il avait garé sa voiture quand une silhouette dissimulée par un arbre surgit devant lui. Il eut le temps de reconnaître Dusko Balasevic avant d'arracher le Zastava de sa ceinture.

– Je vous ai fait peur ? demanda en souriant le détective.

– Qu'est-ce que vous faites là ? questionna Malko, contrarié.

– Je vous protège, fit mystérieusement Balasevic.

– Contre quoi ?

– Venez.

Il l'entraîna vers son épave roulante, trafiqua la portière pour ouvrir et Malko s'installa sur le siège défoncé. Il aperçut tout de suite la crosse d'un Skorpio glissé entre deux sièges. Balasevic avait sa tête des mauvais jours.

– J'ai eu une information, annonça-t-il. Dragan veut vous liquider. En dépit des ordres reçus, il a lancé ses meilleurs hommes contre vous.

Le détective semblait nager comme un poisson dans l'eau glauque de l'inextricable bourbier post-communiste où se croisaient les anciens apparatchiks et les nouveaux voyous.

Il avait démarré et remontait la rue. Ils firent le tour par la rue Simina et redescendirent vers l'endroit où la Polo de Malko était garée. Le détective ralentit et chuchota :

– Regardez.

Malko vit immédiatement de quoi il parlait. Deux hommes se tenaient dans l'embrasure d'une porte, en face de la Polo, et semblaient bavarder. En voyant les phares, ils se retournèrent. Balasevic souffla :

– Allez-y ! Démarrez. S'ils bougent, je les aligne.

– Comment m'avez-vous retrouvé ?

– Je suis allé au *Hyatt* pour vous prévenir. Nous nous sommes presque croisés, mais vous ne m'avez pas vu. Ensuite, j'ai fait mon métier. Même si vous êtes très bon, à Belgrade vous ne me sèmerez pas. Vous n'avez rien de nouveau du côté de Stefanovic ?

– Rien encore, prétendit Malko. Sa fiancée ne m'a pas relancé.

– Bon, peu importe. Faites très attention désormais.

Il lui ouvrit la portière. Malko observait les deux hommes du coin de l'œil. Leur conversation avait cessé et ils hésitaient. Visiblement, la présence de l'Oltcit arrêtée en double file les préoccupait. Malko monta dans sa Polo, sortit le Zastava de sa ceinture et le posa sur le siège, prêt à s'en emparer, tandis qu'il lançait le moteur. Les deux hommes n'eurent aucun geste agressif.

Il rejoignit la place de la République et s'engouffra dans le tunnel. En proie à des sentiments divers. La protection de son sulfureux ange gardien était troublante. Dusko Balasevic avait eu l'air sincèrement soucieux et les deux hommes n'étaient pas là par hasard. Mais que le détective le suive était inquiétant. Les feuillets écrits par Milomir Stefanovic le brûlaient au fond de sa poche. Tout en franchissant le pont menant à Novi Beograd, il se dit qu'il avait progressé incroyablement vite dans cette affaire tortueuse. Trop vite, peut-être.

*
**

Larry Oldcastle, qui lisait, lui, le serbo-croate, reposa la liasse de papiers avec une expression écœurée.

– Je n'aurais jamais pu imaginer qu'un type soit assez salaud et assez con pour faire ce genre de confession, fit-il. Si le Tribunal pénal international s'en sert, ce Stefanovic ne pourra plus jamais dormir tranquille. Les Croates et les Bosniaques le traqueront partout.

– Je croyais qu'on ne devait pas l'utiliser, objecta Malko, que c'était simplement un épouvantail à l'usage de Milosevic.

– C'est en effet le but de l'opération, souligna l'Américain, mais si Milosevic ne cède pas à notre « affectueuse pression », on ne laissera pas tomber. A côté de Radovan Karadzic, ce Stefanovic est un ange descendu du ciel. Mais cela fera quand même un salaud de moins en liberté. Sans parler du « commandant » Dragan.

– Que fait-on maintenant ?

Larry Oldcastle alla ouvrir son coffre au fond de son bureau et y enferma les précieux papiers.

– Je vais transmettre ceci au Tribunal de La Haye, afin d'être certain que cela leur suffit, expliqua-t-il. Ensuite, si c'est le cas, nous allons passer à la seconde partie de l'opération : l'exfiltration de Milomir Stefanovic. Commencez à y réfléchir. J'y pense aussi.

– Le plus simple ne serait-il pas de lui donner un passeport diplomatique et de le mettre dans un avion de la *Company* ? suggéra Malko.

L'Américain eut un sourire amusé.

– Certes, mais nous sommes dans un pays souverain. La DB saura de quoi il s'agit et l'interceptera. Ensuite, on nous le renverra en plusieurs morceaux. Prenez patience, visitez les églises baroques et profitez du confort du *Hyatt*. Pendant quelques jours, il ne va pas se passer grand-chose.

*
**

Malko était revenu dans sa chambre depuis tout juste un quart d'heure quand le téléphone sonna. Une voix de femme inconnue :

– Malko Linge ?

– Oui.

– Carla Bettega. Vous m'avez laissé deux messages à l'hôtel. (Elle rit.) Je ne me souviens pas de vous avoir rencontré...

Malko avait complètement oublié la journaliste italienne dont il avait trouvé les coordonnées chez Nenad Kurco.

– Nous ne nous sommes pas rencontrés, précisa-t-il. C'est une autre journaliste, Tamara Savic, qui m'a donné votre numéro de téléphone.

– Ah ! Tamara, fit-elle. C'est bien indiscret de sa part. Vous êtes journaliste aussi ?

– Non, corrigea Malko, je travaille pour un organisme américain d'évaluation des crimes de guerre.

Autant rester le plus près possible de la vérité.

– Mais c'est passionnant, dit aussitôt Carla Bettega. Moi aussi, je m'intéresse aux crimes de guerre. C'est même pour cela que je suis à Belgrade.

Malko sentit son pouls s'accélérer.

– C'est une coïncidence incroyable, dit-il. Qu'est-ce que vous faites ?

– Un reportage sur quelqu'un dont vous avez peut-être entendu parler. Son véritable nom est Zlatko Sombor, mais il est plus connu sous le pseudonyme de « commandant » Dragan...

Malko crut avoir mal entendu. Voilà pourquoi il avait trouvé le numéro de cette journaliste sur le téléphone de Nenad Kurco.

– Nous pourrions nous voir, suggéra-t-il. Echanger nos informations.

– Pourquoi pas ?

– Vous voulez dîner avec moi ? Il y a des guinguettes agréables le long du Danube, à Zemun.

– Bonne idée.

– Je peux passer vous prendre au *Bristol* vers huit heures et demie.

Elle rit.

– Je ne suis plus au *Bristol.* Il faisait trop chaud, ils n'ont pas de climatisation. Je suis ici, au *Hyatt.* A l'étage en dessous du vôtre.

– C'est encore mieux, fit Malko, dans quelle chambre êtes-vous ? Je passerai vous prendre.

– 324, dit-elle. Venez vers huit heures.

*
**

Un picotement agréable remonta la colonne vertébrale de Malko quand le battant de la chambre 324 s'ouvrit sur Carla Bettega. La journaliste italienne était une brune pulpeuse qui aurait pu être la fille de Sophia Loren, avec un visage aux traits un peu épais et une très grosse bouche. Ses yeux étaient allongés par une bonne dose de mascara, ses lèvres soigneusement peintes. Elle portait un tailleur à manches courtes très décolleté, dont la jupe découvrait ses longues jambes bronzées, et des bracelets, des boucles d'oreilles, des bagues. Elle lui tendit une longue main aux ongles rouge sang.

– Bonsoir, dit-elle, je suis Carla Bettega. Entrez.

Une bouteille de Taittinger Comtes de Champagne blanc de blancs 1988 attendait dans un seau de cristal. L'Italienne s'était arrosée d'un parfum plutôt capiteux qui embaumait toute la pièce. Malko prit place sur le canapé, sur ses gardes. Cela ressemblait à un rendez-vous galant. Or, l'expérience lui avait appris qu'à part quelques salopes particulièrement incandescentes, les créatures qui se jetaient à sa tête avaient généralement une idée derrière la leur.

– Vous pouvez ouvrir le champagne ? demanda-t-elle en s'asseyant.

Malko s'exécuta, puis versa le liquide ambré plein de bulles dans deux coupes. Carla Bettega leva la sienne, avec un sourire.

– A nos enquêtes !

– Pour qui travaillez-vous ?

– Le *Corriere de la Serra.*

Un grand quotidien milanais. Comme si elle avait deviné les pensées de Malko, Carla Bettega précisa :

– J'étais au staff du journal et je l'ai quitté quand je me suis mariée. Mais mon mari est industriel et il voyage énormément. Parfois, pour nous voir un peu, nous sommes obligés de nous retrouver au « hub » d'Air France à Roissy II. Il arrive de New York, moi de Turin et nous repartons ensemble pour une troisième destination, sans perte de temps ! Alors, pour ne pas m'ennuyer, j'ai repris le reportage en « free-lance » pour mon ancien journal.

Autrement dit, Carla Bettega n'attendait pas les piges du *Corriere de la Serra* pour manger... Ce qui expliquait le Taittinger Comtes de Champagne, peu répandu chez le reporter de base. Malko balaya la chambre du regard, remarquant aussitôt un luxueux catalogue du décorateur Romeo. Carla Bettega, qui l'observait, sourit.

– C'est pour notre villa du lac de Côme. Nous achetons tous nos meubles à Paris.

Elle but son champagne et dit gaiement :

– Parlez-moi du « commandant » Dragan !

Malko, prudemment, resta dans le vague.

– Oh, dit-il, mon enquête est très officielle. Nous faisons pression sur le président Milosevic pour qu'il nous aide à capturer Radovan Karadzic... Et le général Mladic...

Elle eut un sourire ironique.

– C'est un rêve, il ne le fera jamais.

Ils achevèrent la bouteille de Taittinger jusqu'à la dernière bulle en devisant, puis la jeune femme bâilla et proposa :

– J'ai faim. On y va ?

*
**

Un vent relativement frais balayait les rives du Danube. Le sentier longeant la berge était noir de monde. Zemun avait toujours été l'endroit de prédilection des Belgradois, parce qu'on y trouvait un peu de fraîcheur durant les étouffants mois d'été, de mai à octobre. Après, c'était directement l'hiver. Malko n'avait pas envie d'aller au *Reka* pour ne pas risquer de tomber sur Tamara. Il avisa une des péniches-restaurants, le *Sent Andreja.* Relié à la berge par une passerelle, le pont couvert abritait des tables. Carla Bettega le précéda avec élégance, attirant tous les regards.

Seules quatre ou cinq tables étaient occupées. Ils s'installèrent directement sur le fleuve, à l'opposé du sentier. A peine assise, Carla Bettega commanda un « Caïpirinha » – Cointreau et citron vert écrasé au pilon – et Malko son habituelle Stolychnaya. C'était calme, paisible, quelque peu irréel dans ce pays encore en pleine guerre civile. Carla Bettega trouva des langoustines sur la carte et battit presque des mains.

– C'est la première fois que je revois Belgrade depuis les événements, dit-elle. Ici, les gens n'ont pas l'air d'avoir trop souffert.

– Cela dépend, corrigea Malko, il paraît que pendant l'embargo, ils manquaient de tout.

Carla Bettega ne semblait pas émue.

– Les Serbes ont commis de telles horreurs, fit-elle, c'est une bien petite punition.

– Pourquoi vous intéresser à Dragan ? demanda Malko, il y en a tellement d'autres.

– Parce que, ici, c'est un héros, dit-elle vivement, et que tous les journaux ont parlé de lui. D'ailleurs, il est plutôt sympathique, quand on ne sait pas ce qu'il a fait. Un bel homme...

Malko n'avait rien à répondre. On leur apporta des langoustines, délicieuses. Finalement, on ne mangeait pas trop mal à Belgrade. En décortiquant ses bêtes, Carla Bettega insista :

– Vous devriez vous pencher sur le cas Dragan.

– Bien sûr, fit Malko sans se compromettre.

Les moustiques commençaient à attaquer. Carla fut piquée. Malko se tourna alors vers le garçon pour lui demander une bombe antimoustiques. Il eut l'impression que ses artères allaient exploser sous la poussée d'adrénaline. Trois hommes étaient engagés sur la passerelle menant au restaurant. Le premier était Momcilo Kovac, le tueur numéro un de Dragan. Impossible de s'y méprendre, avec sa silhouette monstrueuse. Il portait un sac de toile à la main, comme les deux autres. L'avertissement de Dusko Balasevic se vérifiait.

Malko regarda autour de lui. Il n'y avait que quelques couples. Personne pour lui venir en aide.

– Qu'y a-t-il ? demanda Carla Bettega en voyant son expression tendue.

– Ecartez-vous, dit Malko.

Sous la table, il sortit le Zastava de sa ceinture et l'arma. Quand il releva les yeux, les trois tueurs, disposés en arc de cercle, le regardaient paisiblement. Il réalisa alors qu'avec un simple pistolet, il allait peut-être en abattre un, mais qu'il n'avait aucune chance contre les deux autres, qui lui interdiraient de rejoindre la terre ferme.

CHAPITRE X

– Qu'est-ce qui se passe ? demanda Carla Bettega d'une voix blanche.

Malko n'eut pas le temps de répondre. Momcilo Kovac, le plus proche de lui, venait de sortir de son sac de toile un court pistolet-mitrailleur Skorpio prolongé d'un silencieux. Le chargeur recourbé contenait trente-deux cartouches. Le second tueur, deux mètres sur sa droite, tenait la même arme à bout de bras. Malko pouvait abattre l'un ou l'autre, mais pas les deux sans essuyer une rafale. Il prit sa décision en une fraction de seconde.

D'un bond, il se leva et dans le même élan sauta par-dessus la balustrade. Sa chute dura à peine deux secondes et il plongea dans l'eau visqueuse et froide du Danube.

Au lieu de remonter, il s'appliqua à rester sous l'eau, nageant dans le sens du courant le long de la péniche-restaurant, respiration bloquée. De cette façon, il fallait se trouver juste au-dessus de lui pour l'atteindre. Or, il avait remarqué que la partie avant de la péniche n'était pas accessible... Il refit surface, les poumons prêts à éclater, sentit sur sa droite la paroi froide de la coque, voulut s'y accrocher, mais c'était trop glissant. Il réalisa alors que son pistolet n'était plus dans sa ceinture. Soit il était tombé sur le pont de la péniche, soit il se trouvait au fond du Danube. Il replongea au moment où une rafale claquait au-dessus de sa tête. Il s'était fait repérer et filait parallèlement au restaurant, dans une brasse rapide, malgré ses vêtements qui le gênaient. Heureusement, il ne portait qu'un pantalon léger et une chemise. Lorsqu'il remonta, il se retourna et aperçut à quelques mètres de lui l'étrave de la péniche, avec l'énorme silhouette de Momcilo Kovac. A peine le Serbe l'eut-il aperçu qu'il braqua son arme sur lui.

Une série de lueurs jaunes, presque sans bruit : il tirait avec un silencieux. Une brève seconde d'angoisse, déjà Malko se laissait couler, dérivant avec le courant.

Des secondes interminables s'écoulèrent. Prêt à suffoquer, il refit surface pour la troisième fois. Il se trouvait à une trentaine de mètres du restaurant. Le tueur avait disparu. Il était trop loin pour qu'il soit dangereux. Le cœur battant la chamade, Malko s'appliqua à nager en biais pour s'éloigner du rivage. Ses adversaires n'allaient pas renoncer. Ils chercheraient à l'intercepter lorsqu'il sortirait du Danube. L'eau était très froide, sale, vaseuse. Un lumignon brillait sur l'autre rive, à plusieurs centaines de mètres, mais il ne se sentait pas le courage de traverser pour rejoindre la forêt épaisse qui descendait jusqu'à la berge.

Il continua à nager, mécaniquement. Soudain, troublant le silence, un moteur de hors-bord retentit. Tout le long du Danube, des petites marinas abritaient des esquifs de pêcheurs... On le poursuivait. S'il se dirigeait vers le large, l'embarcation le retrouverait, immanquablement, et ses occupants l'abattraient. Il mesura la distance jusqu'au rivage : cinquante mètres... Abandonnant la brasse, il se lança dans un crawl désespéré, en essayant de ne pas entendre le bourdonnement du hord-bord. Il lui fallut plusieurs minutes pour sentir enfin sous ses pieds la vase du fond. Il se trouvait dans une zone non éclairée, entre deux restaurants. Il escalada un rocher périlleux et atterrit sur le bas-côté herbeux, derrière des voitures garées en stationnement sauvage. Sa chemise et son pantalon collaient à sa peau. Il s'accroupit, guetta, entendit à nouveau le moteur. Cette fois, cela venait du milieu du fleuve. De ce côté-là, il était tranquille.

Se dépouillant de sa chemise et de son pantalon, il les tordit, puis les remit sur lui. Sa voiture se trouvait à moins de trois cents mètres, mais on risquait de la surveiller. Où trouver une cabine téléphonique à Zemun ? Il partit en courant en direction de l'hôtel *Yougoslavia,* longeant la berge du fleuve, grelottant malgré la chaleur dans ses vêtements trempés.

*
**

– Je vous attends devant l'hôtel, annonça Malko. Dépêchez-vous.

Il raccrocha et passa devant le regard étonné de la standardiste du *Yougoslavia.* En entrant dans l'hôtel, il avait expliqué être tombé dans le fleuve, avant d'aller au standard téléphoner d'abord à Larry Oldcastle : impossible de le joindre. Heureusement Dusko Balasevic avait répondu à son numéro personnel.

Malko attendit quand même vingt bonnes minutes avant de voir surgir l'antique Oltcit roumaine... En lui ouvrant la portière, Balasevic, prévoyant, lui tendit une serviette.

– J'aurais dû rester avec vous ! dit-il. Je vous avais prévenu. Comment ça s'est passé ?

Malko le lui raconta tandis qu'ils retournaient vers Zemun. Dusko Balasevic ralentit avant d'atteindre la Polo rouge et sortit son énorme automatique. Ils se garèrent et continuèrent à pied. Personne. Le restaurant était deux cents mètres plus loin.

– Vous étiez seul ? demanda le détective.

– Non, fit Malko, avec une amie.

– Elle doit encore être là-bas. Allons voir.

Ils gagnèrent la péniche-restaurant. En reconnaissant Malko, le maître d'hôtel blêmit. Dusko Balasevic l'interpella d'une voix sèche et l'autre balbutia une réponse maladroite.

– Il n'a pas appelé la Milicija, expliqua le détective, parce que personne n'a été tué ou blessé. Il ne pensait pas vous revoir.

Malko regardait la table où il dînait quarante minutes plus tôt. Elle avait déjà été débarrassée... Aucune trace de Carla Bettega. Il songea au Zastava. Etait-il tombé dans le fleuve, ou par terre, lorsqu'il s'était levé ? Cette dernière hypothèse lui semblait la plus probable.

– Demandez-lui où est la personne avec qui je dînais, dit-il à Balasevic.

Elle était partie presque tout de suite, apprit-il. A pied. Mais elle n'avait pas payé l'addition...

Le business reprenait ses droits.

– J'ai perdu mon pistolet, dit Malko. Je pense qu'il est tombé par terre quand je me suis levé. Il ne l'aurait pas récupéré ?

Le détective interpella d'une voix sévère le maître d'hôtel et ils se lancèrent dans une nouvelle discussion animée. Finalement, le détective se tourna vers Malko.

– Il prétend que votre amie a ramassé le pistolet et l'a emporté.

Après tout, ce n'était pas impossible et facile à vérifier.

– Il prétend aussi qu'il ne les reconnaîtrait pas, ajouta Dusko Balasevic. Il a pensé à un règlement de comptes de mafieux. Il y en a tout le temps. Quand ils appellent la police, on les rackette.

Malko n'avait plus qu'une idée. Il réclama l'addition. Après tout, ce n'était pas la faute du restaurant, si Dragan avait voulu le faire assassiner. Après avoir payé, ils regagnèrent la terre ferme. Dusko Balasevic était sombre, tandis que Malko enchaînait les éternuements. Comme ils approchaient de la Polo rouge, le détective suggéra :

– Ce ne serait pas mal d'aller faire un tour chez Dragan. Rafaler son « château ». Pour lui montrer qu'on n'est pas dupes. Sinon, il recommencera dès demain...

– Ça ne mènerait à rien, répliqua Malko.

Dusko Balasevic n'insista pas, mais enchaîna aussitôt :

– J'espère que Nada Badanjak va vous recontacter. Dragan va mettre la pression sur vous et sur Stefanovic. Il ne faudrait pas qu'il le trouve avant nous...

– Je sais, reconnut Malko, mais je suis obligé d'attendre.

Il se glissa dans la Polo et mit le contact, grelottant dans ses vêtements mouillés. A plusieurs reprises, il jeta un coup d'œil dans le rétroviseur, mais il n'aperçut que la vieille Oltcit de Dusko Balasevic. Le détective ne l'abandonna qu'à l'entrée de la rampe du *Hyatt*.

Le préposé à la fouille, dans le hall, jeta un regard surpris à Malko qui gagna sa chambre en courant presque... L'eau chaude de la douche lui donna envie de crier de bonheur. Enfin, sec, il appela la chambre 324. Carla Bettega répondit presque aussitôt.

– C'est moi, dit Malko, je suis désolé de cet incident.

– Mon Dieu ! fit la jeune femme, je croyais que... (Elle se reprit.) J'ai attendu un moment, puis vous n'êtes pas revenu. Je mourais de peur. Heureusement, ces horribles types ne sont pas restés. Je ne savais pas où vous étiez.

– Dans l'eau, expliqua Malko. J'ai nagé assez loin.

– Mais qui sont...

– Je crois que ma mission n'est pas appréciée par tout le monde, dit Malko, plein de diplomatie. La Yougoslavie est un pays violent.

– Ils auraient pu vous tuer.

– C'est bien ce qu'ils avaient l'intention de faire...

– C'est horrible, soupira-t-elle, je suis si heureuse de savoir qu'il ne vous est rien arrivé.

– Nous pourrions redîner demain, suggéra Malko, si vous n'avez pas peur.

– Bien sûr ! On ne va quand même pas essayer de vous tuer tous les jours !

– A propos, dit Malko, j'avais un pistolet qui a dû

tomber quand je me suis levé. Vous ne l'auriez pas ramassé ?

– Un pistolet ? Non, je n'ai rien vu. Je ne l'aurais sûrement pas pris, j'ai horreur des armes.

– Ça ne fait rien, conclut Malko. Il a dû être récupéré par le maître d'hôtel. Reposez-vous, je vous rappelle demain.

*
**

Larry Oldcastle écoutait Malko, tirant sur sa Gauloise blonde à petits coups. Accablé.

– Ces types n'ont aucune limite, conclut-il. C'est Chicago en 1930, du temps de la Prohibition.

– A Chicago, fit remarquer Malko, il y avait au moins le FBI... Vous avez transmis la confession de Milomir Stefanovic ?

– Bien sûr, le FBI est sûrement déjà en train de l'étudier.

– S'ils l'étudient trop longtemps, ils n'auront bientôt plus ni témoins, ni coupables, remarqua Malko. Milomir Stefanovic est aux abois, il va sûrement commettre une erreur si on ne fait rien. Quant à moi, j'en ai assez de jouer les « sitting duck ».

– Que suggérez-vous ?

– Qu'on exfiltre Milomir Stefanovic au plus vite, sans attendre l'avis du FBI. Sinon, on risque d'avoir à le faire dans un cercueil... Si le FBI se déclare inintéressé, ce qui me paraît peu probable, on le lâchera dans la nature. Moralement, cela ne change pas grand-chose.

Larry Oldcastle tirailla son abondante moustache noire.

– Je crois que vous avez raison. Mais agir immédiatement pose un problème.

– Lequel ?

– Il m'est impossible d'organiser une exfiltration « officielle », en utilisant les moyens de la *Company*. Je dois d'abord avoir le feu vert du Tribunal. Sinon, on va nous accuser de manips sordides dans notre propre intérêt.

Malko tombait des nues.

– Vous êtes sérieux ?

L'Américain eut un soupir résigné.

– Hélas, oui. Vous connaissez l'administration... En plus, moi, à Belgrade, je n'ai pas le personnel nécessaire pour une opération de cette sorte. Je suis obligé de passer par la Navy ou l'Air Force. S'ils en reçoivent l'ordre par la voie officielle, Maison-Blanche ou Pentagone, ils ne poseront pas de questions. Autrement, ils ne bougeront pas.

– *Wait a minute !* protesta Malko avec fureur. Vous voulez que je l'emmène sur mon dos ? Vous savez bien qu'il n'y a que deux façons de sortir clandestinement de ce pays de merde, si vous éliminez la voie aérienne : soit par la côte, ce qui suppose une aide extérieure, navale ou aéroportée, soit par une frontière terrestre. Or, la seule qui ne soit pas verrouillée, c'est la frontière hongroise. On aura l'air fin si les Hongrois nous piquent Stefanovic et le rendent à la RFY (1).

Larry Oldcastle le calma d'un geste suave.

– Ça, on peut l'arranger. Je m'engage à ce que les services hongrois ne bougent pas. Ils ont beaucoup à se faire pardonner. Seulement, il faut arriver là-bas. Je ne vois qu'une seule solution.

– Dusko Balasevic ?

– Oui.

– Je sais qu'à vos yeux, il est clair, dit Malko. C'est vrai qu'il hait Dragan, mais il a fait quand même partie de la DB longtemps, et il y a encore des contacts.

– Je ne l'ignore pas, reconnut l'Américain. Mais nous n'avons pas le choix. Je crois que ce type aimerait bien devenir notre *stringer* officiel. C'est-à-dire émarger chez nous régulièrement. Vous pourriez lui faire miroiter cette

(1) République fédérale de Yougoslavie.

possibilité. En plus de la somme considérable que nous nous sommes engagés à lui verser.

– Je n'ai pas affaire à un mongolien, remarqua Malko. C'est un super malin. Il vaut mieux lui promettre plus d'argent pour l'organisation de l'exfiltration.

Larry Oldcastle accueillit avec soulagement la suggestion de Malko.

– Vous avez raison. Négociez cela au mieux.

Malko le fixa droit dans les yeux.

– Donc, j'ai votre feu vert ? Je demande à Balasevic d'organiser l'exfiltration de Milomir Stefanovic, ce qui signifie qu'à un moment, nous serons entièrement entre ses mains...

– Vous êtes là, observa Larry Oldcastle. Vous n'êtes pas mongolien non plus.

– Merci, fit Malko en se levant. Les cimetières sont pourtant pleins de gens supérieurement intelligents. Nous avons contre nous un criminel endurci s'appuyant sur une équipe de tueurs, plus le pouvoir politique et les agents d'un pays totalitaire. Ce n'est pas mal pour un seul homme qui n'a comme allié qu'un ancien agent des services locaux. Un manipulateur de profession...

Prudent, Larry Oldcastle battit en retraite.

– OK, OK ! Vous avez raison. Il vaut mieux attendre et faire les choses par nous-mêmes. Je pense être fixé dans trois ou quatre jours.

Malko soupira. Si la Maison-Blanche n'était pas plus rapide que les Casques bleus hollandais qui avaient laissé massacrer quelques milliers de musulmans à Srebrenica... Ce ne serait pas la première fois qu'une administration aurait bloqué un projet par sa lenteur.

Résigné à jouer « la chèvre » quelques jours de plus, il prit congé. Quelque chose le tracassait. Revenu au *Hyatt,* il se mit au téléphone. Une demi-heure plus tard, en dépit de sa mauvaise connaissance de l'italien, il était certain d'une chose : le *Corriere de la Serra* ne préparait aucun reportage sur les criminels de guerre serbes, et Carla Bettega y était totalement inconnue.

Qui était-elle réellement et que faisait-elle à Belgrade ?

*
**

Carla Bettega avait troqué son tailleur de la veille pour un pull très fin sous lequel sa lourde poitrine dansait librement et une jupe en daim. Mais elle était toujours aussi sexy avec ses longues jambes un peu fortes. Elle accueillit Malko avec un sourire radieux.

– Je pensais ne jamais vous revoir !

Une bouteille de Taittinger Comtes de Champagne rosé 1986 attendait dans son seau à glace, comme la veille. Ils prirent place sur le même divan. Malko ouvrit le champagne. Ils trinquèrent. A peine avait-il reposé sa coupe vide qu'il dit d'une voix égale :

– Qui êtes-vous vraiment, Carla ?

La jeune femme soutint son regard sans ciller.

– Que voulez-vous dire ?

Il y avait à peine une trace d'anxiété dans sa voix.

– Personne ne vous connaît au *Corriere de la Serra.* Ils ne préparent aucun reportage sur les crimes de guerre.

Carla Bettega baissa les yeux, puis, sans répondre, se reversa du Taittinger. Après avoir vidé sa coupe, elle affronta enfin le regard de Malko et dit d'une voix altérée :

– Avant de vous répondre, laissez-moi vous montrer une cassette vidéo, dit-elle.

Surpris, Malko la vit se lever et enfoncer une cassette dans un magnétoscope relié à la télé. Ce n'était pas le début de la bande. Très vite, Malko vit qu'il s'agissait d'un film X. Plusieurs hommes violaient une femme à tour de rôle. Elle était allongée sur une grande table de bois, entièrement nue. Les violeurs tournaient autour d'elle comme des chiens autour d'un os. Son visage était ravagé par la terreur et la souffrance. Le film était muet.

Un nouveau venu fit son apparition sur l'écran. Un

homme de grande taille en tenue de combat, le seul du groupe habillé. Il contempla le viol collectif en souriant et disparut. D'après les photos qu'il avait vues, Malko eut l'impression qu'il s'agissait du « commandant » Dragan !

Carla Bettega se leva et stoppa la cassette.

– Cette femme était ma sœur, dit-elle. « Etait », parce qu'après l'avoir violée, ils l'ont tuée.

– Votre sœur !

Malko ne comprenait plus.

– Oui, dit Carla. Elle était croate, comme moi. Nous vivions à Vukovar.

– Mais d'où vient cette cassette ?

– Elle est vendue à Francfort, dans certaines boutiques. Le « commandant » Dragan a fait filmer les exploits de ses hommes, sur des cassettes qu'il a revendues sur le marché des films X clandestins, avec des scènes véritables. Il y a des amateurs...

– C'est horrible, fit Malko, bouleversé.

Carla Bettega se leva.

– Attendez, j'ai autre chose à vous montrer.

Elle changea la cassette du magnétoscope et vint se rassoir à côté de lui. Cette fois, c'était tout à fait différent. Un mariage serbe avec beaucoup de musique, des costumes folkloriques. Le marié portait un étrange accoutrement, une vague tenue militaire, avec le calot creusé en son milieu de l'ancienne armée serbe et un sabre, ainsi qu'un crucifix orthodoxe. Assez ridicule...

Et soudain, Malko reconnut le « commandant » Dragan, avec la pulpeuse Imala, la chanteuse populaire de « turbo-folk » ! La cérémonie se déroulait avec un pope barbu et des invités aux têtes de tueurs. La caméra se fixa sur les mariés. Puis sur la mariée. Un gros plan d'un visage radieux. « Clac » : l'image se figea. Carla Bettega venait de stopper l'appareil. Elle se pencha vers Malko.

– Vous voyez son collier ?

On ne pouvait pas le rater : un superbe triple rang de perles, avec une broche entre les seins.

– Oui.

– La dernière fois que je l'ai vu, ce collier, fit la jeune femme, il se trouvait autour du cou de ma sœur Nina. C'était à Vukovar, en juin 1991, pour son mariage. Ma sœur a été massacrée par les Tchekniks et sa maison entièrement pillée. On lui a volé tous ses bijoux, avant de la violer. Ensuite, ils l'ont éventrée et lui ont coupé les seins. Je ne sais même pas où elle est enterrée aujourd'hui. Que Dieu ait son âme.

Elle vida sa coupe de Taittinger mécaniquement d'un coup, le regard fixe. L'image du collier semblait la narguer. D'un doigt rageur, elle éteignit le magnétoscope et se tourna vers Malko.

– Ce qui est arrivé à votre sœur est horrible, fit-il. D'où vient ce film, celui du mariage du « commandant » Dragan ?

Carla Bettega tordit sa bouche en un rictus amer.

– Je suis allée l'acheter moi-même dans une boutique du stade de l'Etoile Rouge, en face de la maison du « commandant » Dragan. Avant de l'interviewer pour le *Corriere de la Serra*. Il était si content qu'il m'a offert cette cassette et le tee-shirt de son groupe paramilitaire ! Il a eu l'impression que j'étais une admiratrice, ajouta-t-elle. Il m'aurait presque fait la cour.

– Mais pourquoi cette comédie ? Qu'êtes-vous venue faire à Belgrade ?

– Je suis venue tuer le « commandant » Dragan, répondit simplement la jeune femme, comme il a tué ma sœur. Je préparais ce voyage depuis longtemps. J'ai un faux passeport, sinon ils n'auraient jamais accepté de me laisser entrer. Je suis une Croate, une ennemie.

Malko demeura bouche bée. Carla Bettega arrivait comme un chien dans un jeu de quilles dans sa mission, qui supposait avant tout que le « commandant » Dragan reste vivant. Mort, il n'était plus une monnaie d'échange.

CHAPITRE XI

Devant le silence prolongé de Malko, Carla Bettega demanda d'un ton plein de défi :

– Vous ne me croyez pas ?

– Si, bien sûr, mais pourquoi me dire tout cela à moi ?

Elle eut un sourire triste.

– Vous m'y avez forcée, en découvrant ma fausse identité. Je m'appelle en réalité Slavica Jelovac. Mais j'ai vécu en Italie et je parle italien comme une Italienne. Mon passeport, je l'ai acheté cinq mille marks à Zagreb.

Malko montra le catalogue de décoration de Claude Dalle ouvert sur un ensemble de sièges tapissés de tissu Versace.

– Cela fait aussi partie de votre couverture ?

Elle sourit.

– Non, je décore bien ma maison. Mais à Zagreb.

– Pourquoi m'avoir appelé, l'autre jour ?

– Je savais que vous vous intéressiez à Dragan. J'ai pensé que vous pourriez peut-être m'aider dans mon projet. Involontairement, bien sûr.

– Comment savez-vous ?

– Par Tamara Savic. Je suis venue la voir, avec ma couverture de journaliste, et nous avons sympathisé. Elle m'a donné le numéro de Nenad Kurco. Et un jour récent où elle avait pas mal bu, elle m'a parlé de son dernier amant, un agent de la CIA. Un homme plein de charme dont elle avait eu immédiatement envie. Sans préciser, elle m'a dit que vous étiez ici à cause de Dragan. Elle n'a pas voulu m'en confier plus. Or, je sais que les Américains recherchent les criminels de guerre.

– Tamara ne sait donc pas pourquoi vous êtes à Belgrade ?

– Non, elle pense que je suis venue faire une enquête sur ce salaud de Dragan.

Le silence retomba. Malko ne savait que penser. Cette atroce guerre civile avait créé des situations démentes, incroyables. Machinalement, il prit la bouteille de Taittinger et reversa du champagne. Tout à coup, il réalisa autre chose.

– Mon pistolet, dit-il, c'est vous qui l'avez pris ?

Elle inclina la tête affirmativement.

– Oui, c'était une occasion inespérée. Si j'avais eu une arme lorsque j'ai approché Dragan pour l'interviewer, je l'aurais tué... Maintenant que j'ai la vôtre, je n'ai plus qu'à l'approcher de nouveau.

Malko la regarda. Elle n'évoquait vraiment pas une tueuse...

– Vous allez vous faire tuer pour rien, dit-il. Dragan est toujours entouré de gardes du corps.

Elle fit la moue.

– Peut-être, mais ce n'est pas sûr. J'ai un plan. Si je voulais approcher Dragan, c'était pour me documenter sur lui. J'y ai réussi. Je pense que je peux réussir.

– Et quand voulez-vous le tuer ?

La fausse Carla Bettega sourit.

– Je ne peux pas vous le dire. Mais le plus tôt sera le mieux.

Malko réfléchissait à la vitesse de la lumière. La Croate risquait de faire échouer la manip tortueuse de la CIA. Il fallait absolument la dissuader, mais il ne pouvait quand même pas la dénoncer aux Serbes. Il se trouvait dans une situation impossible. Non seulement il aidait un affreux criminel comme Stefanovic, mais en plus il était contraint de protéger la vie d'un abominable salaud comme Dragan de la vengeance légitime d'une de ses victimes !

– Si nous dînions ensemble pour parler de tout cela, suggéra-t-il.

– Avec plaisir. Finissons ce délicieux champagne, répondit-elle.

Cette fois, c'est Malko qui versa le Taittinger Comtes de Champagne blanc de blancs 1988. Il leva sa coupe.

– A votre projet !

*
**

Malko, remonté dans sa chambre, était en train d'évaluer la situation quand le téléphone sonna. Carla Bettega lui avait demandé un moment pour se changer et téléphoner. Il décrocha.

– C'est moi, annonça la Croate.

– Je descends tout de suite.

Il y eut un bref silence, puis la pseudo Carla Bettega annonça :

– Non, ce n'est pas la peine. Je ne suis plus à l'hôtel. Je suis désolée, mais je ne veux prendre aucun risque. Nous ne dînerons pas ensemble ce soir. Je pense même que nous ne nous reverrons jamais. Je ne veux pas vous impliquer dans mon projet qui doit vous paraître fou. A mes yeux, il ne l'est pas.

– Mais où êtes-vous ?

– Ailleurs, dit-elle avant de raccrocher. J'ai quitté le *Hyatt.* Merci pour le pistolet.

Malko raccrocha, effondré. C'était le pire cas de figure possible. Il était pris dans un dilemme atroce. Laisser faire la Croate au risque de faire échouer sa mission, ou la neutraliser en la dénonçant. Procédé qui lui faisait horreur... De plus, ignorant quand elle comptait frapper, il ne pouvait pas se permettre d'attendre. Certes, le « commandant » Dragan était bien protégé, mais si on arrivait à tuer un président des Etats-Unis, il n'était pas à l'abri d'une tueuse déterminée comme la prétendue Carla Bettega.

Il ne voyait qu'une solution.

*
**

Dusko Balasevic attendait Malko à la terrasse du bistrot voisin de son bureau. Il lui jeta un regard aigu.

– Nada Badanjak vous a contacté ?

Malko l'avait appelé dix minutes plus tôt pour le voir d'urgence.

– Non, dit Malko. Pouvez-vous trouver quelqu'un qui se trouve dans un hôtel à Belgrade, si je vous donne son nom ?

L'œil du détective brilla.

– Stefanovic ?

– Non, une femme, celle qui dînait avec moi. Elle m'a volé mon pistolet.

Le détective sourit.

– Ce n'est pas grave, on va aller en chercher un autre, au même endroit...

– Je sais, dit Malko, mais j'ai une autre raison de la retrouver.

– Elle vous a volé de l'argent ?

En Yougoslavie, les choses étaient simples. Malko faillit sourire, mais il n'avait vraiment pas le cœur à la plaisanterie.

– Non, fit-il. Avec ce pistolet, elle a l'intention de tuer Dragan.

Dusko Balasevic écouta le récit de Malko sans broncher. C'eût été un formidable joueur de poker.

– On va essayer de la retrouver, dit-il. Ici, on relève les numéros des passeports de tous les étrangers. J'ai encore des copains à la Milicija. Mais cela peut prendre deux ou trois jours. Allons d'abord chercher un autre pistolet pour vous. Ce n'est pas prudent de rester sans rien.

Ils retournèrent chez l'armurier. Malko reprit une arme

identique, un CZ 89, et se sentit quand même plus tranquille, même si les moyens employés contre lui auraient réclamé un armement plus lourd. Chris et Milton auraient été parfaits à Belgrade, avec leur équipement digne d'un petit porte-avions...

En quittant l'armurerie, Balasevic annonça :

– Je vais tout de suite à la Milicija. Mais relancez Nada Badanjak. Dragan a le bras très long. Il finira par savoir où se cache Milomir. Et alors... Nous ne sommes pas près d'en retrouver un autre qui accepte de témoigner.

– Je vais faire mon possible, promit Malko.

*
**

Slavica Jelovac, allongée sur son lit, uniquement vêtue d'un slip et d'un soutien-gorge, essayait de lutter contre la chaleur poisseuse de plus de 38 degrés en promenant sur son corps un ventilateur acheté au marché turc. Hélas, il ne faisait que brasser l'air brûlant et la transpiration continuait de couler par tous ses pores... Epuisée, elle posa l'appareil sur la table et ferma les yeux.

Après avoir fui le *Hyatt*, elle avait changé deux fois de taxi pour se retrouver finalement dans ce petit hôtel de la rue Dragoslav Jovanovic, le *Splendid,* au luxe très limité. Pour se changer les idées, elle prit dans son sac le Zastava CZ 89 ramassé sur la péniche-restaurant. Elle fit glisser le chargeur, puis expulsa la balle demeurée dans le canon, afin de pouvoir jouer tranquillement avec le pistolet...

Elle était fascinée par l'acier noir et le caressait comme la peau d'un homme... Ensuite, elle prit les cartouches et les réchauffa entre ses doigts. C'était grisant de ressentir ce pouvoir de tuer. Elle prit le pistolet à deux mains et visa un point sur le mur, le bras tendu. Elle ferma les yeux en imaginant la tête réjouie du « commandant » Dragan. Elle rêvait de la seconde où il verrait son arme, où elle lirait la peur dans ses yeux. La panique viscérale de la mort. Quelque chose qu'elle connaissait pour l'avoir vécu en Croatie...

Ensuite, sa vision se brouillait, elle savait qu'elle avait peu de chances de s'en sortir vivante. Les hommes qui entouraient Dragan étaient habitués à agir avant de réfléchir. Ils la tueraient sur-le-champ, dans un réflexe élémentaire pour venger leur chef... Mais elle n'arrivait pas à « imaginer » le choc des projectiles dans sa chair. Elle savait seulement que cela se passerait très vite, qu'elle n'aurait ni très peur, ni très mal. Et de toute façon, elle n'avait pas le choix. C'était une promesse qu'elle s'était faite à elle-même après la prise de Vukovar. Le genre de promesse dont personne ne peut vous délier. Depuis cinq ans, elle ne vivait que pour cela, sans prendre aucun risque.

Elle prit les cartouches et les remit dans le chargeur, puis celui-ci dans son sac. Il fallait dormir. Malgré la fenêtre grande ouverte, l'atmosphère était étouffante. Elle ferma les yeux. Sa vengeance était proche. Il y avait une information qu'elle n'avait pas révélée à l'agent de la CIA. Tandis qu'elle bavardait avec les gardes de Dragan, l'un d'eux leur avait raconté à quel point le chef était simple. Une fois par semaine, il se rendait lui-même dans une boutique du centre de Belgrade, pour acheter de la charcuterie et des fromages italiens. C'était toujours le matin et il n'était accompagné que d'un seul garde du corps. A partir de cela, elle avait imaginé un plan pour l'approcher sans éveiller sa méfiance.

*
**

La fraîcheur du bureau de Larry Oldcastle était délicieuse, après le sauna de Belgrade. Le chef de station de la CIA avait écouté Malko en tirant sur sa Gauloise blonde. Il semblait sortir d'une boîte tant il était impeccable. Les nouvelles parurent le défraîchir d'un coup.

– Nous n'avons plus le choix, conclut-il. Si cette

femme abat Dragan, c'est foutu. Il faut accélérer l'exfiltration de Milomir Stefanovic. Tant pis, adressez-vous à Dusko Balasevic. Voyez-le dare-dare. Et prions pour que nous puissions la retrouver et la neutraliser.

– J'y vais, dit Malko. Je pense qu'il est à son bureau.

– Ce salaud de Karadzic vient de refuser de démissionner, renchérit l'Américain. Il nous faut un levier contre Milosevic, et ce ne peut être que le dossier Dragan. Sinon, nous risquons de saboter les élections en Bosnie, et la Maison-Blanche perd la face.

Malko n'écoutait plus, souriant à Priscilla Clearwater qui s'éventait avec le *Herald Tribune,* effondrée devant son ordinateur. Malko lui adressa un sourire ravageur et innocent.

– C'est abominable cette chaleur, non ?

Elle lui jeta un regard torve, en désignant le vieux climatiseur.

– Ces trucs-là devaient déjà être là du temps de la guerre de Sécession. Ils soufflent de l'air chaud.

– Au *Hyatt,* j'ai une clim merveilleuse, lâcha Malko, vous devriez venir y prendre un peu de repos.

– Salaud ! fit-elle entre ses dents.

Il n'y avait quand même pas une énorme conviction dans sa voix. Malko se dit qu'il ne passerait peut-être pas la soirée seul.

*
**

Un bras reposant sur le dossier de la chaise voisine, selon son attitude habituelle, Dusko Balasevic écoutait Malko, les yeux plissés par l'attention. Il n'avait pas bronché lorsque ce dernier lui avait annoncé qu'il avait été recontacté par Milomir Stefanovic et qu'il lui confiait son exfiltration. Il but un peu de café et demanda :

– Pourquoi vous adressez-vous à moi ? Vous appartenez à une des organisations les plus puissantes du monde. Vous avez de l'argent, des moyens illimités. Moi, je ne suis qu'un ex-flic, un petit détective qui tire le diable par la queue. Et un ancien d'un service qui faisait partie de vos adversaires.

Visiblement, il jouissait de ce retournement de situation et se préparait à faire monter les enchères.

– Le monde a changé, dit Malko. Nous sommes alliés et la CIA fait souvent appel à des collaborations locales. Nous pensons que vous connaissez mieux les pièges de ce pays.

Le détective hocha la tête sans se troubler.

– Merci, je suis flatté. Je ferai tout ce que je peux pour mériter votre confiance. Je me suis renseigné, Dragan est fou d'angoisse. Il a engueulé les types venus vous tuer et leur a donné l'ordre de recommencer. Vous n'êtes en sécurité nulle part à Belgrade. Je crois qu'il a compris le but de la manœuvre, sinon il ne se ferait pas tant de mauvais sang. S'il était certain que Milosevic lui garde sa protection, même recherché par le Tribunal international, il continuerait son business. Mais il a compris que Milosevic doit lâcher quelque chose aux Américains et qu'entre Karadzic et lui, il n'hésitera pas... On ressortira ses vieux dossiers policiers et on le clouera au pilori.

– Donc il faut faire vite, conclut Malko. Voulez-vous ou pas ?

– Cent mille Deutschemarks.

– D'accord, dit Malko. Je vous les réglerai avec les quatre cent mille restants, le jour où Milomir Stefanovic sera de l'autre côté de la frontière, vivant...

– D'accord. Comme ça, je pourrai m'acheter une montre comme la vôtre, ajouta-t-il avec un sourire d'envie, désignant la Breitling chronomat de Malko.

– Quel est votre plan ? Est-ce que le mieux n'est pas de partir par l'Adriatique ?

Balasevic réfléchit quelques instants.

– Non, fit-il. La seule région où on peut trouver un bateau à moteur qui nous emmène en Italie ou en Croatie, c'est du côté de Kotor, au Monténégro. Nous serions obligés d'y séjourner deux ou trois jours. Là-bas, il n'y a pas d'étrangers. Nous serons tout de suite repérés... La DB a des agents un peu partout et de nombreux hommes de Dragan viennent de cette région. En plus, Dragan tient tous les réseaux de contrebandiers vers l'Italie, ceux qui ont les bateaux...

– Et par la Macédoine ?

– Là, c'est l'armée qui garde la frontière.

Cela ne laissait pas beaucoup de possibilités... Toute la frontière ouest était une zone de guerre, hypersurveillée. Malko se représenta la courbe sinueuse du Danube, zigzaguant de la Hongrie à la Roumanie. Peut-être la solution.

– Et un bateau rapide ? suggéra-t-il.

Balasevic secoua la tête, découragé d'avance.

– Il faudrait un sous-marin. C'est la voie la plus surveillée. Non, il n'y a qu'une seule solution. Par la Hongrie.

Il déploya une carte et y posa son index, presque à la frontière avec la Hongrie.

– Il faut passer par la région de Subotica, la Voïvodina. Là-bas, je connais des passeurs qui exfiltraient en Hongrie tous les jeunes gens ne voulant pas aller combattre. Ils ont des combines avec les gardes-frontières serbes et hongrois. Ils emmènent des hommes et au retour rapportent des marchandises. Ils ne posent pas de questions. Seulement, il faut que j'aille moi-même là-bas parler à un passeur que je connais.

– Il sait qui vous êtes ?

Le détective eut un sourire malin.

– Non, bien sûr, mais l'année dernière j'ai eu des « clients » qui voulaient faire échapper leurs fils aux rafles de la Milicija. Alors, je me suis branché sur le problème. Quant aux Hongrois...

– Ne vous en faites pas pour les Hongrois, coupa Malko. Nous avons quand même quelques moyens. Nous serons attendus, de l'autre côté.

Malko examina la carte. Subotica était presque à michemin entre Belgrade et Budapest. Normalement, la route entre Subotica et Szeged, la première ville hongroise, longeait la frontière sur une quarantaine de kilomètres. La E 75. Balasevic posa son doigt à un endroit précis.

– C'est dans cette zone qu'on passera. Le long de la Tisa, il y a de la végétation et quelques sentiers utilisés par les pêcheurs. Peu de surveillance. Il n'y a aucun risque. On donne au passeur la moitié des billets avant, et le reste quand on est de l'autre côté.

– Et pour venir de Belgrade ?

– Il faut trois heures environ, mais nous n'irons pas d'une seule traite. Les passages se font à l'aube, ce qui obligerait à passer la nuit à Subotica. On pourrait se faire repérer, il n'y a pas beaucoup d'hôtels. Nous coucherons à mi-chemin, dans un endroit que je connais, complètement à l'écart de tout. Un ancien château transformé en hôtel, à mi-chemin entre Becej et Milesevo. Personne ne viendra nous y chercher. Il n'y a que des mafieux de Belgrade qui l'utilisent comme baisodrome élégant et discret. Inutile de réserver, il y a toujours de la place.

Malko se redressa, sa chemise de voile collée à son dos par la transpiration. La chaleur continuait à être inhumaine. Elle vous vidait le cerveau. Dusko Balasevic ne semblait pas en souffrir. Il replia soigneusements la carte.

– Je pars aujourd'hui à Subotica. Je vous recontacte demain soir à l'hôtel.

– Et Carla Bettega ?

– Je n'ai pas encore de réponse. J'ai donné deux cents Deutschemarks à un copain qui s'occupe des fiches d'hôtels, pour qu'il me trouve la sienne. J'ai parlé d'une histoire de divorce. Une femme que son mari veut retrouver. Je lui demande tout le temps des services de cet ordre.

– Pourvu qu'il la trouve vite, soupira Malko. Pour l'instant, elle est dans la nature, armée.

Balasevic ne semblait pas autrement inquiet.

– Dragan fait attention, il a toujours quatre ou cinq types autour de lui. Elle sera morte avant d'avoir sorti son arme.

*
**

Slavica Jelovac se regarda dans la glace. Elle avait particulièrement soigné son maquillage, agrandissant encore sa bouche, allongeant ses yeux au mascara. Ses cheveux noirs réunis en natte tombaient jusqu'au milieu de son dos.

Elle lissa sur sa poitrine le tee-shirt imprimé offert par Dragan. L'emblème de son groupe paramilitaire, une tête de tigre coiffée d'un béret noir avec la légende : *I am Serbian.* Son jean stretch jaune canari moulait ses fesses d'une façon agressive et sa taille était serrée dans une large ceinture. Elle avait tout de la fan qui s'est faite belle pour séduire son idole. Rassurée, elle sortit le Zastava CZ 89 de son sac pour le vérifier une dernière fois et ouvrit la porte de sa chambre.

On était jeudi matin, le jour où le criminel de guerre allait faire son marché. Il suffisait d'attendre à la terrasse du café, en face du *Moskva,* et de s'approcher au dernier moment en souriant. Slavica Jelovac entendait déjà le bruit exquis des détonations qui enverraient le « commandant » Dragan dans un monde meilleur.

Elle descendit le petit escalier crasseux en évitant de se frotter aux murs, et fut accueillie par le sourire admiratif de l'employé de la réception. Un Albanais du Kosovo, pauvre diable entretenant toute sa famille à qui elle avait déjà donné quelques dinars en échange de petits services. Elle tendit sa clef.

– *Dobar dan,* Ahmed, dit-elle.

– *Dobar dan, gospodja,* fit-il.

Son regard était bizarre. Il se pencha vers elle et souffla :

– J'ai l'impression que la police vous surveille.

Un flot d'adrénaline faillit faire éclater les artères de Slavica Jelovac.

– La police ? Pourquoi ?

– Un type est venu vous demander ce matin, dit-il, j'ai répondu que vous n'étiez pas là. Il avait l'air d'un flic. Ils n'aiment pas beaucoup les journalistes.

Le pouls de la jeune femme était à cent cinquante. Elle regarda autour d'elle.

– Il y a une autre sortie ?

– Non. Seulement celle-là. Mais vous pouvez remonter dans votre chambre. Il ne va pas attendre toute la journée.

Slavica Jelovac eut un sourire plein de défi. Elle ne pouvait pas attendre. Dragan ne venait faire ses courses qu'une fois par semaine.

– Ça ne fait rien ! lança-t-elle. Merci.

Elle franchit la porte de l'hôtel, la main dans son sac, les doigts serrés sur la crosse du Zastava, le regard protégé par ses lunettes noires. Elle les vit immédiatement. Ils étaient deux. Jeunes, en chemisette, mal habillés, des moustaches fines, des têtes de flics. Appuyés à une vieille Lada 1200 beige, ils surveillaient l'hôtel, sans se cacher. Si elle avait encore eu des doutes, ils furent immédiatement dissipés.

Le plus âgé s'avança vers elle avec un sourire.

– *Gospodja* Bettega ?

– *Da.*

– J'appartiens au MUP. Nous avons quelques questions à vous poser... Pouvez-vous venir avec nous ?

Il souriait, sûr de lui, admirant quand même la superbe femme. Slavica lui rendit son sourire.

– Bien sûr !

D'un mouvement plein de naturel, elle fit un pas en avant, tout en sortant la main droite de son sac. Elle eut le temps de voir le regard du policier vaciller, puis la détonation lui fit exploser les tympans. Sous le choc, l'homme fut rejeté en arrière, tomba contre la voiture, puis à terre, une grande tache de sang s'élargissant sur sa poitrine.

Le pouls en folie, Slavica pivota, visant le second policier en train de s'accroupir et tira de nouveau, au jugé.

Deux fois. L'homme disparut, comme une cible de foire, derrière la voiture. L'Albanais était sur le pas de la porte, médusé ! Elle passa devant lui, marchant à grandes enjambées, tourna à gauche place Nikole Pasica et se perdit dans la foule. Elle dut parcourir au moins deux cents mètres avant que la sensation d'étouffement ne la quitte.

Elle entra dans un couloir et fit semblant de consulter le tableau des sociétés. Son cerveau avait la danse de Saint-Guy. Impossible d'aller au rendez-vous dans cette tenue. Elle s'était habillée pour séduire Dragan, maintenant, cela se retournait contre elle. Entre le tee-shirt et le caleçon jaune canari, on la repérait à un kilomètre... Elle ignorait si les policiers étaient morts, mais l'Albanais allait donner son signalement. Dans quelques minutes, la Milicija et tout le MUP seraient à ses trousses. Leurs agents pullulaient dans le centre. Il fallait se cacher.

A mesure qu'elle passait en revue les différentes possibilités, une vague de fureur la submergea. Une seule personne pouvait l'avoir dénoncée : l'agent de la CIA ! Puisqu'elle ne pouvait accomplir ce pourquoi elle était venue à Belgrade, elle se vengerait sur lui. De toute façon, elle était traquée et sa liberté dans Belgrade n'excéderait pas quelques heures. Celles-ci devaient être bien employées...

Elle ressortit, un peu calmée, plus déterminée que jamais, s'attendant à chaque seconde à entendre une voiture de police. Elle entra dans un magasin de vêtements, au début de l'avenue Terazijé. Elle y acheta un tee-shirt blanc et un pantalon bleu qu'elle mit immédiatement. Ses anciens vêtements dans un sac, elle fit quelques pas. Cent mètres plus loin, elle aperçut l'entrée d'un cinéma qui jouait *Lepa Sela, Lepo Gore*, un film de guerre tout juste sorti. La caissière ne la regarda même pas. La salle presque vide n'était pas climatisée, mais Slavica se sentit bien.

Ou plutôt moins mal... Durant les premières minutes, dans un état second, elle ne prêta aucune attention au film. Partagée entre la rage et le désespoir. Bien sûr, elle aurait pu tenter de réaliser son plan en guettant le « commandant » Dragan. Mais, si la police était prévenue de son existence, il y avait de fortes chances que Dragan le soit aussi. Et se méfie. En plus, Belgrade devait grouiller de policiers à sa recherche. Il fallait laisser passer quelques heures.

Elle attendrait donc le soir pour se venger de l'agent de la CIA qui l'avait trahie.

Puisqu'elle ne pouvait tuer le « commandant » Dragan, c'est lui qu'elle allait éliminer.

CHAPITRE XII

Priscilla Clearwater faisait taire toutes les conversations sur son passage. Les clients du *Hyatt* n'avaient jamais vu de Black et encore moins de créature de cet acabit. Le port altier, les seins comme des obus, l'incroyable croupe callipyge, les longues jambes de gazelle... Elle traversait le hall, altière comme une princesse, escortée de Malko.

Ravi !

Celui-ci broyait du noir dans sa chambre lorsqu'elle lui avait téléphoné pour lui dire qu'elle l'attendait au salon de thé. Il ne pensait pas qu'elle accepterait son invitation du matin, après son changement d'attitude. Lui n'avait rien à faire, sinon prier, tant que Dusko Balasevic ne reparaissait pas, et l'exfiltration de Stefanovic organisée. Il avait trouvé, glissée sous sa porte, une invitation à un cocktail organisé par Radio B.92. Sur le verso, il y avait un seul mot tracé au stylo bille : Nada. C'était pour le surlendemain. Une façon de le relancer. Prier aussi pour que le « commandant » Dragan ne le trouve pas le premier. Quant à lui, il se savait menacé également. Les tueurs de Dragan risquaient de ne pas s'en tenir à leur première tentative... Cependant, il ne pouvait pas demeurer claquemuré dans sa chambre.

Lorsqu'il avait retrouvé Priscilla, elle lui avait dit bonsoir du bout des lèvres, comme s'ils se connaissaient à peine, les jambes symboliquements croisées. Il avait fallu trois « Original Margarita », dans lesquels le Cointreau et la tequila excédaient très largement le citron vert, pour que la jeune Black se dégèle. Elle s'ouvrait à présent comme un fruit mûr. La proposition de Malko d'aller dîner sur une péniche-restaurant, le *Dialogue,* avait achevé de lui redonner son air habituel. Celui d'une splendide salope.

Ils étaient presque arrivés en haut des marches menant au lobby inférieur lorsque Malko se crispa intérieurement, le regard fixé sur la porte tournante. Une femme venait de la franchir et, esquivant la matrone au détecteur de métal, fonçait vers lui. Avec son tee-shirt, son pantalon de toile informe et ses baskets, elle n'avait plus rien de la femme élégante avec qui il était allé dîner. Sauf le maquillage, presque trop voyant.

Elle marcha vers Malko, le visage crispé, le regard mauvais, la main droite enfoncée dans un sac de toile pendu à son épaule.

Malko s'arrêta et sentit son pouls s'affoler. Slavica Jelovac n'avait pas l'air animée de bonnes intentions. Que s'était-il passé ? Cela sentait la mégatuile...

Priscilla Clearwater avait vu, elle aussi, le manège de la nouvelle venue. Elle s'arrêta net.

– *Son of a bitch !* lança-t-elle, moitié en colère, moitié incrédule, vous avez donné rendez-vous à *deux* femmes en même temps !

Elle se dirigeait déjà vers la sortie. Malko lui attrapa fermement la main.

– *Hold it !* Ce n'est pas vraiment ça...

Slavica Jelovac venait de se planter devant lui. Sans sortir la main de son sac, elle lança d'une voix basse et contenue :

– Venez avec moi.

– Où ?

– Dehors.

– Que se passe-t-il ?

Il vit une lueur haineuse passer dans les yeux noirs de la Croate. D'une voix vibrante de rage, elle l'apostropha :

– Vous avez le culot de le demander ! Suivez-moi ou je vous tue ici. Maintenant ! J'ai déjà abattu deux policiers, je n'ai rien à perdre.

Malko lâcha la main de Priscilla, qui avait tout entendu.

– Retournez au salon de thé ! dit-il. Je vous y rejoins.

– Ça m'étonnerait ! fit à mi-voix Slavica Jelovac.

D'un geste rapide, elle envoya la main sous la veste de Malko, saisit la crosse du Zastava passé dans sa ceinture et l'en arracha pour le jeter dans son sac. Puis, d'un signe de tête, elle désigna la sortie du lobby.

– *Hajde !*

Malko ne voulut pas résister. Dans l'état où elle était, Slavica était capable de l'abattre sur place. Il fallait gagner du temps. Ils franchirent l'un derrière l'autre la porte donnant sur l'extérieur. Malko ralentit pour revenir à la hauteur de la Croate. Il sentit aussitôt le canon d'un pistolet s'enfoncer dans ses reins et entendit le « clic » caractéristique du chien qu'elle relevait.

– Vous m'avez empêchée de tuer Dragan, mais c'est vous qui allez payer ! fit Slavica Jelovac d'une voix sourde.

Ils se trouvaient sur le plan incliné longeant l'hôtel, là où se garaient les voitures. Personne en vue. Malko se retourna d'un coup. On tue moins facilement les gens de face. Sauf les assassins aguerris, ce qui n'était pas le cas de Slavica Jelovac. Celle-ci fit un bond en arrière, et tendit le bras !

– Tiens, salaud !

Le temps qu'elle lève le bras, Malko avait eu une fraction de seconde pour se déplacer de quelques centimètres. Il ressentit une brûlure au-dessus de l'oreille droite, lança son bras en avant, saisit à pleines mains le canon encore brûlant et poussa. Un vieux truc appris jadis à l'entraînement de Fort Mead. La culasse s'ouvrit, éjectant une cartouche. Il n'y en avait plus dans le canon.

Malko tordit l'arme, Slavica Jelovac poussa un cri de douleur et lâcha prise. Dans la foulée, gardant le pistolet en main, il entoura la taille de la jeune femme, la collant à la rambarde extérieure.

Les deux employés du *Hyatt* qui jaillirent dehors, alertés par le coup de feu, ne virent qu'un couple d'amoureux. Sans insister, ils regagnèrent le lobby. Heureusement, car Slavica Jelovac se débattait comme une furie, couvrant Malko de coups de pied et de poing. Il lui mit la main sur la bouche.

– Ne faites pas l'idiote. Je n'ai rien fait contre vous. Venez.

Il la tira littéralement jusqu'à sa Polo rouge, l'y fit monter après lui avoir arraché son sac et prit place à côté d'elle. Elle tremblait encore de fureur, un long trait de mascara lui striait la joue.

– Je vous aurai ! gronda-t-elle.

– Calmez-vous ! fit Malko. Que s'est-il passé ?

Il crut qu'elle allait exploser.

– Ce n'est pas vous qui m'avez envoyé les deux flics à l'hôtel, ce matin ?

– Quel hôtel ? J'ai perdu votre trace depuis que vous avez fui d'ici.

– *Dabogda crko !* (1) (Elle en bégayait.) C'est *vous* ! Mais c'est bien fait, je les ai abattus. J'aurais dû vous tirer dans le dos, tout à l'heure. Un salaud comme vous, c'est comme une bête immonde. On l'écrase. On le...

Elle ne trouvait plus ses mots, suffoquant de rage. Malko se sentit envahi d'un froid glacial. Une seule personne pouvait avoir envoyé des policiers à Slavica Jelovac : Dusko Balasevic. Celui-ci avait menti, en prétendant ne pas encore l'avoir trouvée...

Les policiers qui s'étaient présentés à l'hôtel de la Croate n'agissaient pas sans ordres... Les prolongements de cette trahison donnaient le vertige à Malko. Car si

(1) Que Dieu fasse que tu crèves !

Balasevic était de *l'autre* côté, tout le plan d'exfiltration était compromis.

Egosillée, Slavica Jelovac s'était tue. Malko la rattrapa au moment où elle tentait de sortir de la Polo, et la força à se rasseoir.

– C'est vrai, reconnut-il, c'est probablement à cause de moi que ces policiers vous ont retrouvée.

– Ah, vous avouez ! exulta-t-elle.

– Je n'avoue rien du tout, répliqua Malko. J'ai été manipulé. Je voulais vous retrouver, pas vous faire arrêter.

Sans rien omettre, il s'expliqua, ce qui ne la calma pas.

– Présentez-moi ce Balasevic ! fit-elle. Que j'entende ça de sa bouche, sinon, je ne vous crois pas !

Malko lui jeta un regard de commisération.

– Vous êtes folle ! Si mes soupçons sont fondés, il travaille *pour* Dragan et pour la DB.

– Bien. Alors rendez-moi ce pistolet et laissez-moi tuer Dragan.

– Non, fit Malko, j'ai des raisons impérieuses de garder Dragan vivant, du moins pour le moment. Des raisons que je ne peux pas vous donner...

– Ça veut dire quoi, « pour le moment » ?

– Une semaine ou deux.

Ensuite, la manip effectuée, Dragan ne serait plus utile, vivant. Au contraire...

Slavica Jelovac le regarda longuement, encore pleine de méfiance, et tendit la main.

– *Dobro.* Rendez-moi le pistolet.

Malko sourit.

– Non, fit-il gentiment. Il ne faut pas tenter le diable, et puis, ce n'est pas le problème immédiat. Que comptiez-vous faire après m'avoir tué ?

– Je ne sais pas, avoua-t-elle.

Sa voix était moins ferme et il la sentit près de s'effondrer psychologiquement. Il fallait coûte que coûte la mettre à l'abri de la police, même si son sort ne le concernait pas directement. Il eut soudain une idée. Pas facile à mettre en œuvre, mais c'était une solution, au moins provisoire.

– Si vous restez à Belgrade, fit-il, la police vous retrouvera très vite. Il y a des mouchards partout. Moi-même, je suis surveillé. Il faut vous cacher pendant quelques jours.

– Au *Hyatt* ?

– Non, bien sûr, mais j'ai une idée. Attendez dans la voiture et ne commettez pas l'idiotie de vous enfuir. Sauf si vous avez envie de passer quelques dizaines d'années dans une prison serbe. Au mieux.

Il sortit, après avoir glissé les deux Zastava dans sa ceinture. Un devant, un derrière. Il se retourna deux fois : Slavica Jelovac, tassée sur le siège avant de la Polo, ne bougeait pas. En revanche, Priscilla Clearwater bouillait de fureur lorsqu'il la retrouva devant un Defender « Very Classic Pale » avec très peu de glaçons. Elle lui lança à voix basse :

– *You son of a bitch ! Fucking bastard ! You give two fucking dates at two differents girls ! You're a fucking chauvinist pig. I should have known !* (1)

Pour une secrétaire de diplomate, elle parlait comme un voyou de Harlem... Déchaînée.

– *Stop that crap !* (2) répliqua Malko, adoptant son langage, à voix basse. Ce n'est pas ça du tout. Je voulais vous poser une question. Vous habitez seule ?

– Oui.

– On pourrait aller chez vous tous les trois ?

Il crut que la Black allait lui arracher les yeux. Elle lui jeta un regard horrifié.

– *Pervert ! You want to fuck both of us ! Monster !* (3)

(1) Fils de pute ! Vous donnez deux putains de rendez-vous à deux filles différentes ! Vous êtes un putain de cochon de chauviniste. J'aurais dû m'en douter !

(2) Arrêtez vos conneries !

(3) Pervers ! Vous voulez nous baiser toutes les deux ! Monstre !

Malko la força à se rasseoir. Et se mit à chuchoter à son oreille des explications rassurantes. Le garçon apporta un second Defender qu'elle vida d'un coup, comme dans un saloon, en tapant le verre sur la table. Elle était hors d'elle. Il fallut à Malko près de vingt minutes d'explications pour la calmer.

– C'est pour la *Company,* conclut-il. Cette femme est poursuivie par les services serbes, il ne faut à aucun prix qu'elle tombe entre leurs mains.

– OK, fit-elle, si M. Oldcastle m'en donne l'ordre, je le ferai.

– Aucun problème. Nous allons le voir à sa résidence, à Dedinjé.

Il signa l'addition et entraîna l'Américaine dehors. Avant d'arriver à la voiture, elle s'arrêta brutalement.

– On ne peut pas aller voir M. Oldcastle.

– Pourquoi ?

– Je ne veux pas dire que nous avions rendez-vous. Tant pis, je vous fais confiance...

– Vous pouvez, assura Malko, il vous le confirmera demain, au bureau.

Slavica Jelovac n'avait pas bougé. Malko fit les présentations avant d'expliquer son plan. Les deux femmes évitaient de se regarder, figées dans leur méfiance réciproque. Malko avait hâte d'arriver à l'appartement de Priscilla Clearwater. Circuler avec Slavica Jelovac dans sa voiture était un risque énorme. Le moindre barrage de la Milicija et cela se terminait en catastrophe.

Heureusement, le trajet se passa sans problème. Priscilla Clearwater habitait Marta Bojica, une petite rue calme après la poste centrale. Il ne se détendit vraiment qu'une fois dans l'immeuble. Il y avait une chambre et un living, sans charme. Des posters au mur de Magic Johnson et de Jack Nicholson. Plus une superbe photo de Priscilla nue, dans une pose alanguie... Slavica Jelovac y jeta un regard dégoûté et se laissa tomber dans un fauteuil.

– J'ai soif !

La Black lui apporta une bouteille d'eau minérale qu'elle vida presque entièrement. Malko inspectait les lieux. Il n'y avait *qu'un* lit et rien qui ressemble à un divan.

– Priscilla, dit-il, le mieux serait que vous reveniez avec moi au *Hyatt*. Du moins pour ce soir...

L'Américaine sursauta.

– Mais je ne veux pas... Je veux dormir chez moi.

Slavica Jelovac s'enflamma à son tour.

– Moi, je ne veux pas dormir dans le même lit que cette...

Elle s'arrêta net. Malko, sentant venir les problèmes, se hâta d'éteindre l'incendie, en changeant de sujet :

– Vous avez de quoi manger ici ? demanda-t-il à Priscilla.

– Non.

Nouveau problème. Malko essaya de se remémorer le plan du quartier. Sortir avec Slavica Jelovac était un risque mais il ne pouvait pas transformer cet appartement en radeau de la Méduse... Il pensa au *Madera*. C'était à une centaine de mètres, ils pouvaient s'y rendre à pied.

La Milicija n'arrêtait que les véhicules.

*
**

Slavica Jelovac avait dévoré son « mixed-grill », spécialité belgradoise, alors que Priscilla Clearwater touchait à peine au sien. La terrasse du *Madera* était plutôt animée et personne n'avait prêté attention à eux. Le service d'une lenteur abominable avait permis à Malko de réfléchir, sans qu'il trouve de solution vraiment satisfaisante. Les deux femmes s'observaient avec moins d'hostilité grâce au rouge à 14 degrés du Monténégro. Pour achever de détendre l'atmosphère, Malko demanda au garçon de lui apporter du cognac. Il revint avec une bouteille de Gaston de Lagrange XO vendu au poids de l'or. Le cognac français était la coqueluche des pays de l'Est. Malko attendit que les deux femmes aient terminé leur verre pour dire d'un ton innocent :

– Il faudrait aller se coucher.

Un silence de mort lui répondit, puis Slavica Jelovac, détendue par l'alcool, proposa :

– Moi, je peux dormir dans un fauteuil, pour une nuit.

Le problème c'est qu'il ne s'agissait pas seulement d'une nuit...

Priscilla Clearwater, renfrognée, ne semblait pas convaincue par la solution du fauteuil. Malko revint à la charge :

– Priscilla, vous m'avez dit vous-même ne pas dormir à cause du manque de clim dans votre appartement. Au *Hyatt,* vous dormiriez mieux.

– Pas avec vous ! fit-elle sèchement. Et je reçois souvent des coups de fil la nuit, avec le décalage horaire. Je dois être là.

– Je peux aller au *Hyatt,* proposa Slavica Jelovac.

Ce fut au tour de Malko de s'enflammer :

– Arrêtez les idioties ! dit-il à voix basse. Vous avez envie d'être réveillée par la police ? Vous ne pouvez aller que dans un *seul* endroit, ce soir : chez Priscilla.

Le silence retomba. Il en profita pour payer l'addition. Les deux femmes se regardaient en chien de faïence. Slavica Jelovac bâilla.

– Je n'en peux plus, il faut que je dorme.

– Allons chez Priscilla, suggéra Malko.

Le trajet ne prit pas assez longtemps pour qu'une solution soit trouvée. La chaleur persistait, inhumaine... Ils se retrouvèrent dans le petit appartement, où les fenêtres ouvertes n'arrivaient pas à faire baisser la température. Avec un soupir, Slavica Jelovac se dirigea vers la chambre et s'allongea sur le lit.

Trente secondes plus tard, elle dormait... Cela se voyait à son abandon et à sa respiration. Allongée sur le ventre, elle n'entendit même pas les cloches de l'église voisine sonner les douze coups de minuit. Malko suffoquait. De chaleur et de fureur. Il apostropha Priscilla à voix basse :

– Vous étiez d'accord, au *Hyatt,* pour lui donner l'hospitalité. C'est une question de vie et de mort, pas un jeu.

Elle baissa la tête, butée.

– C'est vrai, mais je n'avais pas réfléchi. Je ne peux pas dormir au *Hyatt.* Mon fiancé doit m'appeler cette nuit pour me dire s'il prend le vol Air France New York-Paris après-demain, avec la correspondance pour Belgrade à l'arrivée. Il s'arrête juste deux heures à Roissy. Je dois être là. Et puis ça me dégoûte un peu de dormir avec elle.

– Eh bien, je vais rester aussi, suggéra-t-il. Je me mettrai entre vous deux, comme ça, vous ne risquerez pas de la toucher...

– Je... Je n'ai jamais fait cela, protesta-t-elle. C'est immoral.

– Mais non, dit Malko. C'est un concours de circonstances. Qui ne nous empêche pas, *nous,* de...

Tout en parlant, il s'était mis à lui caresser la poitrine, descendant rapidement beaucoup plus bas. Au moment où sa main se glissait entre les cuisses de Priscilla, celle-ci eut un violent sursaut.

– Non ! Elle va nous voir !

Slavica Jelovac dormait à poings fermés, sur le ventre.

– Elle dort, dit Malko à voix basse.

Il en profita pour pousser son avantage. Cette fois, elle ne se défendit pas, tandis qu'il atteignait son sexe, découvrant du même coup son hypocrisie... Elle était inondée. L'idée de faire l'amour en présence d'une autre femme la transformait en fontaine ! Seulement, pour rien au monde, elle n'aurait voulu l'avouer.

Honnêtement, cela ne déplaisait pas non plus à Malko, tout en résolvant son problème. Une manière de joindre l'agréable à l'utile. Il continuait à fourrager entre ses cuisses, tandis qu'il relevait sa jupe, puis ôtait son slip de dentelle. Priscilla Clearwater se tortillait mais ne cherchait pas vraiment à lui échapper, tournant parfois la tête vers la chambre où Slavica Jelovac dormait toujours...

Malko avait oublié l'air poisseux de chaleur. Il posa le pistolet encore glissé dans sa ceinture sur un guéridon, et se déshabilla en un clin d'œil. Priscilla, immobile, les yeux clos, semblait en catalepsie. Elle se réveilla quand Malko glissa un genou impérieux entre ses cuisses qui s'ouvrirent sans résistance.

La position était incommode, mais la jeune femme était si excitée qu'il parvint à s'enfoncer dans son ventre d'une seule traite. Comme ils glissaient tous les deux sur le plancher ciré, il se retira, la prit par la main et la tira vers le lit. Il la força à s'agenouiller sur le tapis du côté opposé à celui où dormait Slavica Jelovac. C'est dans cette position infiniment plus pratique qu'il l'emmancha jusqu'à la garde, s'enfonçant voluptueusement entre les fesses callipyges.

Priscilla s'aplatit sur le drap comme une flaque, les deux mains accrochées au tissu, tandis que Malko la besognait lentement. Il se pencha à son oreille pour chuchoter :

– Essaie de ne pas faire de bruit, sinon elle va se réveiller.

A un mètre cinquante d'eux, la jeune Croate dormait béatement... Priscilla poussa une suite de soupirs et ses hanches furent secouées d'une houle puissante, tandis qu'elle mordait le drap. L'évocation de Malko avait suffi à la faire jouir. Celui-ci savait désormais qu'il pouvait lui faire n'importe quoi... Il ne s'en priva pas. Quand la Noire le sentit se retirer pour se disposer plus haut, elle chercha désespérément et silencieusement à lui échapper. En vain...

Malko viola l'ouverture de ses reins avec une lenteur voluptueuse, profitant de chaque millimètre. Ensuite, il la sodomisa jusqu'à ce que les cloches de l'église Vercernija Cena sonne le quart d'heure. Il ne s'arrêta que lorsque Slavica se retourna dans son sommeil. Ils étaient inondés de sueur tous les deux. Quand il explosa entre les reins de Priscilla, ce fut comme s'il se vidait de toute son énergie. Il s'arracha enfin à elle et gagna la salle de bains comme un marin ivre. Ce n'est que sous la douche qu'il reprit un peu ses esprits. Quelle soirée...

La sale petite idée le taraudait, l'empêchant de se détendre vraiment : Dusko Balasevic était peut-être un traître et *ça,* c'était une très mauvaise nouvelle. Il avait mis le doigt dans le cloaque yougoslave et s'était fait mordre... Il ressortit de la douche, enroulé dans une serviette. Priscilla n'avait pas bougé, tassée sur la descente de lit. En le voyant, elle se releva, lui jeta un regard plein de reproches.

– Tu te rends compte de ce que tu m'as fait faire ? dit-elle à voix basse. Tu es un pervers...

Sans lui répondre, il s'allongea au milieu du lit, toujours enroulé dans sa serviette. Avec un regard noir, Priscilla Clearwater disparut dans la salle de bains. Quand elle revint, ses formes somptueuses étaient enveloppées dans une longue chemise de nuit d'un blanc virginal.

Elle s'allongea et éteignit sans un mot. Pour ce soir, les problèmes étaient réglés. Mais le lendemain serait dur, quand il faudrait régler le cas Balasevic.

*
* *

Tous les quarts d'heure, la cloche de l'église Vercernija Cena faisait sursauter Malko. Il avait toujours eu horreur de cette espèce de glas. La chaleur était toujours aussi insupportable et il était trempé de sueur. Le choix était simple : soit fermer la fenêtre et c'était dix degrés de plus ; soit la laisser ouverte et c'étaient les cloches et les trams qui couinaient toutes les cinq minutes...

Priscilla, allongée sur le ventre, cuvait sa honte et ses orgasmes. Il se retourna et crut rêver. Slavica Jelovac le regardait avec un demi-sourire, couchée sur le côté. Pendant que Malko dormait, elle avait ôté son tee-shirt et son pantalon, ne gardant qu'un soutien-gorge d'où débordait sa poitrine généreuse et un minuscule slip noir. Ils se fixèrent plusieurs secondes, rigoureusement immobiles, puis la Croate allongea doucement le bras et glissa une main sous la serviette qui enveloppait Malko de la taille aux genoux... Il sentit les doigts se refermer sur sa virilité et commencer un va-et-vient voluptueux.

Il eut un choc. Après la scène de la soirée, c'était surréaliste. Il tourna la tête. Priscilla dormait toujours. La situation était si excitante qu'il se mit à bander immédiatement. Slavica fit glisser la serviette et son membre se dressa, rigide comme une barre de fer. Les longs doigts continuaient leur manège. Le silence était absolu, sauf les tramways et quelques voitures. Malko retenait son souffle. L'érotisme, c'était bien, mais il avait impérieusement besoin de la collaboration de Priscilla Clearwater. Et si elle ouvrait un œil...

Il crut que Slavica allait se contenter de cette aimable et discrète manipulation, pour ne pas risquer de réveiller Priscilla, mais son espoir fut de courte durée. Sans le lâcher, elle se tortilla sur le drap, pour ôter son slip d'une seule main. Ensuite, elle resserra sa prise sur Malko, l'attirant sournoisement vers elle. S'il résistait, il allait faire bouger le lit... Il se déplaça latéralement, comme un crabe, s'éloignant de Priscilla. Dès qu'il fut au contact de Slavica, celle-ci bascula sur le dos et ouvrit les jambes dans un geste sans équivoque, l'attirant sur elle. C'était fou.

Si fou qu'il en oublia toute prudence. A peine fut-il sur elle qu'elle se cambra, faisant jaillir ses seins de son soutien-gorge. Sa bouche s'écrasa contre celle de Malko pour un baiser violent, sauvage, prolongé. Il la sentait trembler. Son bassin bascula et il n'eut presque rien à faire pour se retrouver au fond de son ventre.

Enfoncé jusqu'à la garde, il resta immobile, surveillant Priscilla du coin de l'œil. Slavica le serrait de toutes ses forces, sans cesser de l'embrasser. Il commença à bouger très doucement, pour ne pas ébranler le lit, se retenant de toutes ses forces de défoncer cette femme magnifique qui pensait le tuer quelques heures plus tôt. Slavica arracha sa bouche de la sienne et chuchota :

– Baise-moi vraiment ! Fort.

Impossible. Il continua lentement, se retirant presque entièrement, puis revenant au fond. Elle haletait, les pointes de ses seins se dressaient sur sa poitrine comme des petits sexes. Soudain, il la sentit balayée par une houle puissante. Arc-boutée, elle souleva presque Malko et jouit avec un grognement sauvage, déclenchant du même coup son plaisir à lui.

Malgré leurs précautions, ils firent un peu de bruit... Il sentit, sans la voir, Priscilla bouger et s'arracha de Slavica, retombant sur le dos au milieu du lit. Il se cogna presque à la Noire, qui, sentant la chaleur de son corps, envoya un bras au hasard et heurta son sexe encore érigé. Malko retint son souffle. Elle allait s'apercevoir qu'il venait de faire l'amour... Mais la main glissa sur son ventre, Priscilla se retourna et poussa ses fesses cambrées contre son érection.

Il resta figé, attentif, puis la Noire retomba dans un sommeil profond.

Sa montre indiquait cinq heures et il faisait un peu plus frais. Il n'osait pas se retourner vers Slavica. Celle-ci lui caressa le dos, puis il bascula dans le sommeil.

*
**

La lumière éblouissante du jour avait réveillé Malko très tôt. Le téléphone n'avait pas sonné. Les deux femmes dormaient chacune dans leur coin, recroquevillées en chien de fusil. Il se leva et fila dans la salle de bains. Quand il revint, elles étaient réveillées. Priscilla se leva d'un bond, jeta un coup d'œil mauvais à Slavica uniquement vêtue de son soutien-gorge. Malko la suivit dans la salle de bains et elle lui adressa un regard noir.

– Tu l'as baisée, elle aussi ?

– Tu es folle ! protesta-t-il.

– Elle est à poil.

– Elle a dû avoir chaud. Ecoute, il faut qu'elle reste ici, ne lui fais pas la gueule. Je vais voir Larry Oldcastle ce matin. Il y a des décisions à prendre.

Le regard de Priscilla vacilla.

– Tu ne vas pas lui raconter ?

– Non. Je lui expliquerai que je t'ai appelée en catastrophe. Et que je suis retourné dormir au *Hyatt.*

Cinq minutes plus tard, il se mettait au volant de la Polo rouge, emportant les deux pistolets. Il avait jusqu'au soir pour trouver une solution au problème Balasevic.

*
**

Larry Oldcastle tiraillait sa moustache comme s'il avait voulu en arracher chaque poil, laissant sa Gauloise blonde se consumer entre ses doigts. Et encore, il ne savait pas tout ! Il déplia la « une » de *Nasa Borba.* La manchette était occupée en entier par l'affaire Carla Bettega. Sa photo, tirée d'un passeport, et celles des deux policiers s'y étalaient. L'un était mort, l'autre blessé grièvement. La Milicija déclarait que les services de contre-espionnage avaient découvert que le passeport de la jeune femme était faux et qu'on recherchait sa véritable identité. Larry Oldcastle posa le journal.

– Vous réalisez dans quelle merde nous sommes ? Cette femme se trouve au domicile de *ma* secrétaire. Une citoyenne américaine, jouissant de l'immunité diplomatique.

Malko ne se laissa pas démonter.

– J'ai agi au mieux, maintint-il. Il ne fallait pas qu'elle tombe entre les mains de la DB.

– Pourquoi ?

– Elle est au courant de notre manip.

L'Américain secoua la tête.

– Vous avez tort. Elle ne peut pas nuire. Le seul en position de tout faire craquer est Balasevic. Il faut qu'elle se débrouille elle-même. De toute façon, elle n'a plus d'arme, donc, elle n'est plus dangereuse. Il faut lui faire quitter l'appartement de Priscilla Clearwater.

Malko le fixa, furibond.

– Il n'en est pas question, pour l'instant elle reste où elle est. Sinon, c'est moi qui abandonne cette affaire...

– Vous êtes fou ! balbutia Larry Oldcastle, pris à contrepied.

– Non, fit Malko, écœuré. Cette femme ne cherche qu'à abattre un homme qui mérite vingt fois la mort. Nous n'allons pas la livrer à la police serbe.

– Qu'allez-vous en faire ?

– Si on peut exfiltrer un criminel de guerre comme Milomir Stefanovic, on peut aussi exfiltrer Slavica Jelovac... Quand Stefanovic sera en sécurité, je m'en occuperai moi-même.

Larry Oldcastle, accablé, protesta :

– Vous êtes insensé ! Si vous vous faites prendre avec elle, je ne pourrai *rien* pour vous.

– Je ne vous demande rien, fit sèchement Malko. Laissons Slavica Jelovac où elle est. Nous avons un autre problème. Il va falloir assurer nous-mêmes l'exfiltration de Stefanovic. Tout en laissant croire à Balasevic qu'il n'en est rien.

– Vous êtes *sûr* qu'il vous a trahi ?

Malko haussa les épaules.

– Non. Mais il y a de fortes présomptions. De toute façon, il va être obligé de s'expliquer. L'histoire est dans tous les journaux.

– Quand le voyez-vous ?

– J'attends qu'il m'appelle... Mais Stefanovic attend aussi. A chaque seconde, il peut être découvert.

– Je vais rappeler La Haye, promit l'Américain. Secouer un peu les Hollandais.

*
**

Malko, épuisé après sa nuit blanche, avait somnolé presque trois heures dans la fraîcheur du *Hyatt.* Il ne voulait pas aller chez Priscilla au cas où il serait suivi. Certain que Slavica, calmée, n'allait pas se risquer dehors, il tournait et retournait dans sa tête le cas Balasevic. Si le détective était un agent double de la SDB, il était mal. Le téléphone le fit sursauter.

– *Dobrovece,* fit la voix calme de Dusko Balasevic. Je suis content de vous trouver là. On peut se voir ?

– Bien sûr, dit Malko. Où ?

– Il y a une terrasse ombragée, place Nikole Pasica. Dans une demi-heure. J'ai des choses importantes à vous dire. Pas seulement à propos de mon voyage.

Il avait déjà raccroché.

Malko eut beau conduire lentement, il arriva le premier au rendez-vous et dut patienter en regardant tourner les aiguilles de sa Breitling. Balasevic surgit à pied, sa sacoche à l'épaule et, à peine assis, lança à Malko :

– Vous avez vu les journaux ?

– Oui, fit Malko. Vous m'aviez dit que votre ami cherchait Carla Bettega *uniquement* pour vous.

Dusko Balasevic alluma une cigarette. Il semblait très contrarié.

– Je le croyais aussi, fit-il. Ce salaud m'a trahi. Je n'ai pas pu le joindre. Il n'a pas le téléphone chez lui. Mais il est le seul à avoir pu donner l'adresse de cette Carla Bettega à la Milicija.

– Pourquoi ?

Le détective eut un sourire contraint.

– Si je le savais... Il a dû être imprudent. Comme j'étais en Voïvodina, il n'a pas pu me joindre. Carla Bettega est dans la nature, mais la DB ne tardera pas à la retrouver. D'ailleurs, si vous êtes d'accord, je vais faire prévenir Dragan de se méfier. En lui donnant son signalement.

Malko ne répondit pas. Le détective semblait vraiment plein de bonne volonté. Il commençait à être ébranlé... Et si c'était juste une fausse manœuvre ? Balasevic semblait parfaitement sincère... Malko l'entendit demander :

– Elle ne vous a pas contacté, bien sûr ?

– Non, assura Malko. Pourquoi l'aurait-elle fait ?

Le policier hocha la tête.

– C'est vrai. Je vais faire passer le message à la DB pour Dragan. C'est une histoire fâcheuse, mais qui n'aura pas de conséquences, j'espère.

Son sourire réapparut et il reprit :

– Heureusement, il y a de bonnes nouvelles. J'ai tout arrangé. Nous pouvons faire passer Milomir Stefanovic en Hongrie.

Malko lui adressa un sourire mécanique.

C'était la solution ou un piège diabolique ?

CHAPITRE XIII

– Donnez-moi des détails, demanda Malko.

– J'ai rencontré le passeur que je connais, expliqua le détective. Il a accepté pour deux mille Deutschemarks payés d'avance. Nous n'aurons même pas à aller jusqu'à Subotica. Il viendra nous chercher au château de Jezero avant l'aube. Il emmènera Milomir Stefanovic dans sa voiture.

– Par où va-t-il passer ?

– Un sentier dans la forêt, où il n'y a pas de gardes-frontières. Ensuite, il rejoindra Szeged. Il faut simplement lui donner le rendez-vous avec vos amis de l'autre côté.

Malko tiqua.

– Donc, nous le laisserons à plus de cent kilomètres de la frontière. Et s'ils se font intercepter ? Il y a des barrages de la Milicija partout.

Balasevic sourit. Sûr de lui.

– Mon ami connaît tout le monde. Et puis, ils ne contrôlent pas les gens, seulement les cargaisons ou les véhicules. Mais si vous voulez, nous pourrons les suivre. Enfin, presque jusqu'au bout.

– Je veux franchir la frontière avec lui, précisa Malko. Il est hors de question de le laisser seul. Je n'ai pas envie qu'il me glisse entre les doigts.

Visiblement, cette exigence ne plut pas à Dusko Balasevic, mais il n'osa pas s'y opposer ouvertement. Peu à peu, l'angoisse de Malko se dissipait. Le détective semblait surtout désireux de gagner ses cinq cent mille Deutschemarks... Après tout, l'épisode Slavica Jelovac pouvait être une bavure, provoquée par l'employé à qui Balasevic s'était adressé, peut-être désireux, lui aussi, de gagner un peu d'argent. Pour bien « verrouiller » le détective, Malko ajouta :

– Vous n'aurez l'argent qu'une fois Stefanovic de l'autre côté...

– Bien sûr, acquiesça Balasevic sans la moindre hésitation.

Malko le fixa droit dans les yeux.

– S'il y avait le plus petit problème, ce n'est pas de l'argent que vous auriez, mais deux balles dans la tête.

Dusko Balasevic ne broncha pas.

– Il n'y aura aucun problème, affirma-t-il. Ratko est un type sûr. Quand pouvons-nous partir ? Le plus tôt sera le mieux. Il faut quitter Belgrade par l'autoroute de Zagreb, vers six heures, c'est le moment où il y a le plus de circulation, donc pas de contrôles de la Milicija. Nous coucherons au château de Jezero et Ratko viendra nous y chercher dans la nuit. On peut partir demain. Il suffit que je laisse un message à Ratko dans un café de Subotica.

Malko effectua un rapide calcul. Le lendemain, il avait rendez-vous avec Nada Badanjak à une réception de Radio B.92, à partir de dix-neuf heures. Cela remettait le départ au surlendemain, si tout allait bien !

– Après-demain, annonça-t-il. Vous êtes certain qu'il n'y a aucun risque ?

– Aucun.

Dusko Balasevic s'ébroua avec un sourire d'excuses.

– Je suis un peu fatigué. Ma voiture ne va pas très vite... Si vous êtes d'accord, nous nous retrouverons après-demain à cinq heures du soir en bas de mon bureau, et nous partirons directement.

Il se leva et s'éloigna vers Terazijé. Malko se dit qu'en

dépit des risques, il ne pouvait pas se permettre de refuser la proposition du détective. Les atermoiements du TPI pouvaient durer encore longtemps et Dragan finirait bien par mettre la main sur Milomir Stefanovic.

*
**

Quand Nada Badanjak vit entrer dans son magasin d'exposition les deux hommes, elle sut tout de suite qu'ils ne venaient pas acheter une voiture. Ils portaient à la ceinture des portables, leur allure était inquiétante comme leur visage carré et froid, leur regard sans expression. L'un avait le crâne rasé et les yeux très bleus, l'autre une tête de tueur avec des arcades sourcilières boursouflées de cicatrices et un menton de caricature. Celui-là s'approcha en hurlant :

– Nada Badanjak ?

La jeune femme ne se laissa pas intimider.

– *Da, zasto* (1).

– Notre chef, le « commandant » Dragan, voudrait vous parler.

Elle s'était doutée de quelque chose de semblable en les voyant entrer. Mais la fureur prit le pas sur la peur.

– Il n'a qu'à venir ! lança-t-elle.

Les deux hommes se regardèrent. Visiblement, ils ne s'étaient pas attendus à cette réaction. Presque humblement, Drazen Ivanovic insista :

– Nous ne pouvons pas désobéir. C'est un ordre.

– *Jebo tebe !* (2) lança Nada Badanjak. Si vous touchez à un de mes cheveux, mon père vous tuera tous.

L'insulte fit bondir Momcilo Kovak. Sans réfléchir, il attrapa Nada Badanjak par le bras gauche et avec le droit la ceintura, la soulevant du sol.

(1) Pourquoi ?
(2) Va te faire enculer !

– *Majky ti !* (1) lui lança-t-il, et il sortit du magasin d'exposition en la tenant à vingt centimètres du sol.

Une Pajero noire était garée juste en face, au bord du trottoir. Nada hurla, mais c'était déjà trop tard, elle se trouvait au fond de la voiture qui démarra aussitôt, conduite par un troisième homme. Momcilo Kovac serra son énorme patte autour de la gorge de la jeune femme en grondant :

– Si on n'avait pas des ordres, tu serais déjà crevée, petite salope.

Nada lui jeta un regard haineux, des larmes plein les yeux. Dès qu'il relâcha son étreinte, elle lança d'une voix vibrante de haine :

– *Jebo ti pas mater u dure !* (2) Mon père vous tuera ! Tous !

Il y avait tant de rage dans sa voix que le conducteur se retourna. Drazen Ivanovic commençait à se demander s'il n'avait pas fait une connerie. Les menaces de la jeune femme n'étaient pas des paroles en l'air. Celle-ci, recroquevillée sur la banquette, ne disait plus rien. Ils remontaient vers le grand boulevard Srpskih Vladara.

Pour détendre l'atmosphère, Drazen Ivanovic dit d'un ton d'excuses :

– Le chef n'en a pas pour longtemps. Tu seras de retour dans une heure.

Nada Badanjak ne répondit même pas. Ils arrivaient à la place Dimitrija Tucovica et le conducteur dut stopper à l'entrée du rond-point, pour laisser la priorité à des voitures déjà engagées.

En une fraction de seconde, Nada Badanjak ouvrit la portière et sauta dehors. Elle traversa la chaussée sans voir un camion qui sortait du rond-point à vive allure, en direction du centre. Son conducteur n'eut même pas le temps de freiner. Le pare-chocs massif heurta Nada à l'épaule,

(1) La putain de ta mère !
(2) Que ta mère se fasse enculer par un chien !

la projetant violemment sur la chaussée. De l'intérieur de la Pajero, Drazen Ivanovic entendit le bruit de la boîte crânienne qui se brisait. La jeune femme resta étendue au milieu de la chaussée, une large tache de sang s'élargissant autour de sa tête.

Tuée sur le coup.

Le camion freina à mort et s'arrêta trente mètres plus loin. Les trois hommes de Dragan sentirent le sang se retirer de leur visage. Drazen et Momcilo échangèrent un bref regard.

– On l'emporte ! fit Drazen.

Ils sautèrent de la Pajero, coururent jusqu'au corps étendu. Momcilo Kovac souleva le cadavre sans effort et le jeta dans la Pajero. Quand le chauffeur du camion arriva en courant sur les lieux de l'accident, il n'y avait plus qu'une tache de sang sur le goudron brûlant.

*
**

Lorsque le « commandant » Dragan vit arriver Momcilo Kovac, il sentit immédiatement qu'il y avait un problème.

– Où est la fille ? lança-t-il.

Il s'était résolu à cette démarche risquée à la suite d'informations précises reçues de vieux amis à la SDB. Il lui fallait coûte que coûte retrouver Milomir Stefanovic. Son idée était de proposer à sa « fiancée » une entrevue de réconciliation, à l'issue de laquelle il monterait une manip pour s'en débarrasser.

– Il y a eu un accident, bredouilla Drazen Ivanovic. Elle est morte.

Le « commandant » Dragan sentit le sang se retirer de son visage. Ces imbéciles venaient de dresser contre lui l'homme le plus puissant de Belgrade.

– Quel accident ? hurla-t-il.

Drazen Ivanovic expliqua tant bien que mal. Ivre de fureur, Dragan marcha sur lui et lui lança :

– *Goni se u picku materim !* (1)

Il le gifla à toute volée, continuant à coups puissants jusqu'à l'acculer contre le mur du fond du salon de thé. La glace lui renvoya l'image d'un visage crispé de fureur, presque aussi rouge que la belle chemise Versace qui moulait son torse puissant. Drazen Ivanovic se laissait frapper, blême, terrorisé. Quand il vit son chef poser la main sur la crosse du 44 Magnum glissé dans sa ceinture, il crut sa dernière heure venue. Mais Dragan se calma d'un seul coup.

– Allez planquer le corps ! dit-il, qu'on ne le trouve pas tout de suite.

Drazen Ivanovic se hâta de filer sans demander son reste. Dragan s'assit dans un coin du salon de thé, prit la grosse croix orthodoxe en or qui pendait à son cou et la baisa. Pour conjurer le sort. L'erreur de ses subordonnés lui causait un problème supplémentaire qu'il lui fallait résoudre d'urgence.

*
**

Larry Oldcastle avait son visage des mauvais jours. Il tirait sur sa Gauloise blonde en regardant la photo de lui où il brandissait une batte de base-ball. Malko était dans son bureau depuis quarante-cinq minutes et ils n'arrivaient pas à se mettre d'accord. Une nouvelle fois, l'Américain suggéra :

– Faites patienter Balasevic. J'attends une minute à l'autre la réponse du TPI. Elle sera sûrement positive. A ce moment, nous mettrons sur pied une exfiltration avec nos propres moyens. Sans prendre aucun risque. Bien sûr, cela prendra quelques jours, mais Stefanovic est en sécurité, non ?

– Je l'espère, soupira Malko. Mais une fois qu'on aura

(1) Retourne dans le con de ta mère !

promené Balasevic, il saura que nous ne lui faisons plus confiance. Nous n'aurons pas de solution de rechange.

L'Américain prit sa décision avec un gros soupir.

– Tant pis, vous démontez. C'est un ordre. Je vais envoyer une demande d'aide d'urgence à Langley. Il y a une autre solution : les Serbes ont déjà accepté de laisser partir un criminel de guerre qui avait été arrêté par la DB grâce à nos pressions. C'est une solution de repli. Il suffit que Milomir Stefanovic soit sous notre protection et qu'il y ait un mandat contre lui. Ça peut s'arranger...

Malko secoua la tête, incrédule.

– L'homme dont vous parlez était un Croate, qui ne mettait pas en cause la Serbie, mais des Serbes de Bosnie. Jamais cela ne marchera avec Stefanovic. Mais vous avez probablement raison. On démonte.

– Quand avez-vous un contact avec Nada Badanjak ?

– Ce soir. Elle m'a envoyé une invitation à une soirée de Radio B.92. Elle y sera et elle commence à s'impatienter.

– Bien. Dites-lui que nous avons besoin d'un délai supplémentaire.

– Et si vous hébergiez Stefanovic à l'ambassade ?

Larry Oldcastle ne manifesta aucun enthousiasme devant cette suggestion.

– En principe, rien ne s'y oppose, dit-il avec prudence, mais ensuite, il faudra l'en sortir.

Malko se leva. Il restait encore le problème de Slavica Jelovac, cachée chez Priscilla Clearwater. Son projet avait été de l'emmener en même temps que Stefanovic. Du coup, il tombait à l'eau. Larry Oldcastle, occupé au téléphone, ne le raccompagna pas et il se retrouva dans le couloir avec Priscilla.

– Je veux qu'elle s'en aille ce soir ! chuchota-t-elle. Mon fiancé a appelé ! Il arrive demain par le vol Air France, de Paris.

Un problème de plus ! Tout marchait de travers. Il avait à portée de main un succès incontestable, et à cause de la lourdeur bureaucratique, tout risquait d'échouer. Il regarda autour de lui, se demandant d'où viendrait le prochain coup. C'était bizarre que les tueurs de Dragan n'aient pas récidivé.

Bizarre et inquiétant. Car le « commandant » Dragan n'avait sûrement pas renoncé à supprimer Milomir Stefanovic.

Malko devait donc explorer une autre voie. Il se dit qu'avant d'aller à la réception de Radio B.92 pour demander à Nada Badanjak de patienter encore, il devait rendre visite à Slavica Jelovac, afin de lui faire la même recommandation. Une nouvelle fois, il se retrouvait au point mort. Il lui faudrait le lendemain raconter un conte de fées à Dusko Balasevic, afin de différer le départ pour la Hongrie. Le détective risquait de s'accrocher, car c'était sa prime qui était en jeu.

*
**

La terrasse du *Trozubac* était bondée. Beaucoup de jolies filles y venaient apercevoir les « gorilles » du « commandant » Dragan. Situé dans une voie étroite partant de Terazijé, c'était un des lieux « in » de Belgrade. Au comptoir du bar vide, Zika Razvogor, gérant de l'établissement, bavardait avec ses copains Drazen Ivanovic, Momcilo Kovac et Stephan Markovic, le chauffeur de l'opération de la veille contre Nadia Badanjak. Leur chef leur avait donné rendez-vous là pour une mission secrète. Après l'épouvantable bavure de la veille, ils brûlaient de se racheter.

Personne ne remarqua la quinzaine d'hommes qui prit soudain le bar en tenailles. Tous armés de Skorpio et de pistolets. Ils investirent le bar en quelques secondes. L'un d'eux braqua son arme sur Razvogor.

– Couche-toi, lança-t-il, derrière ton bar !

Razvogor avait reconnu le chef d'une bande de contrebandiers redoutables. Ils n'hésita pas une seconde. Une demi-douzaine d'hommes entourèrent les trois « gorilles » de Dragan, leur collant à chacun le canon d'une arme sur la nuque.

– Dehors, fit le chef. Vite !

En moins d'une minute, tout fut terminé. Les nouveaux venus poussèrent Drazen Ivanovic, Momcilo Kovac et Stephan Markovic dans un fourgon tôlé qui attendait au bout de la rue en pente. Il démarra aussitôt dans Mose Pijade, puis tourna à droite dans Francuska, descendant vers les quais du Danube. A l'intérieur, à peine le véhicule en marche, les kidnappeurs s'étaient mis, sans un mot, à taper sur les trois « gorilles ». Avec toute la méchanceté dont ils étaient capables. A coups de crosse, de pied, de poing. Très vite, les trois hommes se retrouvèrent gisant sur le plancher de la camionnette. Inertes, ou faisant semblant.

Pas une parole n'avait été prononcée.

Vingt minutes plus tard, le véhicule pénétra dans la cour d'une usine métallurgique, puis dans un hall désert encombré de machines-outils. Le fourgon s'arrêta à côté d'une Mercedes 600 noire. Appuyé à l'aile avant, un homme de petite taille, les cheveux blancs, le nez important, le col ouvert, fumait un cigare.

Il regarda ses hommes traîner les trois prisonniers à côté d'une énorme presse hydraulique servant à transformer les barres de métal en tôles fines. Puissance : cent tonnes. Il les suivit, sans lâcher son cigare et, d'un geste, ordonna qu'on mette la presse en route. Dix minutes plus tard, tous les voyants étaient au vert.

– Allez-y, ordonna Milos Badanjak. Celui-là d'abord.

Il désignait Stephan Markovic. Ses hommes le prirent par les mains et les pieds et le jetèrent sur le plateau de la presse. C'est là qu'il reprit conscience.

Il comprit instantanément et se redressa avec un cri terrifié. Il eut le temps de parcourir cinquante centimètres sur le plateau de quatre mètres de côté. Dans un énorme chuintement hydraulique, le plateau supérieur descendit à trois cents mètres par seconde, s'écrasant sur le plateau inférieur. Fascinés, les témoins de cette horreur ne pouvaient qu'imaginer ce qui restait entre les deux blocs de métal.

Un hurlement strident les fit se retourner. Momcilo Kovac se débattait de toutes ses forces.

– A lui, fit simplement Milos Badanjak.

L'homme chargé de manœuvrer la presse tira sur un levier et le plateau remonta. De Stephan Markovic, il ne subsistait qu'une bouillie sanglante. De quoi vomir. Il fallut six hommes pour jeter Momcilo Kovac sur le plateau inférieur. Lui aussi voulut s'enfuir, mais il glissait dans l'abominable magma sanglant. A plat ventre, il ne vit même pas descendre le plateau qui le réduisit en bouillie.

De nouveau, on n'entendit plus que les jets de vapeur.

Drazen Ivanovic ne se débattait même pas. Il claquait des dents en fixant l'énorme presse. Quand on l'y poussa, il s'accrocha comme un fou aux hommes qui le tenaient. Ils durent lui faire lâcher prise à coups de crosse, avant de le jeter sur le plateau où s'étalaient les restes de ses deux camarades. Il hurla jusqu'à la dernière seconde, lorsqu'il fut réduit en bouillie entre les deux blocs d'acier.

La presse remonta une dernière fois et demeura en position haute. Des trois hommes, il ne restait qu'une couche de débris broyés, méconnaissables. Et une odeur effroyable. Impassible, Milos Badanjak lança à un de ses hommes :

– Nettoyez ça et mettez-le dans un sac en plastique. Vous le déposerez chez Sombor.

Lui n'appelait jamais Zlatko Sombor que par son véritable nom. Il s'éloigna en direction de la Mercedes. Cette triple exécution sauvage ne lui rendrait pas sa fille, mais, au moins, ceux qui étaient directement responsables de sa mort avaient payé. Tout Belgrade saurait comment il se faisait respecter.

Arrivé à sa voiture, il prit son portable et composa le numéro de Zlatko Sombor.

– C'est fait, dit-il dès qu'il l'eut en ligne. Mais je ne te tiens pas quitte...

Il écouta d'une oreille distraite les protestations d'amitié du voyou. C'était Dragan qui l'avait appelé spontanément, pour expliquer la bavure dont la responsabilité n'incombait qu'à ses subordonnés. C'était lui qui avait dit à Milos Badanjak où et quand il pourrait trouver ces derniers. Sans même être certain que cela suffirait à désarmer la colère du vieil homme. Milos Badanjak était obsédé par autre chose. Tout cela ne serait pas arrivé si sa fille n'était pas tombée amoureuse de cet autre voyou de Milomir Stefanovic. Celui-là aussi devait payer. Ensuite, en dernier, ce serait le tour de Zlatko Sombor, le soi-disant « commandant » Dragan.

Milos Badanjak interrompit Dragan :

– L'homme que tu cherches se trouve dans un appartement qui m'appartient, 40 Gospodar Jevremova. Au second. Il se cache là depuis longtemps.

Il raccrocha, coupant court aux remerciements de Zlatko Sombor. L'imbécile croyait qu'il voulait lui faire plaisir, alors qu'il assouvissait tout simplement sa vengeance.

CHAPITRE XIV

Malko se fraya un chemin dans la foule qui se pressait dans les salons de la Radio B.92, au 16 de la rue Jevrejska. Il refit pour la dixième fois le même trajet, du buffet à l'entrée. Il devait y avoir au moins deux cents personnes, des diplomates-barbouzes aux journalistes, en passant par les inévitables mouchards de la SDB. La radio indépendante était notoirement financée par les Américains et surtout les Britanniques, très présents en ex-Yougoslavie. C'était un lieu de rencontre pratique. Les voitures s'enchevêtraient le long des trottoirs sur un kilomètre.

Nada Badanjak n'était pas là.

Le cocktail avait commencé à sept heures et devait se prolonger jusqu'à neuf heures. Il était déjà huit heures et demie et il n'y avait déjà plus rien au buffet. La chaleur étouffante, le brouhaha des conversations assourdissantes empêchaient de réfléchir. Malko regarda sa montre pour la vingtième fois. Il avait quitté le *Hyatt* directement pour venir. Donc, en cas de changement de programme, Nada Badanjak aurait pu le prévenir. Son absence était plus que surprenante. Il aperçut dans un coin Larry Oldcastle en bras de chemise, devisant avec son homologue britannique. Bien entendu, il ignora ostensiblement Malko.

La grande brune qui avait montré ses jambes chez Nada Badanjak surgit de la foule et s'approcha de lui, portant la même robe austère, mais le regard très allumé. Il se souvint de son prénom, Biljana.

– Vous n'avez pas vu Nada ? demanda-t-elle.

– Non, je l'attends.

– Elle ne va sûrement pas tarder, j'ai essayé de la joindre à son magasin aujourd'hui, mais ça ne répondait pas.

Elle lui adressa une œillade franchement provocante.

– Si elle ne vient pas, moi je suis là. Mon mari est toujours au Gabon...

Quarante-cinq minutes plus tard, la foule commençait à se clairsemer et Nada Badanjak n'était toujours pas là... Biljana revint vers Malko, plus sexy que jamais.

– On va prendre un verre à l'*Ipanema.* Vous venez ?

– J'attends encore un peu, dit-il.

– Venez ! insista-t-elle. Si Nada est en retard, elle nous rejoindra là-bas. C'est notre QG.

Il resta quand même et ne partit qu'avec les derniers invités. De plus en plus inquiet, il prit le chemin de Gospodar Jevremova et sonna à l'appartement où il avait rencontré Nada Badanjak, lors de leur précédente rencontre. Pas de réponse.

C'était quand même très bizarre. Elle savait l'importance de ce rendez-vous. Etait-il arrivé quelque chose à Milomir Stefanovic ? Malko enrageait de n'avoir aucun moyen de les joindre, l'un ou l'autre.

De guerre lasse, il se résigna à aller à l'*Ipanema...*

*
**

C'était le métro à six heures du soir ! L'*Ipanema* n'était qu'un modeste bar pouvant recevoir à peine une vingtaine de personnes, que prolongeait un comptoir sur le trottoir de la rue Straminjica Bana, une voie tranquille bordée d'arbres du quartier résidentiel. Mais les trottoirs et la chaussée étaient envahis d'une foule grouillante et gaie qui buvait debout, comme dans les bars à tapas espagnols,

Malko avait dû se garer assez loin et plongea dans la foule. Il lui fallut un bon quart d'heure pour en faire le tour. Biljana l'accrocha, moqueuse, bien allumée, et le traîna au bar où elle se fit confectionner un « Caïpirinha », à base de Cointreau et de citron vert.

– Vous n'avez toujours pas trouvé Nada ? demanda-t-elle.

– Non, avoua-t-il, c'est incompréhensible.

Elle eut un geste fataliste.

– Elle a dû trouver mieux à faire... Restez avec nous.

De toute évidence, elle n'avait pas envie de terminer la soirée seule. Malko s'éclipsa, sérieusement angoissé. Si Nada n'était pas là, c'était pour une raison grave... Il tourna encore un peu puis résolut de s'éloigner. Il regagnait sa voiture quand une silhouette surgit dans la pénombre, lui barrant le chemin. Il lui fallut quelques secondes pour reconnaître Milomir Stefanovic, le criminel de guerre, amant de Nada Badanjak. En dépit de sa silhouette massive, il semblait terrifié. Il interpella Malko à voix basse :

– Ça fait une heure que je vous cherche ! Venez, ne restons pas ici.

La Polo était tout près. Ils s'y tassèrent. La tête de Milomir Stefanovic touchait le pavillon. A la lumière du plafonnier, Malko vit qu'il était blême.

– Que se passe-t-il ? demanda-t-il. Je devais rencontrer Nada ce soir au cocktail.

– Je ne sais pas, fit nerveusement Milomir Stefanovic. Elle devait repasser à la maison après son travail. Elle n'est pas venue, elle n'a pas téléphoné. J'ai peur qu'il lui soit arrivé quelque chose...

– Allons voir là-bas, proposa Malko.

Stefanovic se recroquevilla.

– Non, non, j'ai peur. Ce n'est pas normal. Je savais qu'elle vous rencontrait ce soir, et comme je ne l'ai pas vue, je suis allé rôder autour de Radio B.92, mais je n'ai pas osé entrer. Alors, comme je sais qu'après les cocktails, elle vient toujours à l'*Ipanema,* je suis venu par ici et j'ai repéré votre voiture.

– Elle est peut-être rentrée à l'appartement, maintenant, suggéra Malko. On peut téléphoner. Vous avez le numéro ?

– Oui. 331421.

Il parcourut deux cents mètres avant de trouver un café ouvert où il demanda à téléphoner. Il laissa sonner quinze fois, de plus en plus angoissé. Quand il revint dans la Polo, Stefanovic était décomposé !

– Ces salauds l'ont kidnappée ! marmonnait-il. Ils vont la torturer pour lui faire dire où je me cache.

– Ils l'auraient fait depuis longtemps, observa Malko.

– Maintenant, ils ont peur. Ils ne reculeront devant rien.

– Retournez dans votre cachette, suggéra Malko. Le temps qu'on sache ce qui se passe. Je ne suis pas prêt à vous exfiltrer.

– Mais je ne peux pas ! fit Stefanovic. Je vis dans cet appartement depuis un mois. Je fais semblant de sortir par la fenêtre, mais je reviens.

Il alluma une cigarette, nerveux.

– Dragan me veut mort, dit-il simplement. Je le connais. Il est capable de commettre les pires horreurs pour obtenir ce qu'il veut. Il a peur. Il sait que je peux gâcher sa vie.

Malko avait redémarré et conduisait un peu au hasard. Il revint vers le centre et ralentit devant le magasin d'exposition Peugeot. Tout était éteint. Milomir Stefanovic répéta d'une voix altérée :

– Ne cherchez pas. Ils l'ont kidnappée. A présent, ils savent où je suis. Personne ne peut résister aux traitements infligés par les gens de Dragan. Je le sais.

Malko préféra ne pas lui demander comment... Machinalement, il contourna la place de la Révolution et s'engouffra dans le tunnel menant à la rue Brankova, puis au pont Bratstvo i Jedinsvo.

– Vous ne voulez donc pas retourner rue Gospodar Jevremova ?

– Jamais ! fit Milomir Stefanovic. Ils m'y attendent sûrement.

Cela donna une idée à Malko.

– Vous avez un jeu de clefs ?

– Oui. Pourquoi ?

– Peut-être nous affolons-nous pour rien. Nada a pu avoir un accident, quelque chose de banal. On va faire un test. Je vais me rendre à l'appartement.

Milomir Stefanovic ne répondit pas. Malko, parvenu au bout du pont, fit demi-tour au premier feu et repartit en sens inverse. Si la disparition de Nada s'expliquait par un incident sans conséquence, Stefanovic retournerait dans sa planque en attendant d'être exfiltré. Sinon, il ne voyait pas où le mettre.

Revenu dans le centre, il descendit en partie la rue Francuska et se gara tout au début de Gospodar Jevremova.

– Attendez-moi là, j'y vais à pied, dit-il à Stefanovic. Donnez-moi la clef.

– Stefanovic lui tendit deux clés accrochées à un anneau. Et, au moment où il allait sortir de la voiture, le criminel de guerre se tourna vers lui, complètement défait.

– Qu'est-ce que je fais si vous ne revenez pas ?

Malko pointa le doigt vers la forme du gros pistolet dissimulé sous la chemise de Milomir Stefanovic.

– Vous avez de quoi vous défendre...

– Ce n'est pas ce que je veux dire, répliqua le Serbe. Où dois-je aller ?

– Présentez-vous à l'ambassade américaine demain matin, et demandez Larry Oldcastle. Il prendra soin de vous.

Il sortit de la Polo et s'éloigna vers le numéro 40. En s'en rapprochant, il aperçut une silhouette devant l'immeuble. Une femme appuyée à l'interphone, en train de parler. Elle se retourna comme il ne se trouvait plus qu'à quelques mètres. C'était Biljana, l'amie de Nada Badanjak, une bouteille de champagne Taittinger à la main.

Elle sembla aussi surprise que Malko et lui sourit aussitôt.

– Vous avez eu la même idée que moi ! fit-elle. Je me demande si Nada n'a pas eu un coup de cafard et ne s'est pas enfermée chez elle. Alors, je venais la consoler.

Malko à son tour appuya sur l'interphone. Sans plus de résultat. Biljana l'observait.

– On retourne à l'*Ipanema* ? suggéra-t-elle.

Visiblement, il n'allait pas s'en décoller. S'il partait avec elle, il risquait de perdre du temps. Dieu sait ce que pouvait faire Milomir Stefanovic, complètement affolé.

– Je vais d'abord voir là-haut, dit-il.

– Mais comment ? Vous avez les clefs ?

– Oui, dit Malko sans explication.

Biljana pouffa pendant qu'il mettait la clef dans la serrure.

– Nada est une cachottière ! Moi qui la croyais folle de son Milomir...

– Elle en est folle, corrigea Malko. Je ne suis pas son amant. Pour l'instant, je suis seulement très inquiet pour elle.

– Moi aussi, fit Biljana en entrant derrière lui.

Elle alluma la minuterie, visiblement décidée à ne pas quitter Malko. Celui-ci tenta un dernier essai.

– Attendez-moi, demanda-t-il. Ça peut être dangereux.

Biljana avait trop bu pour comprendre ce langage. Non seulement elle n'obéit pas, mais elle s'accrocha au bras de Malko.

– Si elle est là, dit-elle en riant, elle va être folle de jalousie.

Malko monta les deux étages en silence. La minuterie s'éteignit au moment où ils parvenaient au second. Il mit la clef dans la serrure et la tourna doucement. A cet instant

Biljana le bouscula presque et ouvrit la porte, pénétrant aussitôt dans l'appartement en appelant :

– Nada ! Nada ! C'est moi, Biljana.

Malko vit la lumière s'allumer dans l'entrée et entendit presque simultanément le cri surpris de la jeune femme, puis trois « plouf » très rapprochés. Les détonations d'une arme munie d'un silencieux !

Biljana titubait en reculant. Elle s'effondra en lâchant la bouteille avant de refranchir la porte, en travers du seuil. Malko arracha son pistolet de sa ceinture et tira au jugé vers une silhouette entr'aperçue. Au même moment, la lumière s'éteignit dans l'appartement, et il n'eut plus en face de lui qu'un trou noir. Il se baissa, saisit Biljana sous les aisselles, et la traîna sur le palier, refermant aussitôt la porte.

Il se pencha sur la jeune femme : les trois projectiles l'avaient atteinte en pleine poitrine, une bulle sanglante perlait à ses lèvres, son regard était déjà vitreux. Mais elle respirait faiblement. Il remit son pistolet dans sa ceinture et tenta de la soulever, mais elle était trop lourde. Il dut se contenter de la faire glisser le long des marches, en essayant de ne pas trop la secouer. Il s'attendait à chaque seconde à voir la porte du second se rouvrir.

A mi-étape, Biljana eut un hoquet, du sang jaillit de sa bouche et sa tête bascula sur le côté. Au même moment la minuterie s'éteignit. Tirant son Zippo de sa poche, Malko l'alluma et examina le visage de la jeune femme à la lueur de la flamme. Il avait vu assez de morts pour savoir qu'elle venait de cesser de vivre. Il la reposa avec précaution, éteignit son Zippo et, dans le noir, descendit au premier et ralluma.

Que faire ? Traîner le cadavre de la malheureuse jeune femme n'eût servi à rien. Revenir dans l'appartement affronter celui ou ceux qui guettaient Milomir Stefanovic n'apportait rien de plus. La rage au cœur, il descendit et sortit de l'immeuble pour rejoindre sa voiture. Il eut un coup au cœur : elle était vide !

Heureusement, une silhouette se détacha d'un arbre. Milomir Stefanovic, prudent, attendait à l'écart.

– Alors ? demanda-t-il anxieusement.

– Vous aviez raison, fit sombrement Malko. Ils vous attendaient. Ils ont tué une fille qui s'appelait Biljana, que j'ai retrouvée là-bas par hasard.

Il démarra et tourna à droite pour revenir vers Terazijé. Tous ses plans étaient bouleversés. Pour une raison qu'il ignorait, le « commandant » Dragan avait brisé le tabou qui protégeait Nada Badanjak. Et, d'une façon ou d'une autre, il avait appris où se cachait Milomir Stefanovic. Alors que Malko, selon les ordres du chef de station de la CIA, devait surseoir à son exfiltration.

Son problème était plus immédiat : où passer la nuit ?

– Vous n'avez aucun ami chez qui vous puissiez vous réfugier ? demanda Malko.

Stefanovic secoua la tête.

– Non, ils sont tous liés à Dragan.

Tout en roulant, Malko réfléchissait à se faire péter les méninges. Il restait Larry Oldcastle. Il roula jusqu'à la Grande Poste, où il y avait des cabines téléphoniques, et de l'une d'elles, composa le numéro personnel de Larry Oldcastle. Au moment de décrocher, il coupa. C'était fou. Le téléphone du chef de station de la CIA était sûrement sur écoute. La SDB serait au courant instantanément.

Abandonnant le taxiphone, il revint à la voiture. Décidé d'abord à ne pas lâcher Stefanovic, et ensuite à l'exfiltrer dès le lendemain par la filière Balasevic, sauf si Larry Oldcastle acceptait de l'héberger à l'ambassade des Etats-Unis. Pour l'instant, il ne restait qu'une solution.

– Je vous emmène au *Hyatt,* annonça-t-il à Milomir Stefanovic. Ce sera moins risqué que de courir les rues.

Le Serbe sursauta.

– Mais ils vont me demander mon passeport ! La DB saura où je suis.

– Je dirai que vous êtes avec moi, et que vous l'avez

oublié. Que vous l'apporterez demain. Or, demain, nous serons partis.

Le visage de Stefanovic s'éclaira.

– C'est vrai ?

– J'ai de bonnes raisons de le croire, fit Malko sans trop se compromettre.

Il ne tenait pas, à ce stade, à parler de Dusko Balasevic.

*
**

Le lobby du *Hyatt* était presque vide, mais la mezzanine grouillait de monde. Une soirée comme il y en avait souvent, avec de très jeunes gens et de ravissants mannequins. L'employé chargé de détecter les armes, qui connaissait Malko de vue, lui sourit et ne les contrôla pas. Heureusement.

A la réception, il n'y avait qu'un seul réceptionniste. Malko lui glissa un billet de cent dinars.

– Mon ami M. Stephen Courtney voudrait une chambre. Il résidait à mon ambassade, mais il n'y a pas la clim et il fait vraiment trop chaud.

– Pas de problème, dit l'employé. Au même étage que vous ?

– Si c'est possible.

Il tapota son ordinateur, puis lui tendit une clef.

– Voilà. Il a son passeport ?

– Il vous le donnera demain matin, il l'a oublié à l'ambassade ; vous mettrez sa note sur la mienne.

Rassuré, le réceptionniste leur souhaita bonsoir, sans s'étonner que M. Stephen Courtney n'ait aucun bagage.

Avec ses cheveux noirs et son visage de play-boy, Milomir pouvait passer pour homosexuel. Malko se dit que c'était peut-être la raison de la compréhension du réceptionniste.

Un comble.

Malko avait la nausée à l'idée qu'il se donnait tant de mal pour sauver une ordure de l'espèce de Stefanovic. Un homme qui avait froidement massacré des civils, des femmes et des enfants. Et qui n'en éprouvait pas le moindre remords.

Hélas, il ne choisissait pas ses missions.

Ils se quittèrent devant la porte du 428. Les yeux enfoncés, pas rasé, le regard affolé, Milomir Stefanovic ressemblait à ce qu'il était : un homme traqué.

– Enfermez-vous, lui conseilla Malko, n'ouvrez à personne, ne répondez pas au téléphone. S'il y a quoi que ce soit, vous m'appelez au 432. Vous êtes armé, vous ne craignez rien. Demain, nous partirons.

Si Dieu, la CIA et Dusko Balasevic le voulaient.

*
**

Ni Malko, ni Milomir Stefanovic n'avait prêté attention à une jolie femme en tailleur noir attablée au salon de thé, en face des ascenseurs. Lorsqu'ils eurent disparu, elle tira un portable de son sac et appela un numéro. Elle eut une brève conversation, remit l'appareil dans son sac et s'éloigna vers la sortie.

CHAPITRE XV

L'employé du *Hyatt* appuyé au pupitre du *Bell Captain,* à côté de l'entrée, sursauta en voyant une grosse Pajero noire aux vitres fumées stopper brutalement en face de la porte tournante. Il était plus de minuit et la plupart des clients étaient déjà rentrés. Les jeunes invités d'une grande soirée en robe longue sponsorisée par une agence de mannequins se pressaient encore dans la partie opposée à la réception, séparée de l'hôtel par des cordes de velours.

Trois hommes sautèrent de la Pajero qui redémarra aussitôt pour se garer sur la petite esplanade prolongeant l'auvent. Donc, quelqu'un était resté au volant, prêt à repartir. Machinalement, l'employé prit son détecteur de métal portable et s'avança à la rencontre des trois hommes qui venaient de franchir la porte tournante. Quand il vit leurs têtes, il réalisa immédiatement qu'il était dans la merde. Des brutes au crâne rasé portant des vestes malgré la chaleur, des jeans, des baskets. Le plus costaud avait un poitrail de taureau. L'employé du *Hyatt* regarda sa ceinture. La crosse d'un Skorpio en dépassait et il avait un étui de toile avec trois autres chargeurs. La bouche sèche, il s'avança et demanda :

– Contrôle, s'il vous plaît.

L'homme au poitrail de taureau s'arrêta et lui décocha un regard qui transforma son estomac en plomb. Il avait des yeux bleus très clairs, sans aucune expression, comme ceux d'un animal. Transparents. Sans affectation, il sortit son Skorpio de sa ceinture, le tenant d'une seule main, comme un pistolet, malgré son poids. Il allongea le bras, braquant l'arme sur le groupe de jeunes, à une dizaine de mètres, qui observaient l'entrée à partir de la mezzanine.

– Si tu ne fermes pas ta gueule, fit-il, je fais un carton là-dedans. Rentre dans ton trou.

Gardant l'arme à bout de bras, il escalada les quelques marches menant au niveau de la réception. A cette heure, il ne restait qu'un seul employé. Quand il vit débouler les trois hommes, le premier réflexe de Miralov Petrovic fut de plonger dans la salle des réservations, mais l'homme au poitrail de taureau l'avait déjà repéré.

– Toi, viens ici !

Le réceptionniste s'immobilisa derrière le comptoir. Le tueur allongea la main gauche, le prit par sa cravate et l'attira, le couchant sur le comptoir puis lui enfonçant le canon du Skorpio dans la joue...

– La chambre de Milomir Stefanovic ?

L'autre, terrifié, bredouilla :

– Je ne sais pas, il faut que je vérifie, quel nom ?

Le tueur se pencha et hurla dans l'oreille de l'employé :

– Milomir Stefanovic.

Puis il le lâcha. Les mains tremblantes, Miralov Petrovic consulta l'écran de son ordinateur. Il avait pris son service à huit heures et se doutait de ce que les autres cherchaient. Il releva la tête, livide.

– Je n'ai personne de ce nom-là.

Les yeux bleus se fixèrent sur lui comme un laser.

– Tu as une femme ?

– Oui.

– Alors, si tu veux la revoir, tu le trouves...

– Mais...

De nouveau, l'autre le saisit et le secoua.

– Ecoute, il est peut-être sous un autre nom. Il est

arrivé avec un client d'ici, qui a la chambre 432. Alors, regarde.

Miralov Petrovic se remit à pianoter sur son ordinateur, les mains tremblantes, le cerveau vide.

– Oui, fit-il en relevant la tête, il y a bien quelqu'un enregistré ce soir, sur la même note que le client du 432. Mais ce n'est pas le nom que vous dites.

– On s'en fout. Quelle chambre ?

– 422...

De nouveau, il dut affronter le terrible regard.

– Tu n'as vu personne, avertit le tueur. Tu n'appelles pas la Milicija. Si j'entends la moindre sirène dehors, tu es mort.

Il tendit la main.

– Ta carte d'identité.

Miralov Petrovic se fouilla et la lui tendit. Le tueur la rafla et la mit dans sa poche.

– Juste au cas où tu jouerais au con... Tu y passeras, toi, ta femme et tes gosses. Salut !

Les trois hommes s'éloignèrent vers les ascenseurs. Miralov Petrovic s'essuya le front, se demandant ce qu'il allait faire... La terreur fut la plus forte. Il resta là, fixant machinalement l'écran allumé de l'ordinateur.

*
**

Cela ressemblait au bruit d'une perceuse pneumatique. Malko se réveilla en sursaut. Le vacarme continuait. Il lui fallut quelques secondes pour réaliser qu'il s'agissait de rafales de coups de feu ! Le pouls à cent cinquante, il sauta de son lit et composa le numéro de chambre de Milomir Stefanovic. Le Serbe répondit en une fraction de seconde.

– *Da ?*

– Qu'est-ce qui se passe ? demanda Malko.

– Je ne sais pas, fit Stefanovic, bouleversé. Ça tire à côté.

Il avait déjà raccroché. Malko tendit l'oreille. Plus aucun bruit. Il appela la réception. Aucune réponse. Il s'habilla à toute vitesse, et sortit dans le couloir. Plusieurs portes étaient ouvertes, des visages effarés échangeaient des commentaires inquiets. Il se précipita vers la chambre du criminel de guerre et s'arrêta net. La porte voisine de la sienne était grande ouverte, le battant criblé d'impacts. Il aperçut dans l'entrebâillement un corps étendu, couvert de sang. Un homme en slip. Un costaud. Il regarda le numéro de la chambre : 422.

Les tueurs s'étaient trompés de chambre !

Il frappa au battant de celle de Milomir Stefanovic en disant son nom. Le Serbe ouvrit aussitôt. Les pupilles comme des têtes d'épingle, en slip, il était terrifié, et referma aussitôt.

– C'était moi qu'ils cherchaient, bredouilla-t-il. Ils ont tiré au moins cinquante cartouches... Il faut filer.

– Habillez-vous, fit Malko, je vous retrouve en bas.

Il retourna dans sa chambre, fourra quelques affaires dans un sac et se dirigea vers l'ascenseur. Il était un peu plus de minuit. La Milicija serait là rapidement. Pas question qu'ils trouvent Stefanovic. Ils risquaient de l'arrêter sous un prétexte quelconque. Le « commandant » Dragan allait vite s'apercevoir de son erreur.

Milomir Stefanovic était déjà en bas quand Malko sortit de l'ascenseur. Dans le hall, personne n'avait entendu les coups de feu. En passant devant la réception, Malko vit l'employé figé comme une statue et marcha sur lui.

– Qu'est-ce qui s'est passé ?

L'autre regarda Milomir Stefanovic comme si c'était un fantôme et pointa la main sur lui.

– C'est... C'est vous qui...

– Sûrement, fit Malko. Qui était-ce ?

– Ils étaient trois, bredouilla l'employé. Avec des armes. Ils ont demandé le numéro de sa chambre, ils menaçaient de me tuer. Je me suis trompé. J'avais tellement peur.

Ainsi, un innocent était mort à la place de Stefanovic. Malko bouillait de rage. Mais qui avait prévenu de l'arrivée de Stefanovic au *Hyatt* ?

– Vous avez prévenu la Milicija ? demanda-t-il.

– Non...

– Vous devriez ! fit-il.

Il se dirigea vers la sortie, sous le regard effaré de l'employé au détecteur portable... Deux minutes plus tard, il roulait dans les rues de Novi Beograd.

– Où va-t-on ? demanda Stefanovic.

Malko était en train de réfléchir à la question. La traque s'accélérait. Deux personnes étaient mortes à cause de Milomir Stefanovic : Biljana et l'occupant de la chambre 422. Le « commandant » Dragan était déchaîné, bien renseigné et sûr de l'impunité. Il y avait peu de possibilités, les hôtels étant tous exclus. Restait la résidence de Larry Oldcastle, ou l'appartement de Priscilla Clearwater. Malko n'était pas trop chaud pour cette dernière solution. A la sortie du pont Gazela, il prit la direction du Dedinjé.

*
**

Le quartier de Dedinjé était une oasis de luxe, entre le boulevard Mira et le boulevard Vojvoba Putmika. Quelques allées dans la verdure abritaient les villas les plus luxueuses de Belgrade, dont celles de la plupart des dirigeants. Des voitures de police étaient embusquées partout, il n'y avait pas un piéton, pas un commerçant. Malko tourna à gauche au rond-point de Vojvoba Putmika et s'engagea dans Tolstoijeva. La villa de Larry Oldcastle se trouvait au numéro 34. Evidemment, tout était éteint. Il dut sonner dix fois au portail avant qu'une lumière ne s'allume. Une voix demanda dans l'interphone :

– Qui est-ce ?

– Moi, fit Malko. C'est urgent.

Larry Oldcastle ne posa aucune question. Quelques instants plus tard, il surgit dans le jardin, en robe de chambre, un Beretta 92 à la main, et ouvrit le portail. A peine entré, Malko descendit de la Polo, laissant Milomir Stefanovic à l'intérieur. Larry Oldcastle se tourna, aperçut sa silhouette.

– Qui est-ce ?

– Stefanovic, dit Malko. Je n'ai pas pu faire autrement.

L'Américain maîtrisa mal un haut-le-corps.

– Pourquoi l'amenez-vous ici ?

– C'était ça ou la morgue, trancha Malko.

Lorsqu'il eut raconté ce qui venait de se passer, Larry Oldcastle ne fit aucune objection. Milomir Stefanovic sortit de la voiture, mal à l'aise. Malko fit les présentations. Ce fut froid, aucune poignée de main, aucun sourire. Ils se retrouvèrent dans le living-room de la villa. Larry Oldcastle était nettement mal à l'aise. Il alla se servir un verre de Defender « Very Classic Pale », prit un paquet de Gauloises blondes dans la poche de sa robe de chambre et en alluma une avec son Zippo aux armes de la CIA. Il fit ensuite claquer pensivement le capot.

– Cette affaire se présente mal, conclut-il. Pour ce soir, ça va, mais je ne peux pas garder Milomir Stefanovic au-delà. Je ne veux pas non plus l'emmener à l'ambassade. (Il échangea un regard avec Malko.) Je pense que la solution que nous avions mise au point doit être appliquée.

Autrement dit, il opérait un revirement complet, acceptant l'exfiltration *via* Dusko Balasevic ! Heureusement que Malko n'avait pas encore prévenu le détective de l'abandon de leur projet ! Milomir Stefanovic regardait les deux hommes alternativement.

– Je ne peux pas rester à Belgrade, dit-il d'une voix altérée. Je suis sûr qu'ils ont tué Nada. Ils vont finir par me trouver. Je demande l'asile politique.

Larry Oldcastle eut un faible sourire.

– Si vous voulez passer quelques années enfermé dans l'ambassade, c'est exactement la marche à suivre. Une fois que vos adversaires sauront où vous êtes, ou bien vous ne pourrez plus en sortir, ou bien ils vous tueront.

Ils jouissent d'une impunité totale. L'incident de ce soir en est la preuve. Non, il faut vous exfiltrer le plus vite possible. Nous avons pris déjà les dispositions nécessaires. N'est-ce pas, monsieur Linge ?

Malko opina. Pas chaud, mais les possibilités se restreignaient. Cette affaire tournait au massacre. Même si Nada Badanjak n'avait pas été assassinée...

Larry Oldcastle écrasa sa cigarette à peine entamée dans le cendrier.

– Je vais donner une chambre à M. Stefanovic, fit-il. Malko, vous viendrez le chercher dès que tout cela sera organisé. Nous ferons le point à l'ambassade demain matin.

Malko sourit à Stefanovic. Froidement.

– Je pense qu'ici vous ne craignez rien.

Le Serbe baissa la tête. Il semblait étrangement vulnérable et il fallait une bonne dose d'imagination pour réaliser qui il était vraiment. Malko attendit dans le living-room que Larry Oldcastle revienne. L'Américain réapparut. De toute évidence, furieux.

– Je ne veux pas garder ce voyou chez moi, fit-il à mi-voix. Organisez dès demain l'exfiltration avec Balasevic.

– J'espère qu'il n'y aura pas de problème de ce côté-là, releva Malko. Personne, en principe, ne savait que Stefanovic était au *Hyatt.*

– Vous l'aviez dit à Balasevic ?

– Non.

– Vous voyez. Nous avons contre nous Dragan et la DB. Ils vous surveillent sans arrêt. Notre seule chance, c'est Balasevic... Allez, à demain.

En roulant dans les allées calmes de Dedinjé, Malko se demanda combien de temps Dragan allait mettre à se rendre compte de son erreur. Et donc à recommencer.

*
**

Le hall du *Hyatt* grouillait de miliciens en uniforme. Malko monta directement à sa chambre. Le corps de l'occupant de la chambre 422 était encore allongé dans le couloir, une couverture sur la tête. Les policiers jetèrent un regard inquisiteur à Malko mais ne lui parlèrent pas. Une fois dans sa chambre, il posa le CZ 89 sur sa table de nuit, une balle dans le canon. Après avoir mis la chaîne, il se recoucha. La journée du lendemain risquait d'être très longue. Avant toute chose, il fallait dégager de Belgrade avec Stefanovic. Si Dragan attaquait de nouveau, le CZ 89 serait un peu léger.

Quand le téléphone le réveilla, il faisait déjà jour. Il reconnut immédiatement la voix du détective privé.

– Il faut que je vous voie, fit ce dernier, vous vous doutez pourquoi...

– Où ?

– A l'endroit habituel.

Il raccrocha sans dire un mot de plus.

Lorsque Malko sortit de sa chambre, tout était rentré dans l'ordre, sauf la porte de la chambre 422 criblée d'impacts. Le soleil brillait, le hall était animé et tout semblait normal. Il examina quand même soigneusement les alentours en arrivant près de sa Polo. Avant d'y monter, il regarda sous la voiture, vérifiant qu'aucun fil suspect ne traînait. Il vérifia aussi le capot, avant de se mettre en route.

Dusko Balasevic était déjà attablé à son bistrot habituel, devant un café turc. Impassible à son habitude. Il ne perdit pas de temps.

– Quand avez-vous récupéré Stefanovic ? demanda-t-il.

– Hier soir. Vous êtes déjà au courant pour le *Hyatt* ?

Balasevic hocha la tête.

– Vous auriez dû me le dire. Je vous aurais déconseillé le *Hyatt*...

– Pourquoi ?

– La DB collabore avec Dragan, sur ordre supérieur.

Ils vous surveillent. Ce sont eux qui ont vu Stefanovic arriver au *Hyatt.* J'ai eu des tuyaux par des copains. Dragan a aussitôt envoyé une équipe pour le liquider.

– Ils savent qu'ils ont commis une erreur ?

– Oui, depuis le milieu de la nuit. Dragan est fou furieux. Vous êtes au courant, pour Nada Badanjak ?

– Non. Elle a été kidnappée ?

– Non, elle est morte. On a retrouvé son corps dans le parc Hadj. Elle avait été enlevée hier matin par trois hommes en Pajero. L'équipe de Dragan. Ils ne voulaient pas la tuer, mais il s'est produit une bavure. C'est la guerre entre Dragan et le vieux Milos Badanjak. Il y a eu hier soir une expédition punitive au *Trozubac.* Les trois hommes de Dragan, Kovac, Ivanovic et Markovic ont été enlevés par des hommes armés. Il y a peu de chance qu'on les revoie...

Un ange passa, et s'éloigna, serein. Ces hommes-là ne valaient pas la moindre oraison funèbre.

– Vous avez eu de la chance, reprit le détective. L'employé du *Hyatt* était tellement paniqué qu'il s'est trompé de numéro de chambre... Il n'aurait jamais osé mentir à ces tueurs. Il a tout raconté à la police. Le type qui a été tué avait onze balles dans le corps... Tout le chargeur d'un Skorpio.

– Pourquoi la DB ne s'intéresse-t-elle pas à moi ?

Dusko Balasevic eut un sourire rusé.

– S'ils vous coffrent, comment vont-ils retrouver Stefanovic ? Ils savent que vous êtes en contact avec lui. A propos, où est-il maintenant ?

Il avait posé la question sur un ton badin et presque aussitôt eut un haussement d'épaules.

– Ne me le dites pas. S'il arrivait quelque chose, vous me rendriez responsable...

Malko ne répondit pas. L'autre était trop fin pour tomber dans un piège grossier, mais son malaise ne se dissipait pas complètement. L'affaire Slavica Jelovak n'avait pas été élucidée. Hélas, Balasevic était son unique allié et il en avait impérativement besoin.

– Nous allons faire comme prévu, dit-il. Nous partons toujours ce soir pour la Hongrie ?

Le détective regarda son café en train de refroidir.

– Il y a un petit problème, laissa-t-il tomber.

CHAPITRE XVI

Malko eut l'impression qu'on le trempait dans de l'eau glacée. Si cette porte-là se fermait aussi, toute l'opération « Dragan » risquait de foirer définitivement dans un bain de sang.

– Pourquoi ? demanda-t-il.

– J'ai essayé de joindre Ratko. Il devait me rappeler. Il ne l'a pas fait. Il est peut-être en Hongrie.

– Que faire, alors ?

– Soit attendre qu'il rappelle ici. Soit partir jusqu'au château de Jezero et y coucher. J'irai alors à Subotica pour essayer de le trouver. Mais il peut être absent quarante-huit heures.

– Partons comme prévu aujourd'hui, décida Malko. Après ce qui s'est passé, je ne veux pas prendre de risques.

– Stefanovic n'est pas en sécurité, là où il est ? demanda le détective.

– Il ne peut pas y rester, trancha Malko.

Dusko Balasevic demeura silencieux quelques instants avant de reprendre :

– Très bien. Nous partirons donc comme prévu.

– Il reste encore un problème, dit Malko. La DB me surveille toujours, l'incident d'hier le prouve.

– Oui.

– Il y a donc un risque qu'ils nous suivent pour dire à Dragan où nous sommes. Si l'exfiltration se passait d'une seule traite, ce ne serait pas trop grave. Mais de cette façon, le risque est énorme. Nous devons donc effectuer l'un et l'autre une rupture de filature juste avant le départ, pour nous retrouver à un endroit convenu d'où nous partirons directement...

– Cela ne devrait pas poser de problème, approuva le détective.

– Ma voiture est trop voyante, remarqua Malko. Je vais la changer. Je voudrais que vous laissiez la vôtre bien en vue. De cette façon, on pensera, si vous êtes surveillé, que vous êtes toujours à Belgrade.

– J'ai besoin d'une voiture pour aller à Subotica.

– Vous utiliserez la mienne. Pour le rendez-vous, que diriez-vous du boulevard Srpskih Vladara, juste en face du palais présidentiel ? Vous garerez votre voiture dans le petit parking du boulevard de la Révolution, avant la place Biljana Pasica. Ensuite, vous traverserez le Pionirski Park, vous descendrez le long des jardins de la Présidence. On ne peut vous suivre là qu'à pied. Donc, on rompra la filature. Peu importe si vous avez été suivi jusque-là...

– Ça me semble une bonne idée, approuva Balasevic. A six heures ?

– A six heures.

– Vous aurez l'argent ?

– Je l'aurai.

Ils échangèrent une longue poignée de main ; Malko regarda le détective rentrer dans son immeuble, se demandant s'il avait autant d'arrière-pensées que lui. Désormais, il considérait Dusko Balasevic comme un traître en puissance, tout en ayant besoin de lui. Aussi, allait-il prendre un certain nombre de précautions... Il avait aussi « oublié » de lui dire que Stefanovic ne serait pas seul à être exfiltré. Il ne pouvait pas laisser Slavica Jelovac moisir dans l'appartement de Priscilla Clearwater. Or, jamais la CIA ne lèverait le petit doigt pour aider la Croate.

La seule solution était donc de l'emmener. En prenant certaines précautions.

*
**

Rade Bogdanovic regarda les voitures qui filaient sur l'autoroute, en contrebas de ses fenêtres. Tous les matins, il arrivait à son bureau situé au troisième étage de la SDB à huit heures précises, et calait ses cent quarante kilos dans un fauteuil fait spécialement à ses mesures. Mesurant à peine un mètre cinquante-cinq, il souffrait d'obésité chronique et avait déjà eu plusieurs alertes cardiaques. Ce qui ne l'empêchait pas de diriger d'une main de fer la section « Specijelno Dejstva » de la SDB.

De sa main grassouillette, Bogdanovic lissa la première page du quotidien consacré au meurtre sauvage du *Hyatt.* Cela n'allait pas faire de bien à la réputation de l'hôtel. Mais c'était le cadet de ses soucis. Par contre, l'échec de cette expédition était fâcheux... Il avait été chargé d'une mission par la Présidence, il avait plusieurs cordes à son arc, et elles claquaient les unes après les autres. Désormais, il ne lui en restait plus qu'une...

Le bourdonnement du téléphone intérieur se déclencha. Il appuya sur le haut-parleur.

– Un appel pour vous, *Gospodine,* annonça la secrétaire. Sur la ligne n° 3.

Celle réservée aux gens « triés ». Seules une vingtaine de personnes la possédaient et elle changeait tous les deux mois. Il attendit. La voix de Zlatko Sombor résonna désagréablement à ses oreilles.

– Ces cons ont merdé ! annonça l'homme que Rade Bogdanovic était chargé de protéger.

– Je ne l'ignore pas, fit froidement ce dernier, on m'a déjà fait un rapport. Cette affaire va mal finir.

Méprisant, il écarta l'écouteur de son oreille pour ne pas entendre les éructations de son interlocuteur. C'était triste, mais les régimes policiers devaient toujours utiliser des gens semblables. Le coupant d'une voix glaciale, il répliqua :

– Vos hommes ont opéré à visage découvert, c'est d'une grande imprudence. Cela fait la seconde fois en vingt-quatre heures... La Milicija va être obligée de réagir, si cela continue.

Un silence assourdissant lui répondit et il comprit qu'il avait été un peu loin.

– Allons, fit-il d'un ton plus détendu, tout cela n'est pas trop grave. Mais faites attention. Je pense que maintenant, nous sommes sur la bonne voie, mais vous avez eu tort de vous manifester ainsi... Cela a alerté nos adversaires. Vous n'avez pas confiance en moi ?

A l'autre bout du fil, Zlatko Sombor faillit dire « non », mais se ravisa.

– Si, si, affirma-t-il, mais je voudrais tellement voir ce salaud mort.

– C'est pour bientôt, assura Bogdanovic d'un ton badin. Mais tenez-vous tranquille. Le Président n'aime pas que l'on fasse trop de vagues.

L'appareil raccroché, il alluma le voyant rouge signifiant qu'on ne pouvait pas le déranger et se mit à réfléchir, jouant avec un Zippo offert par Radovan Karadzic. Le briquet avait été retrouvé dans les débris du F 16 américain abattu par un Sam 6 serbe, près de Banja Luka. Il portait encore le sigle du *squadron* du pilote.

Il se plongea dans le dossier de Zlatko Sombor, dit « commandant » Dragan. Depuis le début, dès que le gouvernement de Belgrade avait appris les intentions des Américains concernant le criminel de guerre déjà recherché par la Croatie, Rade Bogdanovic avait été chargé par le président Milosevic de prendre *toutes* les dispositions nécessaires pour neutraliser l'opération US.

D'une façon ou d'une autre.

La plus évidente était d'éviter un témoignage dévastateur qui mettrait la Serbie dans une position impossible. Le témoignage de Milomir Stefanovic... A ce jour, Dragan n'était réclamé comme criminel de guerre que par la Croatie. Ce n'était pas trop grave. Mais le jour funeste où le TPI de La Haye lancerait un mandat d'arrêt international contre lui, la position du gouvernement serbe deviendrait intenable.

Depuis le début de l'affaire lancée par Nenad Kurco et reprise au vol par la CIA, il y avait eu plusieurs réunions secrètes au palais présidentiel pour l'évoquer.

On avait d'abord fait confiance à Dragan pour éliminer lui-même la menace. Puis, avec l'entrée en scène d'un chef de mission de la CIA particulièrement coriace, il avait bien fallu envisager une hypothèse impensable au début : que les Américains parviennent à exfiltrer Milomir Stefanovic, afin qu'il témoigne contre son ancien chef devant le TPI de La Haye.

Bogdanovic et le président Milosevic savaient très bien que les Américains brandiraient cette menace sans la moindre envie de la mettre à exécution. Ils se moquaient du « commandant » Dragan. Leur seul but était de faire peur à Milosevic pour qu'il pousse Karadzic, le leader des Serbes de Bosnie, vers la sortie. Seulement, Milosevic ne pouvait pas non plus aller *trop* loin dans cette direction-là.

Il fallait donc désormais envisager un plan de secours, au cas où Milomir Stefanovic se retrouverait à La Haye. Ce plan incluait le lâchage de Dragan. Celui-ci montré du doigt, la pression serait trop forte pour qu'on le protège plus longtemps. La République fédérale yougoslave risquerait de se voir à nouveau appliquer des sanctions internationales.

L'extradition volontaire de Dragan était donc, dans ce cas de figure, à l'ordre du jour. Avec toutes les conséquences néfastes possibles pour le président Milosevic. Quand on ouvrait la boîte à Pandore... Le « commandant » Dragan pouvait faire des révélations d'une extrême gravité sur l'implication de la RFY et de Milosevic lui-même dans la guerre déclenchée par les Serbes de Bosnie. Rade Bogdanovic souhaitait que ce jour n'arrive jamais, mais son rôle était de prévoir l'avenir, aussi sombre soit-il.

L'opération ratée du *Hyatt* permettait une première « contre-mesure ». En interpellant les coupables, facilement identifiables par au moins deux témoins, puis, dans la foulée, leur chef, le « commandant » Dragan, on montrerait au monde qu'il n'était pas intouchable.

Si tout se passait bien, on en serait quitte pour le relâcher. Sinon, il serait au chaud pour être livré au TPI.

Les Américains ne le savaient pas, mais le président Milosevic avait pris sa décision : plutôt que d'affronter les Serbes de Bosnie, il livrait le « commandant » Dragan à la justice internationale. Les révélations que ferait le criminel de guerre seraient alors démenties par un certain nombre de fusibles.

Rade Bogdanovic décrocha son téléphone et appela le général Radovan Stojisic, commandant la Milicija.

*
**

Miralov Petrovic descendit de son bus en face d'un des immenses clapiers de Novi Beograd, des immeubles de trois cents appartements alignés les uns à côté des autres au bord de la Sava. Triste cité-dortoir. Il avait hâte de se retrouver chez lui, après les émotions de la journée. La Milicija l'avait retenu quatre heures et lui avait fait signer un témoignage circonstancié avec la description des tueurs du *Hyatt*.

Son collègue de l'entrée avait subi le même traitement. De quoi s'étonner quand on connaissait le laxisme des autorités vis-à-vis des mafieux, mais le client du *Hyatt* abattu par erreur était un businessman suédois, ce qui allait faire des vagues.

Miralov Petrovic entendit une voiture s'approcher et se retourna. Son sang se figea. C'était une Pajero noire semblable à celle qui avait amené les tueurs au *Hyatt*. Elle le dépassa et stoppa en travers du sentier menant à sa HLM.

Sans hésiter, il fit demi-tour et se mit à courir vers l'arrêt du bus, où il y avait encore des gens.

Il en était encore à trente mètres quand la Pajero le rattrapa. La glace du passager était baissée. Le véhicule ralentit. Miralov Petrovic vit un bras prolongé par un pistolet-mitrailleur Skorpio qui pointait hors du véhicule. Il entendit les premières détonations et ressentit une série de coups dans le dos, suivis d'une atroce douleur. Il trébucha et tomba, la face contre terre. Il était encore vivant quand la Pajero s'arrêta à sa hauteur. Sans même descendre, le tueur, son arme verticale, tournée vers le sol, acheva de vider son chargeur dans la tête du mourant.

Puis, la Pajero repartit.

Elle s'arrêta sagement au « stop » de l'avenue, la vitre relevée, avant de s'éloigner à petite allure vers l'autoroute de Zagreb, et de se perdre dans la circulation.

*
**

Malko sonna à la porte de Priscilla Clearwater, l'estomac serré. Une bouteille de Taittinger Comtes de Champagne à la main, achetée dans le nouveau centre commercial de la place de la Révolution, à prix d'or. On trouvait maintenant à Belgrade les meilleurs produits de l'Ouest. Il n'avait pas voulu téléphoner et s'était assuré de ne pas être suivi. Il perçut un léger frottement derrière la porte et dit à mi-voix :

– Slavica, c'est moi, Malko, ouvrez.

Le battant s'entrouvrit sur le visage inquiet de la jeune Croate. Malko se hâta d'entrer. Elle était drapée dans un peignoir en éponge appartenant sûrement à Priscilla, trop grand pour elle. Pas maquillée, les yeux rouges, elle soupira :

– Je n'en peux plus ! Dès que j'entends un bruit dehors, je meurs de peur. Ils vont me retrouver.

Elle s'assit sur une chaise, alluma une Gauloise blonde et souffla longuement la fumée, se détendant peu à peu.

Malko la laissa se calmer quelques instants avant d'annoncer :

– Si tout se passe bien, vous allez quitter cet endroit.

Le regard de Slavica Jelovac s'enflamma.

– Quand ? Pour aller où ?

– Aujourd'hui, précisa Malko, mais sous certaines conditions.

– Lesquelles ?

– Voilà, expliqua Malko, j'ai une occasion de vous exfiltrer en Hongrie. De là, vous pourrez gagner la Croatie.

– C'est merveilleux ! fit-elle. Comment ?

– Grâce à un homme qui est probablement celui qui vous a dénoncée à la DB, précisa Malko.

Le regard de la jeune femme vacilla.

– Comment cela ? Vous êtes fou ! Il va recommencer !

– Non. Parce que je serai avec lui et que nous ne partons pas seuls. Il y aura un homme avec nous : Milomir Stefanovic.

– Stefanovic ! Celui qui s'est livré à des massacres dans mon pays ? Pourquoi l'aidez-vous à partir ? C'est un monstre.

De nouveau, elle était bouleversée. Malko entreprit de la calmer.

– Je ne veux aucun bien à ce Stefanovic, précisa-t-il, bien au contraire. Nous l'emmenons hors de Serbie parce que ses anciens complices veulent l'assassiner. Or, il faut qu'il témoigne au Tribunal de La Haye.

Slavica Jelovac secoua la tête.

– Il ne témoignera pas ! Il n'est pas fou. Il va disparaître.

Malko eut un sourire glacial.

– Ça m'étonnerait. Sans passeport, il ne peut pas aller très loin. Et il sera pris en charge dès le passage de la frontière par une équipe de la CIA qui ne le lâchera plus. Quant à sa confession, je l'ai déjà, écrite et signée de sa main. Cela suffit à le faire extrader de n'importe quel pays. Avec son témoignage, nous coincerons Dragan.

La jeune femme suivait avidement sa démonstration.

– Dragan ! C'est vrai ?

– C'est vrai. Les Américains le veulent. Autant que vous, mais vivant. Pour faire un exemple. Comme les Français voulaient Carlos. Pour un procès exemplaire. Avec le témoignage de Milomir Stefanovic, le président Milosevic sera obligé de le faire arrêter et extrader de Serbie.

Un long silence s'ensuivit. Visiblement, la Croate avait des doutes. Malko s'efforça de la rassurer en précisant :

– J'ai besoin de vous. Pendant ce dernier voyage, Dusko Balasevic va peut-être tenter de me doubler. Il vaut mieux être deux pour déjouer ses manips...

Elle haussa les épaules.

– Qu'est-ce que je peux faire ? Je n'ai même pas d'arme.

– Je vous rendrai mon pistolet, promit Malko. Est-ce que vous êtes d'accord ?

Elle lui jeta un regard triste.

– Est-ce que j'ai le choix ?

– Cela se passera bien.

– Quand partons-nous ?

– Je viens vous chercher un peu avant six heures. Soyez prête. Balasevic ne sait pas encore que vous venez.

Il se leva et elle vint se coller contre lui de tout son corps.

– Merci, murmura-t-elle. Je ne sais pas comment...

A la façon dont elle se tenait, elle en avait quand même une idée assez précise. Malko se dégagea. Ce n'était pas le moment.

– A tout à l'heure.

Il redescendit, un peu rassuré. Les choses se mettaient en place.

Le compte à rebours était commencé. Son intuition lui disait que toutes les difficultés n'étaient pas derrière lui. Le voyage de Belgrade en Hongrie n'était que le dernier épisode d'une histoire tortueuse qui lui avait déjà réservé beaucoup de surprises.

Toutes mauvaises.

S'il avait envie de revoir le château de Liezen et la pulpeuse Alexandra, il avait intérêt à mettre *toutes* les chances de son côté ; il n'était même pas certain que cela suffise.

CHAPITRE XVII

Rade Bogdanovic allait quitter son bureau lorsqu'on lui apporta une note en provenance du QG de la Milicija, situé juste de l'autre côté de la rue. Elle concernait les meurtres de deux employés du *Hyatt,* commis dans des circonstances similaires. Abattus par des inconnus en voiture alors qu'ils rentraient de leur travail. Cela aurait pu être une des innombrables affaires mafieuses si ces deux-là n'avaient justement été les témoins de la tuerie de la veille au soir... Les *seuls* capables de reconnaître les trois tueurs.

Le chef de la Seconde Section regarda pensivement les quelques lignes, saluant mentalement la rapidité du « commandant » Dragan. Voilà pourquoi ce voyou avait pu survivre si longtemps. Il réagissait vite et bien. Rade Bogdanovic sortit de son coffre le dossier du criminel de guerre et posa dessus la note qu'il venait de recevoir. Il n'avait plus envie de rentrer chez lui.

Cette réaction de Dragan était, d'un côté, inquiétante. Il se sentait sûr de l'impunité, donc pouvait avoir envie d'aller plus loin. Par exemple, liquider des gens proches des Américains. Ceux-ci en tiendraient responsable le gouvernement de Belgrade, ce qui n'arrangerait pas les choses...

Ou Dragan pouvait vouloir se mettre à l'abri.

Rade Bogdanovic sortit la fiche de recherches concernant Zlatko Sombor émise par Interpol, et qu'il n'avait plus très bien en tête. Il la parcourut : édifiante... La Suède, le Danemark, la Belgique, la Suisse, l'Allemagne et l'Italie le réclamaient pour des délits de droit commun. Sans parler, bien sûr, de la Croatie qui avait lancé un mandat international pour crimes de guerre et génocide, exigeant arrestation et extradition immédiates... En Europe, il était fini. Mais il pouvait, avec un faux passeport, tenter d'aller beaucoup plus loin. Au Mexique par exemple, où il comptait des amis parmi les narcotrafiquants.

Or, jusqu'à nouvel ordre, Dragan *devait* rester sous la main des autorités de Belgrade. Rade Bogdanovic appela sa secrétaire et lui dicta une courte note ultraconfidentielle destinée à tous les postes-frontières de la République fédérale, y compris ceux donnant sur la Republika Srpska. Elle appelait l'attention de tous les fonctionnaires sur Zlatko Sombor, dit « commandant » Dragan.

– Vous y joindrez une photo et la liste de ses différents pseudos, ajouta Bogdanovic.

Il ne se faisait pas trop d'illusion : le dispositif ne serait jamais étanche, avec un homme comme Dragan qui contrôlait des réseaux de contrebande. Mais il le connaissait : fou d'amour pour sa chanteuse, il ne la laisserait pas derrière lui. Ce qui compliquait ses déplacements.

– Diffusion immédiate, ordonna-t-il.

Dragan allait sûrement l'apprendre, mais tant pis.

*
**

Malko gara sa Polo rouge dans le parking de l'*Intercontinental.* Il inspecta rapidement les voitures garées en face de l'hôtel et aperçut avec soulagement la Range Rover blanche au sigle de l'IFOR utilisée par Tamara Savic. Ce n'était pas la seule raison de sa visite à l'*Intercontinental,* mais la chance semblait être de son côté.

Il s'arrêta à côté de la réception au bureau Avis et posa

les clefs de la Polo rouge, ainsi que les papiers, devant l'employée.

– Je voudrais changer de voiture, expliqua-t-il. La mienne n'a pas de climatisation. Pouvez-vous m'en donner une *avec*.

L'employée consulta son tableau.

– J'ai une Mercedes 230, annonça-t-elle. C'est beaucoup plus cher, évidemment.

– Aucun problème, affirma Malko. Quelle couleur ?

– Grise.

– Parfait. Vous l'avez là ?

– Non. Je dois la faire venir de l'aéroport. Cela prendra une demi-heure.

– Très bien. Je rends visite à quelqu'un dans l'hôtel et je la prendrai en redescendant.

Il monta directement à la suite occupée par CNN. La porte était ouverte. Il aperçut Tamara, ses longs cheveux blonds réunis en choucroute sur le dessus de son crâne, qui était en train de téléphoner, toujours aussi provocante dans un tee-shirt rose et une mini assortie. Elle fit signe à Malko d'entrer avec un grand geste joyeux. A peine sa communication terminée, elle lui sauta au cou.

– Quelle bonne surprise ! Je ne pensais pas te revoir.

– Tu ne m'as pas téléphoné, remarqua Malko.

– D'abord, je n'étais pas à Belgrade, expliqua-t-elle. Je suis partie pour Pale, avec une équipe venue d'Atlanta. Là-bas, j'ai failli me retrouver en prison, à cause de cette salope de Sonia Karadzic. Ensuite... (Elle hésita un peu.) Je t'ai dit que je ne voulais pas me mêler de l'affaire dont tu t'occupais. Trop dangereux. J'ai eu raison...

– Pourquoi ?

Elle sourit mystérieusement.

– J'ai entendu des rumeurs... Je ne sais pas exactement ce que tu as fait, mais je sais qu'on a essayé de te tuer. Et puis tu as vu cette histoire de fou avec Carla Bettega ? Elle avait pourtant l'air sympa. Je ne comprends pas pourquoi elle a tiré sur les flics.

– Moi non plus, dit Malko.

– On dîne ensemble ce soir ?

– Je ne peux pas. Je quitte Belgrade.

– Ce soir ?

– Oui.

– C'est gentil d'être venu me dire au revoir. On pourrait passer un moment ensemble, ajouta-t-elle d'un ton chargé de sous-entendus.

– Allons boire un verre, suggéra Malko.

Ils se trouvèrent dans le bar du rez-de-chaussée. Malko prit une Stolychnaya tandis que Tamara Savic commandait un Caïpirinha Cointreau et un demi-citron vert écrasé au pilon.

– Je suis venu te proposer un marché, dit Malko, dès qu'ils eurent bu.

– Un marché ? Lequel ?

Sa surprise n'était pas feinte. Malko s'assit.

– Avant, je voudrais que tu me fixes sur certains points. Tu utilises toujours la Range blanche de ton copain de l'IFOR ?

– Oui, elle est en bas.

– Tu pourrais t'éloigner de Belgrade avec ?

– Oui, éventuellement. Pourquoi ?

Sans répondre, Malko continua :

– La Milicija ne te contrôle pas ?

Elle rit.

– Tu m'avais déjà posé la question. *Non.* Ils craignent l'IFOR comme la peste. Dis-moi ce que tu attends de moi.

– Je voudrais utiliser cette voiture pour *éventuellement* sortir du pays avec.

– Pour aller où ?

– En Hongrie.

Elle prit l'air soucieux.

– Ça m'embête de te dire non. Mais s'il y a un problème, mon copain et moi serons dans la merde.

Tout en parlant, elle attrapa un paquet de Gauloises

blondes et en alluma une avec un Zippo tout neuf représentant une magnifique Harley Davidson.

– Il y a une compensation, annonça Malko. Je vais te la dire, mais si tu refuses, il faut que tu me jures d'oublier ce que tu vas entendre...

Elle leva la main en riant.

– Je le jure. Sur la Bible, le Coran, ce que tu veux.

– C'est sérieux, avertit Malko. As-tu entendu parler d'un homme qui se nomme Milomir Stefanovic ?

– Vaguement, mais je ne vois pas qui c'est.

– Tu te souviens : Nenad Kurco voulait vendre pour cinquante mille dollars des photos *et* une information. C'était le nom de Stefanovic, qui est un ancien ami de Dragan. Aujourd'hui, pour différentes raisons, il est prêt à témoigner contre lui devant le Tribunal de La Haye. Il a participé à de nombreux massacres. Je dois l'exfiltrer de Serbie clandestinement. Grâce à l'homme à qui tu m'as envoyé, Dusko Balasevic. Seulement, je ne suis pas sûr de ce dernier. Alors, je prépare un système de secours. Avec cette Range, nous pourrions probablement passer en Hongrie.

Tamara Savic ne souriait plus. Malko ajouta aussitôt :

– Ta récompense, ce sera de pouvoir filmer en temps réel l'exfiltration de ce criminel de guerre, et ensuite, de l'autre côté de la frontière, sa récupération par une équipe de la CIA. Tu ne crois pas que c'est un vrai scoop ?

La jeune femme en oubliait de tirer sur sa cigarette.

– Si, bien sûr ! fit-elle d'une voix excitée. C'est formidable ! Là, je veux bien prendre des risques. Quand veux-tu partir ?

– Ce soir, vers six heures. Je ne peux plus rester à Belgrade, c'est trop dangereux.

Elle jura entre ses dents.

– Ce soir, je ne peux pas partir. Je dois envoyer un sujet à Atlanta.

– Tu peux nous rejoindre, dit Malko, je ne vais pas tout de suite à la frontière. Nous coucherons au château de Jezero, à côté de Becej. Le passeur doit venir nous récupérer là. Tu connais ?

– Oui, bien sûr. Quand ce passeur doit-il vous rejoindre ?

– Je ne sais pas encore. La nuit prochaine ou plus tard. Ce que je veux, c'est avoir une *seconde* voiture, en plus de la mienne. Au dernier moment, nous utiliserons la Range, au cas où l'autre serait signalée.

Tamara tirait sur sa Gauloise blonde comme une folle, buvant les paroles de Malko.

– Ça semble possible, approuva-t-elle. Donc, je viens te retrouver à Jezero et on passe avec la Range. Et ensuite ?

– De l'autre côté de la frontière, à Szeged, on retrouve une équipe de la CIA. Rien n'empêche que tu donnes rendez-vous à un cameraman. Bien au contraire. Il faut donner un maximum de publicité à la défection de Milomir Stefanovic.

« De cette façon, Slobodan Milosevic saurait que les Américains ne bluffaient pas. Tant que le défecteur restait entre leurs mains, ils étaient maîtres du jeu dans cette mortelle partie de poker menteur. Si Milosevic cédait, il serait toujours temps de passer Milomir Stefanovic à la trappe.

– C'est super, si ça marche, approuva Tamara.

– Si ça ne marche pas, remarqua Malko, je serai très mal. Alors, es-tu d'accord ?

Elle le regarda droit dans les yeux.

– Je serai à Jezero vers onze heures ce soir.

– Il y a encore autre chose, avoua Malko. Tu m'as parlé de Carla Bettega tout à l'heure. Elle sera du voyage.

Tamara le regarda, stupéfaite.

– Elle ! Mais pourquoi ?

Malko le lui expliqua, et conclut :

– C'est une expédition risquée. Tu dois en être consciente.

– Ça ne fait rien ! CNN sera fou de joie de ce scoop. Et j'ai déjà failli être tuée dix fois en Bosnie...

– Alors, à cette nuit, dit-il. Sois discrète pour le cameraman. N'appelle pas d'ici. Ne parle à *personne* de cette histoire.

En reprenant l'ascenseur, il se sentait quand même mieux. Avec la Range de l'IFOR, il avait de bonnes chances de déjouer un possible piège.

A la réception, l'employée d'Avis lui remit les clefs et les papiers de sa nouvelle voiture.

*
**

Malko gara sa Mercedes 230 sur le trottoir de la rue Visegradska, qui longeait l'ambassade américaine. Grise, d'un modèle déjà ancien, elle passait plus inaperçue que la Polo rouge. Même si la SDB savait déjà qu'il avait changé de véhicule, cela limitait les risques de surveillance.

Larry Oldcastle l'accueillit avec un mélange de chaleur et de mauvaise conscience à peine dissimulée.

– Je vais penser à vous chaque seconde dès que vous aurez quitté ce bureau, dit-il avec une certaine emphase. Je sais que ce que vous allez faire est extrêmement risqué. Pourvu que Dusko Balasevic ne joue pas un double jeu ! Si seulement on avait un peu de temps...

Malko lui adressa un regard ironique.

– On en aurait si vous acceptiez de garder Stefanovic encore quelques jours chez vous.

– Vous savez bien que c'est impossible, protesta l'Américain. Nous devons demeurer *officiellement* en dehors de cette exfiltration. Vous avez mis au point les derniers détails ?

Malko lui résuma ce qu'il avait l'intention de faire. Bien entendu, sans mentionner la présence de Slavica Jelovac. Larry Oldcastle tiqua un peu en apprenant l'implication de Tamara Savic. Mais après tout, elle faisait elle aussi un peu partie de la *Company*...

– Quand récupérez-vous Stefanovic ? demanda-t-il.

– Juste avant de retrouver Balasevic.

– Vous pensez être de l'autre côté demain matin ?

– J'espère, dit Malko, cela dépend de Balasevic.

– Une équipe de la station de Budapest est arrivée ce soir à Szeged. Elle est en « stand-by » à l'hôtel *Balaton.* Son chef s'appelle James Baker. Dès que vous l'aurez rejoint, il vous conduira avec Milomir Stefanovic dans un de nos camps, près de Budapest. Là, vous attendrez la suite des événements.

Malko tiqua.

– On ne le transfère pas immédiatement à La Haye ?

– Non, avoua, un peu gêné, le chef de station de la CIA. Washington veut avoir les coudées franches pour négocier avec ce salaud de Milosevic. J'attends d'un moment à l'autre l'arrivée de Richard Holbrooke, le négociateur de la Maison-Blanche.

– Que vient-il faire ?

– Une fois Stefanovic en sûreté, nous mettrons le marché en main à Milosevic : ou il nous aide à neutraliser *définitivement* Radovan Karadzic, comme il l'avait promis, ou bien Stefanovic débarque à La Haye avec son témoignage. Dans ce cas, le TPI sera obligé de lancer un mandat contre Dragan et l'opération se déclenche. Milosevic est obligé de larguer Dragan, qui, à coup sûr, se retourne contre lui. Et là, il est mal...

– Très mal, en effet, reconnut Malko. Vous aussi, d'ailleurs. Vous n'aurez plus d'arme pour menacer Milosevic...

L'Américain tira une bouffée de Gauloise blonde avec un geste philosophe.

– Au moins, un de ces salauds sera devant le TPI ! Mais Milosevic craquera. Je vous parie mille dollars...

– Donc, s'il craque, qu'est-ce qu'on fait de Stefanovic ?

Le chef de station de la CIA baissa la tête.

– Rien, avoua-t-il. On le lâche dans la nature. Sa confession, sans lui, ne pourra pas être utilisée par le TPI.

Un ange passa et s'enfuit à tire-d'aile, écœuré. On était bien loin de la croisade morale du début. Comme souvent dans le renseignement, on débouchait sur une manip sordide et totalement amorale. Les Etats étaient décidément des monstres froids et si le renseignement était un métier de seigneur, il fallait, pour l'exercer, mettre des gants très épais pour ne pas se salir les mains. S'il n'y avait pas eu Slavica Jelovac, Malko aurait peut-être envoyé promener Larry Oldcastle.

Seulement, la jeune femme était la seule créature sympathique de toute cette affaire. Si elle n'était pas exfiltrée, elle finirait à coup sûr dans une prison serbe.

– Stefanovic va vous bénir, remarqua amèrement Malko. Le génocide mène décidément à tout. Dans quelques années, on le retrouvera à la tête d'un supermarché en Californie.

– Je suis désolé, fit Larry Oldcastle. Je sais que c'est difficile, mais il faut penser aux intérêts supérieurs du pays. Et même de la Bosnie. Ils réclament des élections libres, et si nous avons la peau de Karadzic grâce à notre stratagème, le monde aura bien mérité de vous.

– Dieu vous entende ! soupira Malko en se levant.

– Voilà l'argent pour Balasevic, fit Larry Oldcastle.

Il lui tendit une épaisse enveloppe Kraft fermée par du Scotch.

– Je vous appellerai dès que je serai en Hongrie, promit Malko.

– J'ai prévu ceci pour vous, ajouta l'Américain. En cas de malheur.

Il lui tendit un chronographe en titane. Un modèle Breitling inconnu de Malko, portant sur son cadran la mention « Emergency ».

– C'est la dernière création de Breitling, expliqua Larry Oldcastle, ce chronographe électronique comporte aussi un émetteur VHF miniaturisé qui peut envoyer un signal de détresse sur la fréquence internationale 121,5 MHz. Captable par tous les avions dans un rayon de plus de cent kilomètres. S'il vous arrivait quelque chose, activez-le. Son signal sera capté par un appareil de chez nous qui survolera la zone-frontière, côté Hongrie, à partir de minuit, ce soir. Cela permettra à l'équipe de Szeged de vous localiser et de venir à votre secours.

– J'espère que je n'en aurai pas besoin, fit Malko en prenant la Breitling emergency.

Soudain, Larry Oldcastle sursauta.

– *Jesus-Christ !* Je suis horriblement en retard. Je dois aller à l'aéroport. *Take care !*

Il échangea une longue poignée de main avec Malko avant de sortir du bureau. A peine eut-il disparu que Priscilla Clearwater entra. Malko ne lui laissa pas le temps de se plaindre.

– J'ai une bonne nouvelle, annonça Malko. Ce soir, vous coucherez seule.

La secrétaire de Larry Oldcastle lui jeta un regard incrédule.

– Elle est partie ?

– Elle *va* partir, corrigea Malko. Avec moi.

– Où allez-vous ?

– Je n'ai pas le droit de vous le dire, fit-il. Si vous êtes inquiète, demandez à votre patron.

Il lui avait bêtement semblé déceler une petite pointe de jalousie dans la voix de la Noire. Celle-ci reprit instantanément son attitude compassée.

– Je ne lui demanderai sûrement pas ! fit-elle avec indignation. Je ne me mêle jamais des affaires confidentielles.

– Parfait, dit Malko. *So, kiss me, good bye.*

Il s'approcha d'elle et l'enlaça. Comme ils étaient de la même taille, leurs visages se trouvaient à la même hauteur, leurs bouches à quelques centimètres l'une de l'autre. Priscilla se débattit. Mollement.

– *Please ! Stop immediatly !*

La bouche de Malko s'était écrasée sur la sienne. Pris

d'une brusque flambée de désir, il la coinça contre le bureau de Larry Oldcastle. A partir de là, il se conduisit comme un soudard. Mais un soudard habile de ses mains. En peu de temps, les protestations de Priscilla se changèrent en soupirs plus ou moins contenus. Malko fourrageait sous sa jupe avec l'entrain d'un collégien à sa première conquête. La maladresse en moins. La porte n'était même pas verrouillée, mais personne dans l'ambassade ne pénétrait dans le bureau du chef de station de la CIA sans frapper...

Il y eut une mêlée confuse quand le slip de Priscilla se retrouva sur la moquette bleue. Le ventre nu, appuyée au bureau, elle haletait. Quand Malko s'enfonça en elle d'un coup, jusqu'à la garde, elle émit une sorte de couinement et s'accrocha à lui comme une noyée. Il était en train de la besogner somptueusement quand on frappa à la porte. Priscilla eut un sursaut de tout le corps, mais coincée entre l'arête de chêne et les quatre-vingts kilos de Malko, elle disposait d'une liberté de mouvement assez limitée. Sans se retirer d'un millimètre du fourreau onctueux qui l'enserrait, Malko lança en direction de la porte :

– *Come back later !*

Ce qui lui donna amplement le temps de profiter encore un peu de la situation, avant de se déverser dans le sexe trempé. Molle comme une poupée de son, Priscilla murmura :

– *My God, you are a real monster !*

– Non, affirma Malko en se rajustant, mais j'ai un voyage un peu difficile à faire. Dites-vous que vous avez fait une bonne action. Un peu comme la dernière cigarette du condamné à mort...

Priscilla Clearwater se redressa, l'œil noir.

– *Fucking bastard !* (1) dit-elle entre ses dents comme il franchissait la porte.

(1) Putain de salaud !

CHAPITRE XVIII

C'était la mauvaise heure. Malko avançait mètre par mètre en direction du pont Bratsvo i Jedinsvo, descendant la rue Brankova au milieu d'un flot de véhicules qui essayaient de gagner Novi Beograd. La clim de la Mercedes venait d'expirer dans un lugubre chuchotement de moteur et elle ne crachait plus qu'un peu d'air tiède. Pudiquement, le compteur n'indiquait que 23 585 kilomètres, ce qui n'avait qu'un rapport lointain avec la réalité. Le feu, au coin de Carice Milice, passa au vert et Malko se laissa glisser dans la pente. A droite, un grand panneau lumineux plaqué sur la façade d'un immeuble indiquait 34 degrés et 5 h 40.

Le grand voyage avait commencé. Malko avait quitté l'ambassade US dix minutes plus tôt. Il avait laissé la plupart de ses affaires au *Hyatt,* ne prenant dans un sac que le strict nécessaire. Il se faufila le long d'un bus bondé qui crachait une épaisse fumée noire et fut enfin en vue de l'entrée du pont.

Quelques minutes de détente, le temps de traverser la Sava. Puis, il se mit sur la gauche. Le rail de séparation disparaissait, mais il était formellement interdit de tourner avant le croisement avec l'avenue Staro Sajmiste, cent mètres plus loin. Le feu était au rouge à ce croisement. Malko ralentit, déclenchant aussitôt un concert de klaxons.

Les conducteurs belgradois trépignaient au moindre problème. Il s'arrêta sur la voie centrale comme s'il était en panne, attendit que les voitures bloquées au feu en face de lui démarrent. Brutalement, il effectua alors un demi-tour, repartant vers Belgrade.

Dans le rétroviseur, il vérifia que personne n'avait pu le suivre. Déjà, le flot des véhicules le talonnait. Il n'eut pas le temps de se détendre. De nouveau, il se mit sur la file de gauche, afin de pouvoir tourner dans la rue Karadzordjeva, qui remontait sur sa gauche vers le parc Kalemegdan. Il y avait un feu spécial pour cette file qui coupait la circulation se dirigeant vers Novi Beograd. Il passa au vert. Malko démarra, mais au moment de franchir la voie protégée par le feu, il stoppa, déclenchant un nouveau accès de fureur des conducteurs qui suivaient. Par la glace ouverte, il fit un geste d'impuissance, à nouveau, comme s'il était tombé en panne. Incident assez fréquent à Belgrade pour que personne n'en soit étonné...

Il attendit, assourdi par les klaxons, le regard rivé au feu. Celui-ci passa à l'orange. Au moment où il devenait rouge, Malko démarra en trombe, au ras des voitures se lançant vers le pont. Il vérifia de nouveau que la voiture qui le suivait était restée sur place, et s'engouffra à toute vitesse dans la rue Karadzordjeva.

Après ces deux ruptures de filature, personne ne pouvait l'avoir suivi. Certes, il pouvait être surveillé par un dispositif qui signalerait son itinéraire par radio à d'autres suiveurs, mais cela lui donnait quand même quatre-vingt-dix pour cent de chances...

Il passa en trombe devant l'église Saborua Crkva, tourna à droite dans Pariska, passa devant l'ambassade de France, continua quelques centaines de mètres et reprit encore à droite Uzun Mirkova, en direction de la place de la Révolution.

Ensuite, Terazijé et Srpskih Vladara, ex-Marsala Tito. Il ralentit et aperçut un homme debout à l'arrêt du bus 29, de l'autre côté de l'avenue. Dusko Balasevic, en chemisette, son éternelle sacoche accrochée à l'épaule. Il stoppa le long du trottoir et le détective traversa en courant pour le rejoindre. A peine assis à côté de lui, il demanda :

– Vous êtes seul ?

– Pas pour longtemps, fit Malko en redémarrant.

– Vous avez changé de voiture, remarqua Balasevic.

– Je vous l'avais dit. Celle-ci est plus discrète. J'ai procédé à deux ruptures de filature. Personne ne peut m'avoir suivi. Et vous ?

– J'ai fait comme prévu, affirma Balasevic. Ma voiture est dans le parking à côté de la place Biljana Pasica. Je suis arrivé en avance et j'ai tourné un peu, à pied. Personne ne me suivait.

– Toujours pas de nouvelles de votre passeur ?

– Non. Mais ce n'est pas grave. Vous avez l'argent ?

– Oui. A propos, nous avons une personne de plus, annonça Malko avant de tourner à gauche dans Knez Mihajlova, et de passer ensuite devant la Grande Poste.

Dusko Balasevic ne dissimula pas sa surprise.

– Qui ?

– Carla Bettega.

Le détective ne broncha pas. Vraiment doué pour le poker.

– Comment l'avez-vous retrouvée, et pourquoi l'emmenez-vous ?

– Je vous ai menti, fit simplement Malko. Je ne voulais pas vous embarrasser. Après l'incident de l'hôtel *Splendid,* elle est venue me trouver au *Hyatt,* croyant que *je* l'avais dénoncée. Nous nous sommes expliqués, et je lui ai trouvé une planque sûre pour quelques jours.

– Je vois, fit pensivement Dusko Balasevic. Moi, je n'ai rien contre elle. Je m'en suis occupé à votre demande. Cela ne pose pas de problème avec Ratko, mon passeur. Il demandera simplement un supplément d'argent. Probablement deux mille marks.

– Pas de problème, affirma Malko.

Dusko Balasevic eut un rire nerveux.

– J'espère seulement que la DB n'apprendra jamais comment elle est sortie du territoire de la RFY. Parce que, *moi,* j'aurais des problèmes.

Malko se tourna vers lui.

– Je croyais que vous aviez envie de vous installer en Grèce.

Dusko Balasevic mit quelques secondes à répondre. C'était la première fois que Malko le voyait pris de court. Il finit par dire :

– Bien sûr, mais j'ai encore quelques détails à régler à Belgrade.

Malko tourna rue Stojanovica et aperçut tout de suite Slavica Jelovac debout sur le trottoir. Avec un haut noir, une jupe assortie et des escarpins. Elle s'était servie dans la garde-robe de Priscilla Clearwater !

– La voilà ! dit-il à Dusko Balasevic.

Elle salua le détective d'un signe de tête et s'installa à l'arrière. Inutile de faire des présentations. Il restait le plus important : la récupération de Milomir Stefanovic.

Malko refit le chemin en sens inverse, tournant à gauche pour rejoindre le boulevard Jugoslovenska Narodna Armija, ce qui représentait un grand détour, mais présentait l'avantage de ne pas passer par Knez Mihajlova où se trouvait l'immeuble de la SDB.

Il ne fallait pas tenter le diable...

Vingt minutes plus tard, il arrivait devant la résidence de Larry Oldcastle. Ce dernier lui avait donné le code du portail. Il traversa rapidement la pelouse et entra par-derrière, là aussi par une porte protégée par un code digital.

Milomir Stefanovic était dans le living, en train de regarder la télévision, son Zastava 9 mm posé à côté de lui ; il se leva d'un bond en voyant Malko, les traits illuminés par la joie.

– On y va ?

– On y va, dit Malko. Il y a deux autres personnes dans

la voiture. Celui qui nous mène au passeur et une femme qui veut aussi sortir clandestinement du pays.

– Qui est cet homme ? Un Serbe ?

– Oui. Je ne vous dirai pas son nom. Juste son prénom. Dusko.

Milomir Stefanovic rafla son pistolet et suivit Malko. Les présentations furent brèves. Juste les prénoms. Malko avait quand même l'estomac noué. En emmenant Slavica Jelovac, il multipliait les risques. En cas de pépin, cela se passerait sûrement *très* mal. Dans la voiture, tout le monde était armé...

Tout en conduisant, il surveillait le rétroviseur, les trottoirs, les autres voitures, s'attendant à chaque seconde à entendre le hurlement d'une sirène de police. Un silence pesant régnait dans la voiture. Enfin, il parvint à la rampe menant à l'autoroute de Zagreb. Il prit le pont Gazela, se mêlant à la circulation. Ils quittaient Belgrade.

*
**

Depuis vingt minutes, la Mercedes se traînait sur l'autoroute de Zagreb, entre les camions et les banlieusards. Plus il s'éloignait de Belgrade, plus Malko était détendu. Enfin, la circulation fut clairsemée et il put accélérer. Une quarantaine de kilomètres furent franchis sans encombre. Puis il aperçut sur un parking, à droite de l'autoroute, à une centaine de mètres devant lui, plusieurs véhicules bleu et blanc de la Milicija.

Un contrôle, comme il y en avait des dizaines. Automatiquement, il leva le pied. Son pouls grimpa soudain vertigineusement. Un policier en gris s'avançant sur la chaussée brandissait un petit disque rouge, pour ordonner à Malko de stopper.

Celui-ci tourna la tête vers Dusko Balasevic. Le détective, les mains sur les genoux, n'avait pas l'air troublé.

– Ne vous affolez pas, fit-il. C'est un contrôle de routine.

Malko aperçut alors en retrait un fourgon, avec plusieurs hommes autour. Une chose l'intriguait : il n'y avait aucune autre voiture contrôlée. Il hésita sur la conduite à tenir. Certes, il pouvait foncer, ignorer le milicien. Celui-ci n'aurait pas le temps de tirer. Mais il n'y avait qu'une seule route pour Becej. Ils se feraient fatalement rattraper. Il se tourna vers Slavica Jelovac. Elle était livide.

Il se tourna à nouveau vers Dusko Balasevic.

– Si ce n'était pas un contrôle de routine, dit-il, je vous tuerais moi-même.

– Vous êtes fou ! marmonna le Serbe.

Le milicien était toujours planté sur la route, son petit disque levé. Milomir Stefanovic, à l'arrière, était livide, Malko se demanda s'il n'allait pas sauter hors de la voiture... Lui aussi avait son CZ 89 sous le siège, prêt à tirer. Brutalement, cela ressemblait à un mauvais *road movie* américain.

Malko vit le visage du milicien grandir dans le pare-brise. Un garçon très jeune, l'air concentré. Voyant que Malko s'engageait sagement sur le terre-plein, il abaissa son disque et se dirigea vers la voiture. Malko baissa sa glace dans un silence de mort.

– Ne lui parlez surtout pas en serbe, souffla Dusko Balasevic. Laissez-moi faire.

Le milicien s'approcha, salua poliment et débita une tirade d'une voix monotone. Aussitôt, le détective traduisit :

– Vous rouliez à cent dix. La vitesse autorisée est de quatre-vingts. Vous avez été pris par un radar. Il veut contrôler les papiers du véhicule et ceux des occupants de la voiture.

Malko sentit son estomac se charger de plomb. La présence de Slavica Jelovac allait transformer ce contrôle en catastrophe. Dusko Balasevic lança une longue phrase au milicien et dit à Malko :

– Donnez-moi les papiers de la voiture. Je vais m'en occuper.

Malko les lui donna et le détective descendit, se dirigeant directement vers le fourgon, sa sacoche à la main. Le milicien, lui, se planta devant le capot de la Mercedes, l'empêchant de repartir... A l'arrière, Milomir Stefanovic était aussi pâle que Slavica Jelovac. Celle-ci se pencha en avant.

– Ce salaud est parti nous dénoncer. Il faut lui mettre une balle dans la tête quand il reviendra.

Milomir intervint à son tour. Sur un autre registre.

– Démarrez ! On sortira de l'autoroute, je connais des petits chemins.

Malko essaya de garder son sang-froid.

– Si nous faisons cela, vous ne passerez *jamais* en Hongrie.

Le silence retomba dans la Mercedes. Malko gardait les yeux fixés sur le fourgon de la Milicija. Enfin, deux minutes plus tard, Dusko Balasevic en émergea, escorté d'un gradé souriant, les papiers de la Mercedes à la main. Le gradé lança un ordre au jeune milicien qui s'écarta aussitôt. En quelques enjambées, Dusko Balasevic eut rejoint la voiture.

– Démarrez ! lança-t-il en montant. C'est réglé.

Malko ne se le fit pas dire deux fois... Il repartit sous le regard indifférent du milicien. Balasevic eut un rire nerveux.

– Le racket habituel ! expliqua-t-il. Sous prétexte d'excès de vitesse, ils voulaient immobiliser le véhicule ou exiger le versement d'une caution de dix mille dinars. Finalement, j'ai transigé pour cinq cents...

– Comment ?

Il sourit.

– J'ai expliqué qui j'étais. Je connais quelques noms de responsables à la Milicija. Tout ce qu'ils voulaient, c'était un peu d'argent.

Le silence retomba. Malko roulait sagement à quatre-vingts... Le paysage était sans aucun relief, plat comme la main, uniquement des champs et quelques rares bois.

Ils franchirent le Danube, quittèrent l'autoroute pour des routes étroites encombrées de tracteurs. La région semblait prospère. Peu à peu, tout le monde se détendait. Deux heures plus tard, ils arrivaient à Becej, une importante bourgade au cœur de la Voïvodina, ancienne colonie hongroise. Dusko Balasevic guida Malko vers la sortie ouest. Direction Milesevo.

– Encore une demi-heure, annonça le détective.

Ce n'étaient qu'exploitations agricoles, sur une plaine désespérément plate.

Malko aperçut un panneau indiquant Jezero. La nuit était en train de tomber. Un chemin filait à gauche, perpendiculaire à la route principale, vers une grosse construction dissimulée par un massif d'arbres.

– C'est là, annonça Dusko Balasevic.

Ils débouchèrent devant ce qui ressemblait à une exploitation agricole. Des hangars, des écuries et en face un étrange bâtiment ressemblant vaguement à un château fort avec ses tours pointues et une grosse tour carrée très médiévale d'aspect. L'ensemble était éclairé par des projecteurs dissimulés dans le jardin, ce qui lui donnait l'air vaguement féerique. A côté se trouvait une chapelle, qui semblait abandonnée.

Malko se gara devant un muret de pierre et ils gagnèrent l'entrée principale. Dusko Balasevic frappa plusieurs fois et la lourde porte ornée de vitraux s'ouvrit enfin sur un maître d'hôtel à la veste blanche immaculée qui sembla extrêmement surpris de les voir. S'ensuivit une longue conversation entre les deux hommes. Le détective se tourna ensuite vers Malko.

– Nous sommes les seuls clients... Mais ça ne fait rien, il va aller chercher à manger au village et nous installer dans nos chambres. Suivons-le.

L'intérieur ressemblait à un cloître, avec ses plafonds immenses, son sol de marbre, sa décoration austère. Les ampoules ne dépassaient pas vingt-cinq watts, baignant d'une ambiance crépusculaire ce vrai décor de film d'horreur. Ils montèrent un escalier monumental. Le maître d'hôtel ouvrit une porte d'où s'échappa une forte odeur de moisi. Malko aperçut un lit à baldaquin, des tentures poussiéreuses, des meubles gothiques. Les fenêtres étaient tout en hauteur, étroites, sans rideau.

– Voilà votre chambre, lui annonça Balasevic. On dînera dans une heure environ. Ce ne sera pas terrible.

Il continua, installant Stefanovic, Slavica Jelovac et lui-même dans d'autres chambres de l'étage, nettement moins majestueuses. Malko, par la fenêtre, aperçut une piscine, ou plutôt un grand bassin vide. Tout semblait abandonné. Quel étrange endroit ! Les épais murs de pierre étouffaient tous les bruits de l'extérieur. Il sortit et alla frapper à la chambre de Slavica. Sans un mot, il lui tendit le CZ 89 qu'elle lui avait volé et qu'il avait récupéré au *Hyatt*.

– Je n'aime pas cet endroit, dit-elle. C'est sinistre. On dirait le château de Dracula...

Cela en effet ne respirait pas une grande gaieté... mais plutôt la poussière, la crasse et l'abandon. Qui avait pu construire cette étrange construction au milieu des champs, loin de toute agglomération ?... Ils descendirent, retrouvèrent dans le hall Milomir Stefanovic, visiblement pas rassuré, qui regardait les boiseries sombres comme s'il allait en sortir des spectres.

Le rez-de-chaussée n'était guère plus accueillant que l'étage, si ce n'est mieux éclairé. La salle à manger immense ne comptait qu'une table mise : la leur. Des bouteilles de vin et des carafes d'eau, une nappe sale et trouée. Cela sentait encore le communisme. Un ancien Relais et Châteaux pour apparatchiks de seconde zone...

Balasevic réapparut. Guilleret. Ses petits yeux flamboyaient de joie.

– C'est un endroit étonnant, non ? souligna-t-il. Les mafieux de Belgrade viennent parfois y faire la fête et tirent dans les murs. Regardez bien, il y a des impacts partout... Mais on est tranquille.

Le garçon fit son apparition, quarante-cinq minutes plus

tard, apportant les éternels « mixed-grill » à la yougo, trop cuits, noyés sous une épaisse couche d'oignons, et des salades rachitiques sûrement pleines de tous les virus du monde. Si Chris Jones et Milton Brabeck s'étaient trouvés là, ils auraient fait une crise... Le vin aurait pu assommer un mammouth, aussi Malko préféra-t-il boire de la bière. Le garçon alluma deux cierges qui faisaient ressembler leur dîner à une veillée funèbre. Seul Balasevic mangeait de bon appétit. Le garçon revint avec des fraises, et demanda qui voulait des cafés.

Le détective regarda sa montre.

– Il va falloir que j'y aille bientôt, annonça-t-il.

Malko sentit un désagréable picotement à l'estomac.

– A Subotica ?

– Oui. Chercher le passeur. Je sais où il habite, j'irai directement à son domicile. Je préfère m'y rendre maintenant. Sinon, il part très tôt le matin et travaille parfois la nuit.

– C'est à quelle distance ? demanda Malko.

– Environ une heure.

– Je viens avec vous.

Dusko Balasevic se rembrunit.

– Vous ne me faites pas confiance ?

Il avait posé la question d'un ton détaché, presque ironique. Les regards de Milomir Stefanovic et de Slavica Jelovac répondaient pour eux. Malko se dit qu'il ne fallait pas envenimer la situation. Ils se trouvaient entièrement entre les mains du détective, pour le passage en Hongrie.

– Si, dit-il. Mais je ne veux pas m'angoisser inutilement.

Le détective sourit.

– Je reviendrai vite, de toute façon. S'il peut nous faire passer cette nuit, nous repartirons avec lui. Sinon, nous coucherons ici et partirons demain.

Les cafés étaient arrivés. Malko but le sien machinalement. Il était amer et immonde. Balasevic avait déjà vidé sa tasse. Il tendit la main.

– Vous avez la clef de la Mercedes ?

Malko la mit dans sa main. Aussitôt, le détective se leva, accrocha sa sacoche à son épaule et adressa un petit geste à Malko, avant de se diriger vers le hall. Dans un silence de mort. Ils entendirent démarrer la voiture, puis le ronflement diminua et se tut. Le garçon était revenu. Slavica Jelovac lui demanda :

– Où est le téléphone ?

– Il n'y a pas de téléphone, fit-il.

Spontanément, elle posa la main sur celle de Malko. Ils pensaient tous à la même chose : plantés en pleine campagne, sans voiture et sans téléphone, ils étaient à la merci de tout. Si c'était un piège monté par Balasevic, il était bien monté. Stefanovic aboya à l'adresse du garçon :

– Tu as une voiture ?

L'autre secoua la tête.

– Il n'y a pas de voiture ici.

Slavica ressemblait à un fantôme, tant elle était pâle.

– J'ai peur, dit-elle. Nous sommes tombés dans un piège.

CHAPITRE XIX

Le « commandant » Dragan, après avoir bredouillé un remerciement, raccrocha son téléphone si brutalement que le combiné se brisa. La fureur lui obscurcissait le cerveau. Ainsi, tout le monde lui avait menti, y compris son vieux protecteur Rade Bogdanovic, l'homme en qui il avait toujours eu confiance. Parce qu'il était hors de question que celui-ci n'ait pas été au courant du départ de l'agent des Américains avec l'homme qu'il haïssait le plus au monde : Milomir Stefanovic... La SDB surveillait en permanence ces gens-là et avait les moyens nécessaires pour ne pas les perdre ; la République fédérale de Yougoslavie était encore quadrillée avec les efficaces méthodes du communisme, et la Milicija travaillait la main dans la main avec la SDB.

Il regagna la salle à manger où il fêtait l'anniversaire de sa secrétaire avec le président de son parti, son épouse, la pulpeuse Imala, ainsi que deux autres couples.

– Excusez-moi, dit-il, j'ai quelque chose d'urgent à faire.

Imala se risqua à demander :

– Et le gâteau ? Tu ne reviens pas souffler les bougies ?

Dragan sourit, déjà ailleurs.

– Je vais essayer.

Il gagna son bureau et se mit à rameuter le « noyau

dur » de ses hommes. Malgré l'élimination brutale de Kovac, Ivanovic et Markovic, il en restait une douzaine qui obéissaient aveuglément, prêts à toutes les horreurs. Tandis que Zika Razvogor répercutait ses instructions, il essaya de calmer sa fureur. Heureusement qu'il comptait de nombreux amis au sein de la Milicija. C'est l'un d'entre eux qui venait de le prévenir qu'une Mercedes avec trois hommes et une femme venait d'arriver au château de Jezero. Appartenant au détachement de Becej, il avait reçu l'ordre de la surveiller sans intervenir...

C'était clair, la description correspondait à ce salaud de Milomir Stefanovic et le deuxième homme aux cheveux blonds était l'agent de la CIA. Il y avait une femme en plus, mais il s'en moquait. De toute façon, ils allaient tous mourir. Il en salivait d'avance. Le château de Jezero était le lieu idéal pour un massacre discret. Il pourrait même se livrer à quelques facéties cruelles, comme en Croatie, lorsqu'il avait le temps dans les villages entièrement livrés à ses hommes.

– Emporte le caméscope, lança-t-il à Zika Razvogor. Il y a une jolie fille là-bas. On va pouvoir faire un film.

C'est surtout Milomir Stefanovic qu'il faudrait filmer, quand on l'égorgerait comme un porc.

Une heure plus tard, les trois Pajero noires quittaient la place du stade de l'Etoile rouge. En plus du « commandant » Dragan, elles emmenaient dix de ses hommes lourdement armés. L'autoroute de Zagreb était déserte et ils foncèrent à plus de cent vingt à l'heure. Dragan regardait la route, pensant déjà en silence à ce qu'il allait faire. Son audace l'avait toujours sauvé. Cette fois, il allait acheter sa tranquillité. Même si certains lui en voulaient un peu d'avoir massacré un agent de la CIA, il saurait se faire pardonner. Ses affaires lui rapportaient plus d'un million de Deutschemarks par mois. De quoi calmer les aigreurs prévisibles de quelques-uns...

*
**

Dusko Balasevic était parti depuis dix minutes à peine. Le garçon qui les avait servis avait disparu et le château était entièrement silencieux. Malko, Milomir Stefanovic et Slavica Jelovac étaient seuls.

Milomir Stefanovic alla vérifier la porte d'entrée et revint, découragé.

– C'est tout en verre ! Impossible de se barricader.

Malko le rassura :

– J'ai pris mes précautions. Dans deux heures, nous aurons un véhicule à notre disposition. Sans parler de la Breitling Emergency

Slavica Jelovac l'observait, angoissée.

– Moi, je ne reste pas ici, dit-elle. Je préfère coucher dans un champ ! C'est un piège.

Malko tenta de la rassurer.

– Balasevic n'a pas touché l'argent que je lui ai promis, expliqua-t-il. Il n'a aucun intérêt à nous trahir. Jusqu'ici, tout se déroule comme prévu. Tamara va nous rejoindre avec une voiture de l'IFOR. C'est la solution de secours pour tenter de passer en Hongrie, si Balasevic nous trahit.

– Allons voir dehors, insista la jeune femme.

Il la suivit dans le parc. La campagne autour d'eux était totalement silencieuse et obscure. Pas une lumière. Une agréable odeur de foin coupé flottait dans l'air enfin à une température supportable. A quelque distance, un cheval hennit. Cette atmosphère bucolique sembla apaiser la jeune femme.

– Nous sommes armés, souligna Malko. Nous ne nous laisserons pas égorger comme des moutons. Allons dans ma chambre. La porte est solide.

Dans le hall, ils croisèrent Milomir Stefanovic assis dans un fauteuil, son pistolet sur les genoux.

– Je reste là, dit-il, je suis incapable de dormir.

Malko s'engagea dans l'escalier. Il cherchait à se rassurer. Même si Dusko Balasevic leur avait tendu un piège, il n'avait pu prévoir l'intervention de Tamara Savic. Normalement, dans deux heures, ils ne seraient plus attachés à un piquet comme des chèvres. Ensuite, si Balasevic ne revenait pas, il serait temps d'aviser, pour le passage de la frontière. Comme disent les Américains, *One bridge at a time* (1).

Slavica Jelovac sur ses talons, il pénétra dans la chambre. Le lit à baldaquin aux montants torsadés évoquait un conte médiéval. La porte claqua derrière lui. La Croate venait de fermer à clef. Elle lui fit face avec un sourire d'excuses.

– Je préfère rester avec vous, j'ai peur toute seule.

Malko lui rendit son sourire.

– Pourtant, vous avez eu le courage de tirer sur deux hommes armés...

Elle se troubla.

– Oui, je sais. J'étais comme portée par le désir de venger ma sœur. Et puis, j'ai eu tellement peur que tout cela me semble dépassé maintenant. Sans vous, je serais sûrement en prison. Pourquoi avez-vous pris ces risques ?

– Franchement, je ne sais pas, répondit Malko. Je n'ai pas calculé.

Difficile d'expliquer une éthique en quelques mots. Tout en évoluant dans un monde violent et amoral, Malko avait gardé intacts tous ses principes. Le premier étant l'acte gratuit. En sauvant Slavica, il sauvait aussi quelque chose de lui-même. Un noyau clair qui justifiait certains abandons. Mais c'était si difficile à comprendre... Slavica le regardait, pensive et émue.

– Nous ne nous reverrons plus, dit-elle soudain.

– On ne sait jamais, fit Malko.

Elle s'approcha de lui, à le toucher. Si près qu'il pouvait sentir le parfum dont elle s'était arrosée.

– Je voudrais garder un souvenir de vous, dit-elle. Autre chose que l'autre nuit. Cela m'avait excitée de vous voir faire l'amour avec cette Noire.

(1) Un pont à la fois.

– Vous ne dormiez pas ?

– Pas tout à fait.

Elle posa sa bouche sur celle de Malko. Ses lèvres et sa langue étaient merveilleusement douces. Tout en l'embrassant, elle fit glisser sa jupe et défit les boutons de son haut. Ensuite seulement, elle s'attaqua à la chemise de Malko. Il frémit en sentant des doigts habiles s'attaquer à ses mamelons, puis défaire la ceinture de son pantalon. Bientôt, ils furent nus tous les deux. Ils s'explorèrent sans hâte, faisant monter leur désir réciproque. Une merveilleuse récréation intemporelle.

– Laissez-moi être votre esclave, chuchota Slavica.

Elle s'agenouilla d'un mouvement gracieux et prit dans sa bouche le membre raide, se l'enfonçant avec lenteur jusqu'à la luette, si loin que Malko sentit les lèvres de la jeune femme toucher son bas-ventre. Elle recula ensuite, remplaçant la lente succion par un ballet endiablé de sa langue, puis recommençant. Un métronome bien réglé. Cette chambre médiévale aux meubles massifs et sombres, le silence, la pénombre créaient une atmosphère bizarrement érotique. A quelques picotements dans ses reins, Malko sentit que le plaisir s'approchait.

Slavica le sentit aussi. Le retirant de sa bouche, elle se releva, les yeux brillants, les lèvres humides. Ses seins en poire paraissaient plus durs, leurs pointes se dressaient. Malko allait l'entraîner sur le lit lorsqu'elle dit à voix basse :

– Je voudrais continuer à être votre esclave. Attachez-moi à ce montant. Et ensuite, faites-moi ce que vous voudrez.

Elle désignait une des torsades qui supportait le ciel de lit. Se collant au bois sombre, elle mit les bras au-dessus de sa tête, et Malko n'eut plus qu'à lui lier les poignets au bois avec sa chemise. Elle se retourna avec un regard si trouble qu'il eut instantanément envie d'aller au-devant de ses désirs.

Il s'approcha d'elle, caressa son dos creusé, puis alla

emprisonner les seins meurtris contre le bois, faisant tourner les pointes entre ses doigts. Slavica était muette, mais sa respiration haletante disait son attente. Il la caressa ainsi un moment, puis se colla à elle, de tout son corps, lui faisant sentir son sexe durci. Elle se retourna, le regard chaviré.

– Tu vas me violer, fit-elle à voix basse. Quel dommage que tu n'aies pas une cravache...

Sans un mot, il s'écarta d'elle, ramassa son pantalon et en ôta la ceinture Hermès. La tenant par la boucle, il en cingla les reins creusés. Slavica frémit comme un cheval qu'on étrille, puis exhala son plaisir par de petits gémissements, chaque fois que le cuir laissait une marque rouge sur sa peau. Sa croupe semblait prise de la danse de Saint-Guy. Elle ne cherchait pas à éviter les coups, bien au contraire, mais paraissait rebondir, se cambrant comme pour se faire saillir. Ses hanches semblaient montées sur roulements à billes.

Malko laissa brusquement tomber la ceinture. Il plaqua violemment Slavica contre le bois qui craqua. Des deux mains, il écarta la chair striée de marques rouges de ses fesses. Elle était brûlante. Il laissa quelques instants ses paumes s'imprégner de cette chaleur. Slavica retenait son souffle. Il prit son sexe de la main gauche et lança son corps en avant, faisant à nouveau craquer le vieux bois.

Slavica hurla quand elle fut transpercée comme par une lance. Malko ne s'arrêta que collé à elle, son membre palpitant au fond de ses reins. Elle tremblait de tous ses membres. C'était tellement excitant qu'il sentit la sève qui montait de ses reins.

Il se déchaîna, se retirant puis la projetant contre le baldaquin. Jusqu'au bouquet final, ils crièrent ensemble. Puis les mains de la jeune femme glissèrent et elle tomba au pied du lit.

Le sang battait aux tempes de Malko. Décidément, les femmes étaient des êtres imprévisibles. Slavica se releva et lui fit face, le visage encore marqué par le plaisir. A mi-voix, elle dit :

– Je n'oublierai jamais cette soirée.

Puis, elle se dirigea vers la salle de bains. Quand elle passa près de la fenêtre, Malko la vit s'immobiliser brusquement, puis se retourner. Le plaisir fit place à la terreur, déformant ses traits.

– Il y a du bruit dehors ! chuchota-t-elle.

*
**

Malko eut l'impression de recevoir une douche glacée. Le réveil était brutal.

– Habillez-vous ! lança-t-il.

Lui-même remit ses vêtements et récupéra le CZ 89 posé sur une chaise. Il fit monter une balle dans le canon et attendit que la jeune femme ressorte de la salle de bains. Elle ne tarda pas. A son tour, Slavica Jelovac reprit une tenue décente et sortit de son sac l'arme remise par Malko. Celui-ci tourna doucement la clef dans la serrure.

– Allons voir.

Ils descendirent à pas de loup. Milomir Stefanovic les accueillit dans le hall, pistolet au poing également.

– Il y a une voiture dehors, souffla-t-il.

Malko sentit son pouls s'accélérer. Si c'était Tamara, pourquoi ne se manifestait-elle pas ?

– Nous allons faire le tour par le jardin, proposa-t-il, en sortant par la porte-fenêtre de la salle à manger.

– Je viens avec vous, fit aussitôt Stefanovic.

La porte-fenêtre grinçait horriblement, le gravier crissait sous leurs pas. Pour la discrétion, c'était raté. Malko déboucha le premier et aperçut sous le clair de lune un gros véhicule arrêté devant l'entrée du château. Il s'approcha, longeant la haie. Un rayon de lune éclaira la peinture blanche de la voiture.

C'était la Range Rover de l'IFOR.

Les phares s'allumèrent et il fut pris dans leurs faisceaux. Il avança aussitôt et la portière s'ouvrit. Tamara Savic sauta à terre et l'étreignit.

– Pourquoi n'as-tu pas frappé ? demanda-t-il. Tu nous as inquiétés.

– Je ne sais pas, fit-elle, je ressentais une impression bizarre. J'avais peur d'entrer. J'ignorais qui allait m'ouvrir. Cet endroit est sinistre.

C'était bien l'avis de Malko.

– Moi non plus, je ne suis pas tranquille, avoua-t-il, c'est trop désert, trop à l'écart. N'importe qui peut arriver. Je suggère que nous nous installions dans la Range et que nous allions nous garer plus loin du côté des fermes, à un endroit d'où on surveillera le chemin menant à la nationale. C'est le seul accès au château.

– Où est Milomir Stefanovic ? demanda à voix basse Tamara Savic.

– Ici, fit Malko en désignant la haute silhouette du criminel de guerre qui se dissimulait dans l'obscurité.

– Ah ! J'avais peur qu'il ne soit pas là, fit la jeune femme, visiblement soulagée. J'ai prévenu une équipe de Budapest. Ils seront de l'autre côté dès demain matin. Je les joins par le portable.

Slavica Jelovac émergea alors de l'obscurité. En la voyant, Tamara vint à sa rencontre et l'étreignit. Si elle avait imaginé ce qui venait de se passer...

Ils se retrouvèrent tous dans la Range blanche, quittant sans regret le château de la Belle au bois dormant, plus sinistre que jamais. Tamara s'embusqua le long d'une grange, à côté d'un pré où un troupeau de chevaux dormaient debout. D'où ils se trouvaient, ils apercevaient le carrefour du chemin et de la route Becej-Milesevo. Si une voiture venait vers eux, ils verraient ses phares.

Milomir Stefanovic et Slavica s'étaient installés à l'arrière. Silencieux. Dès qu'ils furent arrêtés, Tamara sortit de sous un siège une bouteille de Taittinger et deux gobelets d'argent !

– J'emporte toujours ça quand on doit planquer, expliqua-t-elle. Ça aide ! Ouvre-la !

Tamara alluma ensuite une Gauloise blonde et l'odeur du tabac envahit le véhicule, rassurante. Tout était sombre, sauf le bout incandescent de la cigarette. Par la glace baissée, on percevait les bruits de la campagne, un cheval qui s'ébrouait, des oiseaux de nuit, le bruit lointain d'un camion passant sur la nationale.

– Pourvu qu'il revienne ! murmura Malko.

Dusko Balasevic pouvait les avoir abandonnés, mais il ne voyait pas très bien pourquoi il l'aurait fait, perdant cinq cent mille marks du même coup...

– S'il ne revient pas, proposa Tamara, nous tenterons le passage par le poste-frontière officiel. On passera en force, les Serbes n'oseront pas tirer sur un véhicule de l'IFOR, sans savoir qui se trouve à bord. Il y a souvent des militaires en civil...

Malko préférait ne pas en arriver à cette extrémité. Il regarda sa montre. Le détective était parti depuis plus de deux heures. Le jour ne se lèverait pas avant quatre ou cinq heures. La nuit allait être longue.

*
**

Le capitaine de la Milicija fixa le « commandant » Dragan avec un dédain non dissimulé et lui lança :

– Les gens comme vous détruisent notre pays. J'ai des ordres et je les exécute. Vous vous plaindrez à Belgrade si vous voulez. Il n'est pas question de continuer votre route.

Il lui tourna le dos ostensiblement, retournant à son véhicule de commandement. Dragan bouillait de rage. Pour la vingtième fois, il activa son portable, appelant la ligne privée de Rade Bogdanovic. Et il obtint le même disque apprenant que le numéro était provisoirement déconnecté... De rage, il jeta l'appareil à terre, sous le regard ironique des miliciens. Dragan n'était pas aimé par tout le monde. Aux yeux de beaucoup, il n'était qu'un criminel de droit commun protégé par le gouvernement en raison des basses besognes qu'il avait accomplies.

L'interception s'était produite après Novi Sad, en quittant l'autoroute. La voie était barrée par des chicanes renforcées de herses, avec un important dispositif policier de la Milicija. Dragan avait d'abord cru à un contrôle comme la Milicija en effectuait pour intercepter les contrebandiers. Il s'était arrêté docilement, et les autres Pajero avaient fait de même. Mais quand des miliciens menaçants avaient fait descendre tout le monde de voiture, il s'était douté de quelque chose. Pas question de résister. Il y avait une trentaine d'hommes, des radios. Et même lui ne pouvait pas se permettre de tirer sur la Milicija.

– Qu'est-ce qui se passe ? avait-il demandé au capitaine commandant le détachement.

L'officier avait soigneusement regardé ses papiers avant d'annoncer :

– Vous devez faire demi-tour, retourner à Belgrade. J'ai l'ordre de vous empêcher d'aller plus loin.

– Qui vous a donné cet ordre ?

– Ma hiérarchie, avait simplement dit le capitaine, sans se troubler.

Dragan avait furieusement pianoté sur les touches d'un de ses deux portables, comptant bien faire annuler l'ordre rapidement. Il s'était très vite rendu compte que ce n'était pas une fausse manœuvre. On avait décidé de le bloquer. La SDB l'écoutait en permanence et avait donc pu surprendre en temps réel sa conversation avec son informateur.

Il se dit qu'il était inutile de discuter. Il fallait ruser. Son sourire revenu, il alla trouver le capitaine, soudain tout doux.

– *Dobro,* dit-il, je ne vous en veux pas. Je retourne à Belgrade.

Le capitaine le toisa sans sourire, lui.

– Je pense que c'est ce que vous avez de mieux à faire.

Un véhicule radio de chez nous vous escortera. N'essayez pas de le semer. Bonne nuit.

La rage au ventre, Dragan remonta dans sa Pajero et fit demi-tour, suivi des deux autres Pajero. Le capitaine regarda les feux rouges s'éloigner puis gagna son véhicule radio. Des barrages avaient été établis en hâte sur les routes menant au château de Jezero, avec instruction de refouler le « commandant » Dragan. L'ordre venait de l'échelon le plus élevé du gouvernement de la République fédérale de Yougoslavie.

*
**

– Voilà une voiture ! lança Tamara Savic.

Malko sauta à terre et, du coin de la grange, observa le chemin. Deux phares s'approchaient. Un véhicule qui avait quitté la route nationale. Il resta immobile, le cœur battant. A cause de l'obscurité, il ne pouvait encore rien distinguer. Puis lorsque la voiture passa devant lui, son cœur faillit éclater de joie. C'était la Mercedes grise ! Deux hommes se trouvaient à l'avant. Il attendit un peu, scrutant la route, mais aucune autre voiture n'apparut. Il remonta dans la Range et lança :

– On y va. C'est Balasevic.

Ils arrivèrent derrière le détective au moment où ce dernier sortait de la Mercedes. Malko sauta à terre et marcha vers lui. Balasevic ne dissimula pas sa surprise.

– Qui est-ce ? demanda-t-il en désignant la Range blanche.

– Une amie de Belgrade qui nous a rejoints, expliqua Malko. Cela m'angoissait de rester sans voiture. Et puis, vous auriez pu avoir un problème. Nous étions cloués ici...

Le détective esquissa un pâle sourire.

– Je n'ai pas eu de problème. J'ai trouvé mon ami Ratko. Il est avec moi dans la voiture.

– Le passeur ?

– Oui. Je vais vous le présenter.

Il fit signe à l'occupant de la Mercedes qui sortit et vint vers Malko. Un bonhomme trapu, les cheveux gris ondulés, costaud, en chemise à carreaux, l'air d'un paysan madré. Il tendit une grosse main calleuse à Malko et marmonna quelques mots de bienvenue.

– Quand partons-nous ? demanda Malko.

– Tout de suite, c'est plus sûr. Il n'y a pas de patrouilles de gardes-frontières, il s'est renseigné.

Malko retint sa joie. Il regrettait tout ce qu'il avait pensé de Dusko Balasevic. Dans moins de deux heures, sa mission serait accomplie.

CHAPITRE XX

Ratko, le passeur, était rentré dans la Mercedes. C'était le moment d'expliquer à Dusko Balasevic le rôle de Tamara Savic. Malko était partagé. Le retour sans problème du détective semblait prouver qu'il n'y avait pas de « loup ». D'un autre côté, il lui était difficile de dire à Tamara que tout était annulé et qu'elle repartait pour Belgrade.

La solution lui apparut évidente : assurer le passage de Milomir Stefanovic et de Slavica Jelovac avec la Range Rover de l'IFOR, conduite par Tamara qui tenait à participer à l'action. Lui passerait seul et officiellement la frontière avec la Hongrie et les rejoindrait de l'autre côté. Il restait à régler le sort de Dusko Balasevic...

– Vous passez aussi en Hongrie ? demanda Malko.

Le détective secoua la tête.

– Non. Mon rôle s'arrête à la frontière. Ratko a laissé sa voiture dans le dernier village, juste avant. Il pensait les emmener avec, tandis que nous repartions pour Subotica. Là, vous m'auriez laissé à la gare des bus, parce que je suppose que vous ne retournez pas à Belgrade.

– Nous allons procéder un peu différemment, dit Malko. En utilisant la Range Rover. C'est mon amie Tamara qui la conduira et se fera guider par Ratko. Vous n'aurez qu'à récupérer sa voiture pour regagner Subotica et ensuite aller le chercher de l'autre côté de la frontière.

Dusko Balasevic ne semblait pas enthousiaste.

– Vous êtes certain qu'elle ne va pas révéler *comment* Milomir a quitté le pays ? Et la présence de Carla Bettega ? Cela me causerait de gros ennuis.

– Certain, promit Malko.

Balasevic se lança dans une conversation animée avec le passeur. Finalement, il se tourna vers Malko.

– On va faire comme cela. Mais vous me déposerez simplement à Subotica d'où je repartirai pour Belgrade. Dès que vous m'aurez donné ce que vous m'avez promis. Quant à Ratko, il me dit qu'il a des choses à faire de l'autre côté et qu'il reviendra demain dans la journée. C'est un frontalier, il passe comme il veut dans les deux sens.

– Tout est réglé, nous pouvons partir.

– Je monte avec vous, suggéra Malko. La Range suivra avec Stefanovic et Carla Bettega.

Cinq minutes plus tard, ils quittaient sans regret le château de Jezero, laissant un paquet de dinars sur la table de la salle à manger. Ils traversèrent le village de Milesevo totalement désert, pour prendre ensuite la direction de Backa Topola. Là, il y avait davantage de circulation, c'était le grand itinéraire pour aller de Belgrade à Szeged puis Budapest. Ils contournèrent ensuite Subotica, filant en direction de Szeged. Un silence total régnait dans la Mercedes. Malko commençait à se détendre. De temps en temps, il se retournait, afin de vérifier que la Range suivait bien. Pendant une dizaine de kilomètres, la E 75 longeait la frontière, distante de trois kilomètres environ. Dusko Balasevic ralentit, juste avant le village de Horgos. Il se retourna vers Malko.

– Nous approchons.

Horgos dormait. Au milieu du village, Balasevic, sur les indications de Ratko, le passeur, s'engagea sur une petite route qui repartait d'où ils venaient, vers le sud ! Surpris, Malko demanda :

– Où allons-nous ? Nous nous éloignons de la frontière.

– Oui, expliqua Balasevic, nous allons bientôt atteindre le début de la piste utilisée pour passer. Elle longe la rivière Tisa, à l'ouest.

Effectivement, deux kilomètres avant d'arriver au village de Kanjiza, Balasevic, sur les indications de Ratko, engagea la Mercedes dans un sentier qui partait sur la gauche, à travers un bois assez touffu. Il arrêta la voiture à cent mètres de la route, et éteignit les phares. L'obscurité était totale. La Range se gara derrière eux. Les deux voitures arrêtèrent leur moteur. Malko descendit. Le silence était absolu, à part les habituels cris d'oiseaux de nuit. Devant eux, le sentier s'enfonçait dans la forêt.

– Où est la frontière ? demanda Malko.

– A trois kilomètres environ, expliqua le détective. Il y a un poste-frontière qui est le plus souvent inoccupé. Il l'est cette nuit. De l'autre côté, en Hongrie, ils vont déboucher du côté du village de Morahalom, sur la route hongroise 55. A une dizaine de kilomètres de Szeged.

Tamara alluma une cigarette. C'était plus fort qu'elle. Il y eut un bref conciliabule entre Ratko et Dusko Balasevic. Le détective s'approcha de Malko.

– Ratko préférerait qu'on le paie maintenant. Vous n'y voyez pas d'inconvénient ?

– Aucun, dit Malko.

Il alla chercher dans la Mercedes les liasses qu'il avait préparées et en donna une – la plus modeste – à Ratko qui le remercia d'un sourire.

– Comment va-t-il faire ensuite ? demanda Malko.

– Il voudrait qu'on le dépose à Szeged. Il y reprendra un bus demain matin.

C'était parfait. Une seule chose ennuyait Malko : se séparer de Milomir Stefanovic. Ce serait trop bête s'il tentait de leur fausser compagnie. Il allait dire qu'il allait avec eux quand il se ravisa. Dans ce cas, il était obligé de payer Balasevic séance tenante. Or il préférait attendre d'être sûr que tout s'était bien passé.

Justement, Dusko Balasevic commençait à se montrer nerveux.

– Il faut y aller, dit-il, nous pourrions attirer l'attention.

Malko prit à part Slavica Jelovac et lui glissa :

– Vous êtes armée. Surveillez Stefanovic. Qu'il ne s'enfuie pas.

La jeune Croate lui jeta un regard déterminé.

– Ne craignez rien. Si ce salaud essaie de mettre un pied hors de la Range, je lui fais sauter la tête.

Malko se rapprocha de Tamara.

– Nous nous retrouvons à Szeged dans une heure environ. A l'hôtel *Balaton*.

Ratko, ravi de ses marks, lui serra la main chaleureusement, avant de prendre place dans la Range blanche, à côté de Tamara. Milomir Stefanovic et Slavica se trouvaient à l'arrière. Le gros 4 X 4 démarra, tous feux éteints, et bientôt se perdit dans l'obscurité. Malko avait envie de crier de soulagement. Après tant de morts et de difficultés...

Le bruit du moteur bientôt ne fut plus perceptible...

– On y va ? suggéra Balasevic en jetant sa sacoche dans la Mercedes. Je suis un peu fatigué.

Malko, au moment de monter dans la Mercedes, se ravisa.

– Attendons un peu. S'il y avait un problème, une panne ou un incident imprévu, il ne faut pas les laisser tomber.

Dusko Balasevic secoua la tête.

– Il n'y aura pas de problème. Ratko est un type sûr.

Malko ne bougea pas, écoutant la nuit. La lune s'était levée, diffusant une clarté diffuse. Le détective revint à la charge.

– On y va ?

Cette fois, Malko sentit une tension inhabituelle dans sa voix. Pour la première fois depuis qu'il le connaissait, il était d'une nervosité presque palpable. Tous les voyants passèrent au rouge en une fraction de seconde dans la tête de Malko. Il y avait quelque chose de bizarre, sans qu'il puisse deviner quoi. Pourtant, Ratko le passeur semblait « honnête ». La façon chaleureuse dont il avait remercié Malko ne trompait pas. Y avait-il un guet-apens de la SDB sur ce sentier désert ? Idiot. Cela aurait pu arriver bien plus tôt. Les pensées se bousculaient dans la tête de Malko. La nervosité de Balasevic l'inquiétait. Le détective dansait d'un pied sur l'autre, comme si le sol était brûlant. Avec, de toute évidence, une seule idée en tête : s'éloigner de l'endroit où ils se trouvaient. Intrigué, Malko eut l'idée d'un bon test.

– Je vais vous payer tout de suite, proposa-t-il.

La réponse ne tarda pas. D'une voix encore plus tendue, Balasevic répliqua :

– Non, non, vous me donnerez l'argent à Subotica, avant de me quitter.

Cette fois, Malko fut certain que l'attitude de Balasevic cachait quelque chose. Il se creusait encore la tête lorsqu'il vit le détective s'approcher de la Mercedes et tendre la main vers sa sacoche. Le pouls de Malko monta à cent vingt en une fraction de seconde. Le Serbe était en train d'ouvrir sa sacoche d'une main. Là où se trouvait un gros pistolet automatique, le Zastava qu'il avait montré à Malko le premier jour.

A première vue, cette réaction de Balasevic était idiote. Malko venait de lui proposer de le payer. Que pouvait-il craindre ?

*
**

La Range Rover cahotait durement dans l'étroit sentier plein de trous. Ils suivaient les méandres de la petite rivière et il y avait rarement plus de trente mètres en ligne droite. Tamara Savic roulait à cinquante à l'heure, tendue. Les phares n'éclairaient que des arbres qui semblaient prêts à se refermer sur le chemin qu'ils suivaient. Elle mourait d'envie de griller une cigarette, mais ce n'était pas facile en conduisant. A côté d'elle, Ratko, les yeux plissés, les mains sur les genoux, ne bronchait pas plus que s'il avait été empaillé...

Tamara se tourna vers lui.

– C'est encore loin ?

– Un kilomètre peut-être, répondit-il, mais, ne craignez rien, il n'y a pas de patrouilles de gardes-frontières ce soir.

Elle se demanda comment il arrivait à se repérer au milieu de cette forêt monotone.

Le rétroviseur lui renvoya l'image des traits tendus de Carla Bettega et de Milomir Stefanovic, ballottés l'un contre l'autre. Elle n'y tint plus.

– Carla, fit-elle, vous pourriez m'allumer une cigarette et me la passer ?

Carla Bettega fouilla dans son sac et fit ce qui lui était demandé. Dès qu'elle eut la cigarette entre ses lèvres, Tamara aspira voluptueusement la fumée. Aussitôt euphorique. Quel beau scoop elle allait réaliser.

Instinctivement, elle accéléra un peu, afin d'arriver plus vite en Hongrie.

*
**

Malko saisit la crosse de son pistolet et l'arracha de sa ceinture au moment où Dusko Balasevic plongeait carrément la main dans sa sacoche. Il rejoignit le détective et posa le canon de son arme contre son cou.

– Retirez votre main de cette sacoche, Dusko, ordonna-t-il. Très, très lentement.

De la main gauche, avec une mini-torche achetée avant

de partir, il éclaira l'intérieur de la voiture. Il vit distinctement la crosse du Zastava à demi sortie... Le détective se retourna, méconnaissable, le visage ratatiné par une peur qui sourdait de tous ses pores. Malko l'interpella d'une voix calme :

– Que se passe-t-il ? Pourquoi êtes-vous prêt à me tuer ?

– Mais rien, rien du tout, croassa le Serbe. Je ne...

Une explosion sourde et lointaine l'interrompit. Une déflagration puissante, amortie par la distance. Malko sentit son sang se glacer dans ses veines. Dusko Balasevic était transformé en statue de sel.

– Qu'est-ce que c'est que ce bruit ? demanda Malko.

– Quel bruit ? Je ne sais pas. Partons maintenant.

Et tout à coup, Malko devina. C'était si horrible qu'il faillit loger tout de suite une balle dans la tête de Dusko Balasevic. Mais il fallait être sûr. Il prit le Serbe par l'épaule et l'écarta violemment de la Mercedes. Se saisissant de sa sacoche, il y prit le Zastava CZ 89, qu'il glissa dans sa ceinture.

– Prenez le volant, ordonna-t-il.

– Mais que...

– Obéissez, ou je vous tire *maintenant* une balle dans la tête.

Tout en maugréant, Balasevic céda. Dès qu'il fut au volant, Malko monta derrière lui, et appuya aussitôt le canon de son arme sur la nuque du Serbe.

– Nous allons suivre le sentier, fit-il. Je ne sais pas ce que nous allons trouver. S'il y a un piège, j'aurais toujours le temps de vous faire éclater la tête, même si c'est la dernière chose que je fais au monde. Allez, démarrez !

Dusko Balasevic était tellement troublé qu'il s'y reprit à trois fois. Enfin, la Mercedes s'ébranla.

– Allumez les phares, ordonna Malko.

– Mais nous allons nous faire repérer, protesta le détective.

– Je m'en moque.

Il alluma les phares. Le sentier était assez large, pas trop défoncé, enclavé dans un bois épais. Pendant trois ou quatre minutes, il ne se passa rien. Malko avait beau scruter le chemin, rien de suspect, à part quelques lièvres qui déboulaient. Dusko Balasevic tourna un peu la tête.

– Vous voyez bien qu'il n'y a rien, fit-il d'une voix geignarde. Je ne comprends pas. Je ne cherchais pas mon pistolet tout à l'heure, mais des cigarettes. Nous allons finir par passer en Hongrie.

– Ce n'est pas grave, coupa Malko, et si je me suis trompé, je vous ferai des excuses.

Encore cinq cents mètres. Il sembla à Malko que Balasevic conduisait de plus en plus lentement. Il allait lui en faire la remarque lorsque les phares éclairèrent une profonde excavation, au beau milieu du sentier. Le détective freina et lança d'une voix stridente :

– On ne peut pas passer !

C'était vrai. Mais, à peine arrêté, Malko aperçut une lueur rougeâtre, à une dizaine de mètres sur la droite du sentier, en plein bois. Quelque chose brûlait. Du canon de son pistolet, il donna un coup sur la nuque de Dusko Balasevic.

– Sortez ! On continue à pied.

A peine fut-il hors de la voiture qu'une forte odeur de brûlé lui sauta immédiatement aux narines. Poussant Balasevic devant lui à l'aide de son pistolet, il se dirigea vers le foyer d'incendie. L'odeur était de plus en plus forte. Suffocante, presque. Il s'arrêta à quelques mètres d'une carcasse de voiture totalement déchiquetée, éventrée. Quelque chose dans le moteur se consumait encore, ainsi qu'un pneu. De l'intérieur, il ne restait rien. Le toit était éventré comme une boîte de conserve, les portières avaient disparu.

Aucun signe de vie. Les occupants ne pouvaient qu'avoir été pulvérisés. Malko écouta attentivement.

Aucun soupir, aucun appel. Il se rapprocha encore du véhicule et son pied heurta quelque chose. Il se baissa et ramassa la plaque d'immatriculation de la Range Rover de l'IFOR.

Devant lui, Dusko Balasevic croassa :

– C'est un accident ! Quelquefois, ils posent des mines, à cause des contrebandiers.

Sans même l'écouter, Malko s'approcha encore et parvint à discerner une forme noirâtre, à l'endroit où s'était trouvé le volant. Tamara Savic n'était plus qu'une chose carbonisée de un mètre de long... Tenant toujours le détective sous la menace de son arme, il retrouva les trois autres corps. Ou plutôt ce qu'il en restait. Déchiquetés, brûlés. Il se retourna, braqua sa torche dans les yeux de Dusko Balasevic.

– C'était une mine anti-char, dit-il lentement. Mais ce n'était pas un accident. Vous l'aviez programmé.

Voilà pourquoi ils étaient arrivés jusque-là sans encombre. C'était bien une manip de service. Une élimination déguisée en accident. Pas de responsable. Des gens tentant de sortir clandestinement du pays sautent sur une mine. Quoi de plus banal ? Et tellement plus « propre » qu'une fusillade en plein Belgrade ! Le « commandant » Dragan pouvait dormir sur ses deux oreilles. Ses amis veillaient affectueusement et efficacement sur lui. Et Malko maudissait son aveuglement. Comment avait-il pu croire qu'un homme comme Dusko Balasevic ait échappé *complètement* au pesant système communiste ?

Il regarda les dernières flammèches en train de s'éteindre. Ils n'avaient même pas eu le temps d'avoir peur. La déflagration les avait tués sur le coup. Tamara, Slavica, Ratko le passeur et Milomir Stefanovic. Pour ce dernier, ce n'était pas une immense perte pour l'humanité. Plutôt une justice immanente.

La lueur de l'incendie éclairait le visage de Dusko Balasevic transformé en statue.

Il vit le regard de Malko et dit d'une voix au bord de l'hystérie :

– Je ne voulais pas ! Quand vous êtes venu me voir, je savais déjà tout de cette histoire et je ne voulais pas m'en mêler. Je vous l'ai dit.

– Alors pourquoi avez-vous changé d'avis ? demanda froidement Malko.

– « Ils » ont su que vous étiez venu me voir. J'ai été convoqué. On m'a dit que je *devais* accepter de vous aider. De vous mettre en confiance. Pour qu'ils sachent toujours où vous en étiez...

– Vous ne pouviez pas refuser ?

Dusko Balasevic secoua la tête.

– Non. Ils m'auraient empêché de travailler, ils m'auraient fait mille tracasseries. Je n'aurais plus pu gagner ma vie.

– Tandis que là, remarqua amèrement Malko, vous gagnez largement votre vie.

Le détective baissa la tête.

– Au départ, je devais seulement vous surveiller. Ils m'avaient promis que je serai bientôt réintégré à la SDB... Avec mon ancien grade. Je n'en pouvais plus de vivoter. Et puis, leurs plans n'ont pas fonctionné et ils ont eu l'idée du faux passage en Hongrie.

– Qui vous rapportait une petite fortune, souligna Malko.

Dusko Balasevic s'essuya les yeux, comme s'il pleurait, mais ce n'était pas le cas.

– C'est eux qui m'ont dit de demander très cher. Pour être crédible, mais je devais leur rétrocéder les deux tiers de l'argent.

On partageait même les deniers de Judas, dans le système communiste.

– Vous avez fait du beau travail, conclut amèrement Malko.

– C'étaient les ordres, avoua Balasevic d'une voix

étranglée. Il ne fallait pas que Stefanovic puisse témoigner.

– Les ordres de qui ?

– Rade Bogdanovic, le chef de la Seconde Section. Lui-même recevait des ordres du Président. Mais à vous, il ne serait rien arrivé. Je vous aurais laissé à Subotica...

Malko ne répondit même pas. Ainsi, depuis le début, Dusko Balasevic travaillait *contre* lui. Pour la SDB.

Devant lui, Dusko Balasevic, les bras le long du corps, la mâchoire crispée, n'était plus qu'un petit bonhomme qui clignait des yeux sous le faisceau de la torche.

– Vous n'avez pas fait cela tout seul ? demanda encore Malko.

– Non, reconnut le Serbe d'une voix blanche. Quand je suis parti chercher Ratko, je les ai retrouvés. Nous avons reconnu l'itinéraire. Ils ont posé les mines. Mais je vous jure, au départ, je pensais qu'il y aurait seulement Stefanovic et Ratko.

– Ratko, c'était vraiment votre copain...

– Oui, avoua le détective dans un souffle.

Malko sentait un froid mortel l'envahir. Il revoyait le sourire gourmand de Slavica, la joie de vivre de Tamara, son enthousiasme pour cette belle manip. Au moins, ils n'avaient pas eu le temps d'avoir peur.

Balasevic passa la langue sur ses lèvres et dit d'une voix presque inaudible :

– Vous ne connaissez pas le système ! Ils tiennent tout ! Je ne pouvais pas faire autrement.

– Moi non plus, dit Malko sans même élever le ton, je ne peux pas faire autrement.

Le bras tendu, il visa la poitrine de Dusko Balasevic. Les détonations claquaient à toute vitesse. Son doigt crispé sur la détente semblait avoir une vie propre. Les huit cartouches du chargeur y passèrent en quelques secondes. Puis la culasse resta ouverte et le silence retomba. Dusko Balasevic n'était plus qu'une masse inerte, en travers du sentier. Comme un somnambule, les oreilles bourdonnantes, les narines piquées par l'âcre odeur de la cordite, Malko se dirigea vers la Mercedes. Un goût de cendre dans la bouche.

*
**

Malko lisait le *Kurier* dans la bibliothèque du château de Liezen lorsqu'on frappa à la porte. Elko Krisantem, plus voûté que jamais, passa la tête, un papier à la main.

– Un fax pour vous, *Sie Hoheit,* annonça-t-il.

Il le posa sur la table basse devant Malko qui commença à le lire. C'était un document officiel à en-tête de la Republika Srpska. Un texte très court, portant plusieurs signatures, dont celle du président Slobodan Milosevic. Le renoncement officiel de Radovan Karadzic à tout poste politique.

Malko avait tout juste fini d'en prendre connaissance que le téléphone sonna. C'était Larry Oldcastle qui l'appelait de Belgrade. Malko était revenu quelques heures plus tôt au château de Liezen. Après avoir franchi la frontière hongroise, il s'était arrêté à Szeged pour dire aux gens de la CIA que ce n'était plus la peine d'attendre, avant de gagner Budapest.

– Je voulais vous féliciter, annonça le chef de station de la CIA. Ce que vous avez fait n'a pas été inutile. Devant notre détermination, le président Milosevic a eu peur. Il a cédé. C'est lui qui a forcé, il y a quelques heures, Radovan Karadzic à signer sa propre mise à l'écart. Le document que je vous ai faxé.

– Mais, remarqua Malko, après ce qui s'est passé...

– Les corps n'ont pas été formellement reconnus. Trop abîmés. J'ai fait passer un message : il y avait deux voitures et Milomir Stefanovic n'est pas mort mais en lieu sûr. Ils n'ont pas voulu prendre de risque.

La porte de la bibliothèque s'ouvrit sur Alexandra, éblouissante dans une robe fuchsia d'Hervé Lerger, qui ne laissait rien ignorer de sa splendide anatomie. Un véritable gant.

– On y va ? demanda-t-elle. Nous sommes en retard.

Malko raccrocha, abandonnant son univers secret où certains morts s'oubliaient très vite, et d'autres étaient encore bien utiles, longtemps après leur disparition.

IMPRIMÉ EN FRANCE PAR BRODARD ET TAUPIN
Usine de La Flèche (Sarthe), le 10-09-1996.
3942C-5 - Dépôt légal Editeur : 7571 - 10/1996.
ISBN : 2 - 7386 - 5780 - X

42/5780/4